Título _ CONTOS CLÁSSICOS DE VAMPIRO

Copyright _ Hedra 2012
Tradução© _ Marta Chiarelli, Beatriz Sidou e Bruno Costa

Dados _

Dados Internacionais de Catalogação na Publicação (CIP)

S578 Costa, Bruno, Org.

Contos clássicos de vampiro. / Introdução de Alexander Meireles da Silva. Tradução de Marta Chiarelli. – São Paulo: Hedra, 2010. 266 p.

ISBN 978-85-7715-165-3

1. Literatura Inglesa. 2. Contos. 3. Literatura de Vampiros. 4. Vampiro. I. Título. II. Série. III. Chiarelli, Marta, Tradutora. IV. Silva, Alexander Meireles da, Prefaciador. V. Costa, Bruno, Organizador

CDU 820
CDD 823

Elaborado por Wanda Lucia Schmidt CRB-8-1922

EDITORA HEDRA LTDA.

Endereço _

R. Fradique Coutinho, 1139 (subsolo)
05416-011 São Paulo SP Brasil
Telefone/Fax _ +55 11 3097 8304
E-mail _ editora@hedra.com.br
Site _ www.hedra.com.br
Foi feito o depósito legal.

Título — CONTOS CLÁSSICOS DE VAMPIRO
Tradução — MARTA CHIARELLI
Introdução — ALEXANDER M. DA SILVA
São Paulo — 2012

hedra

Contos clássicos de vampiro reúne os primeiros e mais importantes textos de ficção tendo o vampiro como personagem literária. Presente em diversas culturas ao longo da história, essa "criatura da noite" sempre refletiu as angústias e temores de sua época, mas foi o caldeirão cultural, étnico e religioso do leste europeu que moldou a figura clássica do vampiro como um cadáver que retorna para se alimentar do sangue dos vivos. A partir do século XVIII as diversas narrativas que circulavam na Sérvia e na Hungria chamaram a atenção de artistas e do público dos grandes centros, levando o vampiro para uma nova região que ele logo dominaria: a literatura. Esta coletânea abrange um período de cem anos de histórias de vampiros, desde o fragmento de Byron, passando pelo capítulo inicial de *Drácula*, suprimido por Bram Stoker, até o inédito "A tumba de Sarah", de F.G. Loring. O leitor conta nesta edição com as obras seminais no campo da ficção, além de um apêndice com algumas das mais representativas produções literárias sobre o tema, como o fragmento do grego Filóstrato, e os poemas de Ossenfelder, Bürger, Goethe e Coleridge.

Marta Chiarelli de Miranda é graduada em Comunicação Visual pela PUC do Rio de Janeiro. Como revisora de tradução, realiza trabalhos junto a editoras de São Paulo e do Rio de Janeiro, nos mais diversos gêneros literários, desde o início dos anos 90, e na condição de tradutora possui trabalhos publicados nos gêneros de literatura juvenil, romance e história.

Alexander Meireles da Silva é professor adjunto de Língua Inglesa e Literaturas Correspondentes da Universidade Federal de Goiás (UFG). Possui doutorado em Literatura Comparada (UFRJ) e mestrado em Literaturas da Língua Inglesa (UERJ). É especialista em literatura fantástica, com vários publicações e colaborações sobre o tema em periódicos e revistas acadêmicas, e autor de *Literatura inglesa para brasileiros: curso completo de literatura e cultura inglesa para estudantes brasileiros* (Ciência Moderna, 2005).

SUMÁRIO

INTRODUÇÃO

A VARIEDADE de criaturas folclóricas que se alimentam de sangue humano revela que o pavor — e o fascínio — pela figura do vampiro desafia épocas e fronteiras: *Asasabonsam* (Gana), *Nachtzehrer* (Alemanha), *Asema* (Suriname), *Loogaroo* (Haiti), *Yara-ma-yha-who* (Austrália), *Vampir* (Bulgária), *Chiang-shih* (China), *Aswang* (Filipinas), *Vrykolakas* (Grécia), *Tlahuelpuchi* (México), *Upier* (Polônia), *Baobban sith* (Escócia), *Uppyr* (Rússia)... De fato, o vampiro vem acompanhando a humanidade desde os seus primórdios, refletindo-se em diversas manifestações da expressão humana, tais como o folclore, a literatura e o cinema. Ele é uma forma inconsciente de se pensar a sociedade através do espelho do além, em um jogo especular onde o desconhecido é fonte de medo e prazer. Um jogo cujo início, assim como o próprio vampiro, oculta-se nas trevas da história.

A busca pelo entendimento desse fenômeno começa pelo seu nome. Ainda que, na cultura de vários povos da Antiguidade a figura do sugador de sangue fosse recorrente, o primeiro registro escrito do termo que daria origem a palavra moderna "vampiro" surgiu no ano de 1047 da nossa era na forma de *upir*. Essa palavra de origem eslava surgiu em uma obra russa chamada *O livro da profecia*, escrita por Vladimir Jaroslov, príncipe de Novgorod, noroeste da Rússia. Nela um padre era chamado de *upir lichy*, ou seja, um "vampiro hediondo" dado o seu desvio de comportamento. Essa ligação entre o vampirismo e a religião cristã evoca o fato de a Rússia ter adotado o cristianismo oriental em 980 e, desde então, a Igreja local se esforçou para banir rituais e crenças pagãs eslavas sobre criaturas vampíricas. Ainda que o cristianismo tenha vencido a disputa pelo poder religioso, o vampiro sobreviveu no folclore do povo eslavo, tornando-se a personificação simbólica do convívio conflituoso entre cristianismo e paganismo.

Durante o século XVII, um estudioso de nome Leo Allatius publicou *De Graecorum Hodie Quirundam Opinationibus* (1645), no qual discutia muitos elementos culturais de sua terra natal, a Grécia, em especial a questão dos *vrykolakas*, o vampiro grego. Partindo da análise dos rituais da Igreja Ortodoxa Grega em relação aos cuidados religiosos com os mortos, Allatius defendeu a ideia de que os vampiros eram pessoas mortas cujo corpo havia sido tomado pelo diabo. Ainda que a ideia de origem grega do cadáver possuído por um espírito maligno já circulasse pela Europa desde a Idade Média, a obra de Allatius ajudou a dar um novo impulso à ligação do vampiro com Satã, o que favoreceu a constituição de vários aspectos folclóricos relacionados a esta criatura como a repulsa a símbolos cristãos como a cruz e a água benta. A literatura de ficção vampírica reflete esse fato na sua obra maior: *Drácula* (1897), do escritor irlandês Bram Stoker. No capítulo 18 deste romance, o cientista e caçador de vampiros Van Helsing explica aos seus amigos que a origem de Drácula está ligada a Satã:

> ... os Dráculas foram [...] uma grande e nobre raça, embora uma vez ou outra houve descendentes que foram acusados por seus contemporâneos de terem pacto com o diabo. Eles aprenderam os segredos deste em Scholomance, [...] onde o próprio diabo ensina.

No entanto, como veremos mais adiante, ainda que *Drácula* tenha sido um divisor de águas na literatura de vampiros, gerando uma série de convenções que foram seguidas por escritores posteriores a Stoker, a origem do vampiro como produto da ação do demônio não se tornou um dos elementos centrais nesta mitologia.

Se o primeiro registro escrito da palavra vampiro pode ser traçada na Rússia do início do século XI como herança do eslavo antigo, o mesmo não pode ser feito sobre a origem do termo no folclore. Essa dificuldade é decorrente da multiplicidade étnica, religiosa e linguística dos povos eslavos, entre os quais surgiu a figura clássica do vampiro como um cadáver que retorna dos mortos para se alimentar do sangue dos vivos. Essa pluralidade cultural se manifesta nos termos *uppyr* (russo moderno), *upir* (bielo-russo, tcheco, eslovaco), *upirbi* (ucraniano), *vampir* (búlgaro) e *upirina* (servo-croata), *uppier* (polonês).

É fundamental destacar que, ainda que a palavra "vampiro" tenha nascido entre os povos eslavos, as crenças sobre mortos-vivos com as características mencionadas acima estão presentes no folclore de todos os continentes. Tal fato revela um padrão comum entre culturas diferentes em relação a dois elementos centrais da história da civilização e que, consequentemente, tornaram-se chave na elaboração da criatura vampírica: a preocupação com os rituais reservados aos cadáveres e o simbolismo do sangue.

OS MORTOS VIAJAM RÁPIDO

Talvez não exista elemento mais perturbador da existência humana do que a perspectiva do seu inexorável fim. De que forma o fim da vida pode ser entendido? Como pesquisas arqueológicas mostram por meio de evidências de práticas mortuárias em cavernas, esta questão vem assombrando o homem desde a Idade da Pedra, há cerca de 30 mil anos. Esta certeza imutável levou o ser humano a desenvolver rituais que se centravam no cadáver, pois ele é o símbolo supremo da morte. Em seu silêncio e decadência, ele incorpora as mudanças radicais trazidas pela mortalidade ao mesmo tempo em que aterroriza os vivos pela presença sobrenatural da morte. Na sociedade de hoje, todavia, a morte se tornou algo embaraçoso e impessoal. O cadáver é despachado para os locais de sepultamento de forma furtiva e apressada. Para as camadas populares de épocas passadas, no entanto, a morte era uma realidade a ser ritualizada dentro do círculo familiar e social do falecido. Por esta razão, todo o cuidado era reservado aos mortos dentro do seu círculo familiar para evitar o seu retorno. Mas por que (ou por quem) o morto retornaria?

O homem simples de tempos passados considerava o mundo sobrenatural uma realidade tão crível quanto os fenômenos da natureza. Decorre daí sua crença de que laços de relacionamento pessoal e social ou ressentimentos entre o morto e os vivos poderiam permanecer, fazendo com que o morto retornasse para levar os vivos consigo para o Além. Era preciso, portanto, evitar o seu retorno. Para tal, vários procedimentos de origem pagã eram tomados em relação ao corpo para garantir uma passagem tranquila da alma para o outro mundo. Um exemplo disto estava relacionado aos gatos. Historicamente associados ao sobrenatural, esses animais deveriam ser banidos de uma casa onde um velório estivesse sendo realizado porque, caso passassem por cima do corpo, a alma ficaria condenada ao exílio na terra. Do mesmo modo, uma mulher menstruada não poderia tocar em um cadáver dado o seu estado impuro. Espelhos e receptáculos com água deveriam ser cobertos para não refletirem o cadáver e, assim, capturarem a sua alma. Essa prática não fazia parte do folclore do leste europeu sobre vampiros e nas primeiras produções literárias sobre o tema nada em particular a respeito dos espelhos foi mencionado. Foi *Drácula* que introduziu a ideia de que os vampiros não possuíam reflexos, pelo fato de que eles não possuíam uma alma para ser mostrada. Mais recentemente, os escritores têm abandonado essa convenção, bem como criado outras, num esforço contínuo para adequar e adaptar a imagem do vampiro à sociedade contemporânea.

Além do descuido com o morto, outras situações poderiam levar uma pessoa a retornar como espírito ou morto-vivo. Neste caso, percebe-se a clara influência da ideologia cristã sobre o folclore das regiões por ela dominada. Vítimas de morte violenta, suicidas, criminosos, assassinos, excomungados, pessoas malignas ou filhos ilegítimos eram os principais candidatos a retornarem para se vingar dos vivos ou para concluir assuntos inacabados junto a seus familiares. Como ponto em comum entre eles estão o desvio e a subversão às normas sociais da comunidade e ao ciclo natural da vida, o que seria um motivador para a ocorrência do sobrenatural. Nesta leitura, as narrativas de espíritos e criaturas que voltam do mundo dos mortos para assombrar os vivos exerciam a função primordial de advertência às leis do grupo social. Em *Varney o vampiro* (1847), de James Malcolm Rymer, por exemplo, o vampiro Francis Varney assumiu sua condição vampírica após ter matado, ainda que acidentalmente, o próprio filho.

A questão da violação às leis de um grupo ou de um processo natural, nesse caso relacionado às complicações de parto e à morte de recém-nascidos, também estão por trás dos primeiros relatos sobre os vampiros. Lilith e Lamia são vampiras, respectivamente, do folclore judaico e da mitologia grega que têm em comum o fato de, em vida, terem sido mães que perderam a sua prole por ter contrariado o divino. Como resultado desta ação, as duas se transformaram em criaturas vampíricas que juraram se vingar da humanidade sugando o sangue de crianças ou matando mães em trabalho de parto. Elas também se metamorfoseavam em belas mulheres para seduzir os homens e, em seguida tirar-lhes a vida. As narrativas destas criaturas encontram semelhança em outras vampiras folclóricas como a Strix (Roma antiga) e a Langsuyar (Malásia). Uma representação literária dessa vampira está no conto "A morta amorosa" (1836), de Théophile Gautier onde um atraente morto-vivo do sexo feminino retorna para vampirizar um homem.

De forma a evitar o retorno do morto em decorrência de um descuido com os rituais funerários ou de uma violação às leis sociais, o folclore de cada região estipulava procedimentos a serem seguidos. No caso do leste europeu, esses procedimentos migraram do universo folclórico para o literário tornando-se também convenções da literatura de vampiros. Dentre essas convenções, destacam-se o uso do alho para afugentar o vampiro e da estaca para eliminar essa criatura.

Desde a Antiguidade o alho é utilizado como um poderoso remédio para afastar espíritos maléficos em geral e enfermidades. Nos países da Eslávia do Sul (Iugoslávia), por exemplo, ele era empregado não apenas como profilaxia, mas também como modo de se detectar um vampiro. Foi Bram Stoker quem introduziu o alho na literatura de vampiros por meio de *Drácula* como um utensílio eficaz contra vampiros. Na verdade, o uso do alho está relacionado ao forte cheiro emitido pela planta, o que ajudava a encobrir o odor de putrefação do cadáver enquanto as práticas funerárias eram realizadas. Com o tempo, o seu poder passou a ser vinculado como meio de evitar a presença do sobrenatural.

Já o uso da estaca contra vampiros remete a uma época anterior ao uso de caixões. Ao contrário do que o cinema popularizou em relação a este elemento, a utilização da estaca tinha como objetivo primordial fixar o corpo do possível candidato a vampiro no chão, dificultando assim que ele escapasse do túmulo. Esse objeto era enfiado principalmente na região do estômago pela facilidade de penetração, ao contrário do coração, cujo acesso era dificultado pela caixa torácica. Após a popularização dos caixões, as estacas passaram a ser um dos métodos para se eliminar um vampiro, ao lado da prática da decapitação e da cremação do corpo. Irônica e paradoxalmente, segundo a teoria corrente atualmente postulada pelo historiador cultural Paul Barber em seu livro *Vampires, Burial and Death*, a estaca contribuiu para a criação do mito dos vampiros, pois ao se introduzir estacas nos corpos suspeitos de vampirismo os gases presentes no interior do corpo decorrentes da putrefação eram pressionados e, ao passarem pela traqueia, geravam um som semelhante a um gemido, prova inconteste da condição vampírica do cadáver. Na literatura, a novela *Carmilla* (1872), de Sheridan Le Fanu foi a obra que introduziu o uso deste objeto contra os seres da noite.[1]

[1] Ver Sheridan Le Fanu, *Carmilla — A vampira de Karnstein*. Trad. José Roberto O'Shea. São Paulo: Hedra, 2010.

Além das crenças relacionadas ao destino dos mortos, outro fator que ocupa posição central na elaboração do mito do vampiro é o simbolismo do sangue.

PORQUE O SANGUE É VIDA

A história da humanidade vem sendo escrita com sangue. Seu significado, de caráter multidiscursivo, é incontestável, pois abarca noções de família, raça, religião e gênero. Por ele, animais e pessoas foram sacrificados aos deuses em troca de favores e bênçãos. O sangue derramado de reis e divindades garantia a prosperidade da terra, e beber do sangue dos inimigos permitia a alguém adquirir a força do adversário. Estes rituais de culturas espalhadas pelo mundo evidenciavam o simbolismo associativo do sangue com a alma. No leste europeu, a palidez e a ausência de calor de um corpo, biologicamente decorrente também da ausência de circulação sanguínea, era visto como um sinal do abandono da alma e prova da morte do indivíduo. Não é à toa que entre os saxões da Transilvânia a morte seja chamada de *Der Kaltmacher*, ou seja, "aquele que traz o frio".

Essa conexão sangue—alma imbuiu esse fluido corporal de uma natureza divina, percebida no simbolismo atribuído à cor vermelha, fonte de seu poder, de acordo com a crença folclórica. Devido a esse fato, o vinho tinto foi identificado com o sangue e, na Grécia antiga, era consumido pelos devotos de Dionísio como um ritual de consumo do sangue do deus. Esta ação encontra paralelo na liturgia católica de consumo do vinho como sendo o sangue do Salvador: "Bebei dele todos; porque isto é o meu sangue", disse Jesus a seus apóstolos. A intrínseca ligação do vampiro folclórico com o sangue se origina nesta visão divina do fluido humano como repositório da alma, algo que o vampiro anseia acessar por não possuí-la. Essa é uma das razões para a preferência do vampiro em atacar pessoas do seu círculo familiar, de acordo com o folclore: o sangue carrega a história do grupo social. Tal ligação entre o vampiro e seus descendentes foi explorada, respectivamente, no primeiro romance e na primeira novela sobre vampiros da língua inglesa: *Varney o vampiro* e *Carmilla*.

Ideias correntes na Antiguidade e que foram assimiladas pelo cristianismo também estão por trás da ligação da mulher com o sangue devido ao ciclo menstrual e ao fluxo de sangue gerado no momento do parto. Segundo a ideia corrente em Roma no primeiro século da era cristã e defendida pelo naturalista romano Plínio o Velho, o sangue menstrual era considerado venenoso a ponto do ato sexual ser proibido, pois os filhos concebidos durante a menstruação seriam doentes, teriam o sangue purulento ou nasceriam mortos. No século VI, o arcebispo Cesário de Arles foi mais longe, ao advertir que manter relações sexuais com a esposa durante a menstruação resultaria em filhos epilépticos, leprosos ou possuídos pelo demônio. Do mesmo modo, por muitos séculos as mulheres que morriam em decorrência de complicações no parto eram proibidas de serem enterradas como cristãs por estarem impuras pelo sangue expelido. Como resultado, eram sepultadas fora dos cemitérios cristãos, sem direito aos rituais religiosos, e à mercê, assim, do mesmo destino dos suicidas e assassinos no que se refere à possibilidade de retornarem como vampiros.

O paradoxo da mulher como provedora da vida e da morte expresso pelo sangue menstrual e pelo fluxo do parto está por trás da idolatria à deusa-mãe dos povos do passado que criava, mas também destruía. Essa dupla face está presente na deusa hindu Kali que era representada como uma criatura que se alimentava da carne e do sangue dos homens, fomentando as primeiras representações físicas dos vampiros. Como visto anteriormente, problemas com o parto e com a morte de recém-nascidos também estão na origem das criaturas vampíricas Lilith e Lamia.

Outra figura feminina deve ser levada em conta na construção da imagem do vampiro, principalmente na sua representação literária como uma figura aristocrática e de origem eslava. No início do século XVII uma nobre nascida na região onde hoje se encontra a República Eslovaca atraiu, torturou e matou centenas de jovens em um período de seis anos com o propósito de usar o sangue das mulheres como uma espécie de "cosmético rejuvenescedor". Elizabeth Bathory, ou a Condessa de Sangue, como ficou conhecida, desenvolveu diferentes métodos sádicos para incutir sofrimento nas suas vítimas e só foi detida quando, obcecada pelo sangue de virgens e sem novas vítimas para matar, assassinou uma nobre da corte. Todavia, devido a sua posição social, a vida de Elizabeth Bathory foi poupada. Sua sentença foi o aprisionamento dentro de um quarto do seu castelo sem portas ou janelas. A história de seus crimes vampíricos foi publicada na Europa Ocidental em 1720 na mesma época em que o leste europeu vivia uma histeria vampírica. Desde então, a história da Condessa de Sangue passou a ser associada com relatos de vampiros.

O VAMPIRO REVELADO

Em meio à tentativa de se lançar luzes sobre a origem do mito do vampiro, surge uma pergunta: por que dentre todas as representações de criaturas sobrenaturais que se alimentam de sangue humano espalhadas pelo mundo prevaleceu àquela do folclore eslavo? Algumas particularidades da história e da cultura desses povos podem fornecer respostas.

As criaturas sobrenaturais do leste europeu começaram a chamar a atenção dos países da Europa Ocidental a partir do Tratado de Passarowitz de 1718, no qual se estipulava que metade da Sérvia e partes da Bósnia e da Valáquia (hoje parte da Romênia) deixariam de ser dominadas pelo Império Otomano e passariam ao controle da Áustria. Esta nova configuração política abriu as portas de uma região tão próxima, mas ao mesmo tempo tão pouco conhecida pelo público ocidental, situação esta que continuou até o fim do século XIX como atestam as linhas iniciais de *Drácula*, publicado em 1897:

> Descobri [diz o inglês Jonathan Harker a caminho do encontro com o enigmático e desconhecido Conde Drácula] que o distrito por ele nomeado encontrava-se no extremo leste do país, nas fronteiras entre três estados, a Transilvânia, a Moldávia, e a Bucovina, bem no meio das montanhas carpacianas, uma das mais primitivas e menos conhecidas partes da Europa.

No entanto, diferente da Ásia e do Novo Mundo (onde também sempre houve relatos sobre criaturas sugadoras de sangue), o leste europeu estava a poucos dias de viagem. Logo, grandes nações europeias como a Alemanha, a França e, principalmente, o Reino Unido tomaram conhecimento de recorrentes relatos sobre vampiros que aconteciam nas regiões sob administração do Império Austro-Húngaro. A consequência foi que, em pleno Século das Luzes, quando a ciência moderna estava emergindo e a razão era a palavra do dia, a Europa se viu assaltada pelo chamado "levante vampírico" do leste europeu, disseminado e popularizado pela emergente imprensa com seus boletins e folhetos. Tal situação levou diversos pensadores renomados do período como Voltaire e Jean-Jacques Rousseau, dentre outros, a se debruçarem sobre o tema, visando demolir o que eles consideravam crenças supersticiosas incompatíveis com o Iluminismo. O vampiro, todavia, é um ser difícil de ser morto.

É interessante salientar neste ponto que, até o início do século XVIII, as narrativas sobre vampiros circulavam na Europa na forma oral, como parte do folclore das regiões já citadas. Os registros escritos sobre vampiros começaram por meio do trabalho de correspondentes e pesquisadores estrangeiros. Devido à proximidade geográfica e cultural com o leste europeu, a Alemanha foi o primeiro país a tratar do tema, buscando explicação para o fenômeno dos vampiros. *De Masticatione Mortuorum in Tumulus Liber* (1728), de Michaël Ranft, e *Dissertatio Physica de Cadaveribus Sanguisugis* (1732), de Johannes Christianus Stock abordaram a questão sob um prisma teológico, sem alcançar maior repercussão. No primeiro, discutia-se a impossibilidade dos vampiros assumirem forma física tangível para atacarem os humanos, enquanto o segundo apontava o diabo como fonte dos sonhos com os mortos-vivos. Neste cenário o crescente número de casos levou os dirigentes austríacos a se envolverem no caso, designando uma comissão científica investigativa liderada pelo cirurgião do Regimento de Campo da Infantaria Austríaca Johannes Fluchinger. O resultado desta iniciativa chocou o mundo europeu.

ARNOLD PAOLE: UM VAMPIRO DE VERDADE?

Visum et Repertum (1732) foi a obra que levou o vampiro para o centro dos debates na Era da Razão. Ela tem como palco a região da Medvegia, uma região da Sérvia. Nos relatos ouvidos por Fluchinger, dezessete pessoas teriam morrido no ano de 1731 em um curto espaço de tempo em decorrência dos ataques de um vampiro chamado Arnold Paole. Quando vivo, ele havia sido atacado por um vampiro na Grécia e após a sua morte o ex-soldado retornou como um morto-vivo para molestar as pessoas da sua vila. O corpo de Paole foi desenterrado quarenta dias após a sua morte e, diante das evidências físicas de vampirismo (conservação do corpo, crescimento de unhas e cabelos, e presença de sangue no canto da boca), os homens do local esfaquearam o cadáver, decapitaram-no e queimaram o corpo. As dezessete mortes ocorridas mesmo depois da destruição do vampiro foram atribuídas ao consumo de carne de gado vampirizado por Arnold Paole. O que as pesquisas de hoje mostram é que estes casos de mortes associadas a vampirismo podem estar relacionados a um dos vários surtos de peste bubônica que no início do século XVIII assolavam o leste europeu. Esta doença se espalhava rapidamente entre pessoas de convívio próximo e pode ter gerado a impressão de que um vampiro havia retornado para levar os seus familiares e amigos para o túmulo. Quanto à aparentemente inexplicável preservação dos corpos sepultados, a ciência mostra que o intenso frio europeu por vezes ajudava na preservação do corpo. Da mesma forma, a presença do sangue na boca era resultante da decomposição dos órgãos, liberando fluidos pelos orifícios do corpo. Por fim, pesquisas mostram que algumas funções bioquímicas do corpo humano, como a troca celular, continuam ativas em um corpo, mesmo após a morte. Tal fato explica o crescimento de cabelos e unhas nos cadáveres suspeitos. Essa aparência de crescimento intensifica-se a partir da perda de água do organismo, o que resulta em uma retração da pele evidenciando os pelos da barba, o cabelo e as unhas. A junção de todos os fatores criou o vampiro na mentalidade popular.

Uma vez feita a exumação dos cadáveres e da constatação de características semelhantes às encontradas no corpo de Arnold Paole, Fluchinger ordenou a destruição de alguns corpos. O relatório detalhado das investigações confirmando a existência dos vampiros foi apresentado ao imperador em 1732. A publicação logo se espalhou pelo continente europeu transformando *Visum et Repertum* em um sucesso de vendas e alvo de ataques de outros pesquisadores e teólogos da época, dentre os quais se destacaram o francês Jean-Baptiste de Boyer, conhecido como o Marquês d'Argens, e suas cartas *Lettres Juives* (1736), e o italiano Monsenhor Giuseppe Davanzati, arcebispo italiano da cidade de Trani e autor do manuscrito *Dissertazione sopra i Vampiri* (1744).

Ainda que tenham sido escritos por pessoas de reputação diametralmente opostas — o Marquês d'Argens era um famoso libertino do Antigo Regime francês ao passo que Davanzati era uma renomada figura da Igreja Católica Romana — os dois chegaram a conclusões semelhantes no sentido de refutar veementemente as conclusões de Johannes Fluchinger e de atribuir os casos de vampiros do leste europeu como produto de mentes ignorantes e supersticiosas. As duas obras, no entanto, logo foram suplantadas pelo trabalho *Dissertations sur les Apparitions des Anges, des Démons e des Esprits, et sur les revenants, et Vampires de Hungrie, de Bohême, de Moravie, et de Silésie* (1746), de Dom Augustin Calmet, acadêmico católico francês e o mais famoso "vampirologista" do início do século XVIII.

Nesta obra, que se tornou uma das principais referências para a criação das convenções literárias sobre vampiros, Calmet incorporou a preocupação da Igreja Católica com a disseminação das histórias sobre vampiros e decidiu expor seu caráter supersticioso. Objetivando uma análise racional do tema, ele reuniu o maior número possível de relatos oficiais e considerações sobre vampiros da época, incluindo o *Visum et Repertum* e o *Dissertazione sopra i Vampiri.* Ele definiu o vampiro como um morto-vivo que abandonava seu túmulo para molestar os vivos, sugando-lhes o sangue. A única solução neste caso seria localizar a tumba do suposto vampiro, desenterrar o corpo, cortar-lhe a cabeça fora, perfurar-lhe com uma estaca e, por fim, queimá-lo. No entanto, apesar das suas intenções, a profusão de detalhes recolhidos de várias fontes e a incapacidade de prover alternativas para o fenômeno analisado, levaram Calmet a não refutar de forma decisiva e taxativa a existência dos vampiros. Tal fato acabou por alimentar ainda mais o fascínio por estas criaturas, capturando a atenção de poetas e escritores europeus. Alimentado pelos debates expressos em documentos, tratados e manuscritos de pensadores e teólogos do século XVIII que o tornou o exemplo mais representativo de várias criaturas folclóricas espalhadas pelo mundo que se alimentavam do sangue humano, o vampiro do leste europeu viu na literatura um convite para transpor sua fronteiras geográficas e culturais e desembarcar nas grandes metrópoles europeias para começar o seu reinado de sangue.

Semelhante ao seu parente folclórico, ao longo de mais de dois séculos o vampiro literário vem sendo capaz de assumir diferentes formas. Uma análise da literatura de vampiros dos seus primórdios nos fins do século XVIII até o início do século XXI mostra que, enquanto produto histórico-cultural, o vampiro passou de uma criatura cadavérica em farrapos para um ser sofisticado e angustiado por dúvidas existenciais. Nesta trajetória, convenções literárias foram adotadas, alteradas ou abandonadas, levando-o a se tornar uma imagem especular da nossa sociedade.

Seguindo o pioneirismo, já comentado, da investigação ocidental do fenômeno da criatura sugadora de sangue, a Alemanha introduziu o tema do vampiro na literatura em 1748, dois anos depois da obra de Calmet. Abordando o personagem de forma metafórica, o curto poema "O vampiro" (*"Der Vampir"*), de Heinrich August Ossenfelder inaugurou a literatura vampírica ao mostrar um amante feroz que nutre desejos de vingança contra a amada pelo fato dela ter seguido o conselho da mãe para abandoná-lo devido às suas origens estarem ligadas a uma região repleta de vampiros. Vinte e cinco anos depois, Gottfried August Bürger lançou o poema "Lenore" (1773), no qual um morto retorna para levar a sua amada para o altar. Apesar de não tratar diretamente de vampiros, a abordagem de dois temas caros a essa literatura — o amor e a morte —, aliado à eficaz construção de uma atmosfera gótica, fez com que "Lenore" exercesse um profundo impacto nos gênero vampiresco. Uma das frases mais conhecidas do romance *Drácula* — "Os mortos viajam depressa" — foi retirada deste poema. Muito mais do que isso, porém, a influência da balada de Bürger pode ser realmente percebida em dois trabalhos chave da literatura de vampiros nos primeiros momentos do Romantismo: Os poemas "A noiva de Corinto" (1797), do poeta alemão Johann Wolfgang von Goethe, e "Christabel" (1797—1816), do inglês Samuel Taylor Coleridge.

Escrito meio século depois do poema de Ossenfelder, e exato um século antes de *Drácula*, de Bram Stoker, "A noiva de Corinto" é considerado o primeiro poema de vampiro por usar de forma direta o personagem, neste caso, uma vampira. Além disso, a obra de Goethe introduziu a ênfase no elemento sexual do vampiro. A partir deste ponto, cria-se um fosso entre a imagem do vampiro folclórico, traduzida em um cadáver ambulante, vestido em farrapos, e a representação do vampiro literário, um ser sedutor, sociável e de sexualidade inquieta.

Baseado em uma narrativa do folclore grego, "A noiva de Corinto" conta a história da jovem virgem Filinion, que retornou do mundo dos mortos para desfrutar dos prazeres sexuais que não teve em vida. Ela se dirige à pousada de seus pais e seduz o também jovem Machates, que se encontra hospedado no local. Desmascarada por seu pai e sua mãe, a vampira retorna para o túmulo e lá tem o seu corpo destruído.

Além da introdução do elemento sexual, a importância do poema de Goethe pode ser medida pelo fato de que ele pode ter fornecido a base para a criação de "Christabel", poema que apresentou o vampiro pela primeira vez à literatura inglesa e criou a temática do relacionamento lésbico-vampírico, da qual a novela *Carmilla* (1872), do escritor irlandês Sheridan Le Fanu, é a obra mais significativa.

Neste poema, o leitor conhece a história da jovem Christabel que se envolve com uma mulher chamada Geraldine. Após ser convencida pela misteriosa personagem, a moça e Geraldine se despem, e a jovem percebe a pele engelhada da mulher e experimenta um transe, início de uma longa e ambígua cena de caráter erótico. Ao acordar, Christabel sente um imenso sentimento de culpa ao passo que Geraldine se levanta rejuvenescida. Levada ao castelo do pai de Christabel, Geraldine se envolve com o pai da anfitriã e parte do castelo com ele. Mesmo não citando textualmente o termo vampiro para designar a sua personagem, não resta dúvida de que Coleridge tinha em mente a temática do vampiro quando compôs "Christabel".

Chama a atenção neste ponto o fato de que duas das obras mais representativas do início da literatura de vampiros apresentam como personagens principais vampiros do sexo feminino. Essa característica faz um paralelo com as primeiras narrativas mitológicas desta criatura, representadas por Lilith, Lamia e Kali, dentre outras. Tal particularidade decorre do uso de dois temas recorrentes do Romantismo: a bela defunta e a mulher fatal. Em "*Thalaba the Destroyer*" (Thalaba o Destruidor) (1801), do poeta inglês Robert Southey, por exemplo, o herói busca pela espada que trará um fim aos mágicos que assassinaram seus parentes. Nesta jornada ele se refugia da chuva em uma câmara mortuária e encontra um vampiro. Este vem a ser a sua falecida amada, a bela Oneiza, cujo cadáver fora possuído por um demônio. Demonstrando que Southey estava familiarizado com a literatura acadêmica setecentista sobre vampiros, Thalaba expulsa o demônio do corpo da amada transpassando-o com uma lança. Inspirado em *As mil e uma noites*, "Thalaba o Destruidor" também evidencia a influência do Oriente sobre o Romantismo inglês como lócus do exótico e do sobrenatural. Nesta mesma linha poética orientalista, "*The Giaour*" (1813), de Lord Byron, descreve a maldição lançada sobre um cristão por um muçulmano. Após a sua morte, o *giaour* (infiel, inimigo da fé cristã) voltaria como um vampiro. Na mesma época de Byron, outro poeta da Inglaterra — John Stagg — publicou "*The Vampyre*" (1810) que se destaca pelo uso das convenções sobre vampiros do leste europeu.

Gradualmente, ao longo do século XIX, a representação do vampiro masculino predominou sobre o feminino. Neste aspecto, duas exceções da poesia romântica sobre vampiras na Inglaterra e na França, respectivamente, foram "A Lamia" (1819), de John Keats e "As metamorfoses do vampiro" (1857), de Charles Baudelaire. No primeiro, Keats usou o tema do vampiro como uma metáfora das relações humanas a partir da lenda grega da Lamia contada no capítulo 25 do quarto livro de *Vida de Apolônio* produzido por volta do fim do século 2 da nossa era pelo grego Filóstrato. No segundo, Baudelaire explorou a sexualidade da figura vampiresca para descrever o sexo entre dois amantes. Este poema, dentre outros publicados em *As flores do mal* (1857), rendeu ao poeta francês um julgamento por obscenidade. Dignos de menção também são os poetas escritores Edgar Allan Poe e Théophile Gautier. Poe abordou de forma indireta o tema do vampiro feminino em contos como "Berenice", "Morela" e "Ligeia", publicados ao longo dos anos da década de 1830. Gautier, por sua vez, valeu-se da temática em "A morta amorosa" (1836).

Além do uso do tema da bela defunta e da mulher fatal, o Romantismo também legou à literatura vampírica a imagem romântica do vampiro como um aristocrata sofisticado que consegue se infiltrar na sociedade e fascinar a todos com sua sedução e exotismo. O início deste processo se encontra no conto "O vampiro" ("*The vampyre*") (1819), de John Polidori, responsável pela introdução da criatura na prosa de ficção em língua inglesa. Um verdadeiro divisor de águas na literatura de vampiros, "O vampiro" estabeleceu importantes elementos que foram aproveitados ou modificados em subsequentes criações artísticas, como *Carmilla* e *Drácula*. Por exemplo, o vampiro é um morto reanimado; ele não é uma criatura do passado, mas sim do presente, passeando incólume entre suas prováveis vitimas. Ele não ataca simplesmente visando o sangue, pois há a presença de um elemento erótico entre ele e sua vítima e os elementos eróticos ou libertinos ganham mais destaque na narrativa do que a necessidade de sangue.

A história de Polidori foi publicada na edição de abril da revista inglesa *New Monthly Magazine*, com a autoria atribuída a Lord Byron. O poeta inglês correu para desmentir o fato, o que acabou por revelar que o verdadeiro autor por trás do conto, o médico particular de Byron. Polidori tinha pretensões artísticas e aproveitou um fragmento de uma história narrada por Byron para desenvolver a narrativa do vampiro Lord Ruthven. Esta personagem foi moldada a partir do próprio Byron e, como o famoso poeta inglês, era uma elegante figura de grande cultura e educação refinada, mas que escondia uma natureza selvagem, libertina, profundamente narcisista e de comportamento irascível, traços estes que, paradoxalmente, tornavam Byron e seu sósia literário, deliciosamente fascinantes. Refletindo a estética romântica de seu tempo, o conto de Polidori instituiu o vampiro como um rebelde além das normas sociais burguesas. Característica que ganharia uma nova dimensão no Reino Unido a partir da segunda metade do século XIX.

A literatura de vampiros no Reino Unido durante a era vitoriana se desenvolveu sob a sombra das transformações sociais decorrentes da segunda Revolução Industrial, da expansão do Império Britânico, do impacto de novas teorias sobre a evolução do homem e da constituição do inconsciente humano, de assassinos em série lendários como o barbeiro Benjamin Barker e Jack o Estripador e do rígido código moral da sociedade vitoriana concernente ao sexo e ao papel da mulher. A época que apresentou ao mundo a mais importante obra da literatura de vampiros — *Drácula* — também foi palco de trabalhos que ajudaram Bram Stoker a delinear o seu romance gótico, tais como *Varney o vampiro* (1847), de James Malcolm Rymer e *Carmilla* (1872), de Sheridan Le Fanu.

Varney o vampiro foi um dos vários produtos da mecanização da imprensa na Inglaterra, ocorrida ainda no início do século XIX. Esta inovação tecnológica baixou enormemente a produção de revistas e jornais e promoveu o surgimento de novas publicações que atendiam aos gostos de uma massa letrada pobre, mas de crescimento constante. Chamadas de *penny dreadfuls* (revistas e folhetos de baixa qualidade), estas produções apresentavam histórias de enredo circulante e tom melodramático com ênfase no grotesco. *Sweeney Todd, the Demon Barber of Fleet Street* (1846—48), de Thomas Peckett Prest e *Varney o vampiro* foram dois dos vários *penny dreadfuls* de enorme sucesso no período criados com o objetivo único de entreter seu público alvo.

O primeiro romance de vampiros da língua inglesa foi publicado ao longo de 109 capítulos semanais em meados de 1840 e ajudou a disseminar a figura do vampiro como um dos principais ícones da literatura gótica. Após a periodização, o trabalho foi publicado em um volume único de oitocentas páginas. O enredo girava ao redor da vida do vampiro Varney e de seu relacionamento com a família Bannerworthy. Ao contrário da imagem sedutora de Lord Ruthven, Varney possuía unhas longas, pele pálida, olhos brilhantes e metálicos e, diferente dos outros vampiros literários que o antecederam, dentes pontiagudos como presas, com os quais atacava as vítimas, deixando-as com as, até então inéditas, marcas no pescoço. Após *Varney o vampiro* as produções literárias sobre estes seres, especialmente *Carmilla* e *Drácula* passaram a dar destaque aos dentes salientes e pontiagudos tão característicos destes personagens enfatizando, neste processo, a natureza bestial do vampiro.

Muito mais do que o romance de James Malcolm Rymer, a novela *Carmilla*, do irlandês Sheridan Le Fanu exerceu papel chave na elaboração do clássico de Bram Stoker. De fato, segundo alguns críticos como Christopher Frayling e J. Gordon Melton apontam, a ideia de um romance sobre vampiros teria ocorrido a Bram Stoker em um pesadelo após a leitura da história de Le Fanu. Motivações à parte, é fato que vários elementos de *Carmilla* estão presentes em *Drácula*, tais como, a ambientação da história no leste europeu, a transformação do vampiro em outros animais, a presença de um investigador ocultista caçando o vampiro e o uso da estaca para eliminar a criatura. Todos estes elementos estão a serviço da exploração da temática do relacionamento lésbico-vampírico entre a vampira Carmilla e a jovem Laura.

Mas a prova maior da força da narrativa de Le Fanu sobre Stoker está no conto "O hospede de Drácula" (1914).

Publicado postumamente pela viúva de Bram Stoker, este material ainda provoca debates entre os críticos pela sua posição em relação a *Drácula*, visto que ele não apresenta estrutura similar ao romance e, por isso, não poderia ser o capítulo introdutório omitido da obra, como alega a esposa de Stoker. Independente deste fato, porém, as semelhanças encontradas no conto com *Carmilla* são irrefutáveis.

O DRÁCULA DE STOKER

O romance de Bram Stoker marca a culminância de toda a produção literária sobre vampiros iniciada na Alemanha de 1748, com o poema "O vampiro", de Ossenfelder. Usando como base histórica um príncipe da Valáquia do século XVI chamado Vlad Dracula (também conhecido como Vlad, o Empalador) e mesclando as convenções sobre vampiros literários criadas na Alemanha, França e Inglaterra com suas pesquisas a respeito do leste europeu, Stoker moldou um dos ícones da literatura universal. Mas *Drácula* é muito mais que uma obra de compilação e edição: inovou ao fixar vários elementos que depois se tornariam clichês desta literatura, como a instituição do uso do alho e de símbolos religiosos cristãos contra os vampiros e a ausência de reflexo dessa criatura em um espelho. Esses dois pontos, todavia, não explicariam a fascinação que o romance gótico de Bram Stoker vem exercendo ao longo de mais de um século, fazendo dele, segundo algumas fontes, uma das obras mais traduzidas em todo o mundo depois da Bíblia. Para se entender esse fenômeno é preciso ter em mente que poucas obras na história da literatura abordaram de forma tão contundente as grandes questões do seu *zeitgeist* quanto *Drácula*.

A leitura dessa obra como mais uma história de vampiro pode levar um leitor desavisado a perder de foco as inúmeras questões levantadas pelo romance. Uma delas é a questão dos gêneros. Em uma época quando os papéis sociais reservados às mulheres eram apenas os franqueados por meio do matrimônio e da maternidade, o ataque do conde vampiro às personagens Lucy Westenra e a Mina Murray se configura como uma ameaça ao *status quo* da rígida sociedade vitoriana visto que, ao se transformarem em vampiras, elas abandonam a sua condição futura de esposa e mãe e se transformam em mulheres sexualmente ativas, algo inconcebível para a moral da época. A beleza sensual expressa no cadáver vampírico de Lucy em oposição a sua débil condição física quando viva e a vampirização de crianças da região circundante ao seu túmulo são exemplos desta leitura. Contra esta situação os caçadores de vampiros se apresentam. É interessante notar como o grupo de caçadores representa as classes sociais não apenas da Inglaterra, mas também do mundo ocidental no fim do século XIX que se articulam para destruir ameaças externas ao seu meio de vida. Assim temos um membro da aristocracia (Arthur Holmwood) e vários representantes da classe média, como um médico (John Seward), um contador (Jonathan Harker) e um cientista (Van Helsing). Destaque também para a presença do texano Quincy P. Morris, cuja função no romance além de indicar a força crescente dos Estados Unidos como uma das novas potências da época, era a de traçar a comparação dos ataques de Drácula com o vampiro morcego da América do Sul.

Outro aspecto discutido em *Drácula* é a questão da fronteira e da identidade. A identificação da região da Transilvânia, da Moldavia, e da Bucovina Transilvânia como um mundo primitivo e supersticioso pelos personagens ocidentais do livro remete ao comportamento da Inglaterra imperialista em relação a outros povos sob o seu julgo pelo mundo. Comportamento semelhante pode ser encontrado nos contos "A estranha orquídea" ("*The Strange Orchid*") (1894), de H.G. Wells e "O vampiro de Sussex" ("*The Adventure of the Sussex Vampire*") (1924), de Arthur Conan Doyle. No conto de Wells, o primeiro a introduzir o tema do vampirismo na ficção científica, a narrativa sobre uma planta do oriente com comportamento vampírico reflete a visão inglesa sobre o exotismo de outras regiões do mundo. Já na história de Doyle, na qual o famoso detetive fictício Sherlock Holmes investiga um caso envolvendo um vampiro, Holmes coloca a questão da existência da criatura vampírica como um produto de mentes supersticiosas. Nesta perspectiva pós-colonialista, da mesma forma que os habitantes das regiões dominadas pelo Império Britânico, Drácula é entendido como bestial e lascivo. A popularização (de modo equivocado, muitas vezes) das ideias de Charles Darwin em relação à evolução humana também pode ser aplicada em *Drácula*, no sentido de que a capacidade do vampiro de se transformar em diferentes criaturas simbolizava a sua involução humana e o predomínio da natureza primitiva, ligada ao animalesco.

Como o próprio Van Helsing explica no romance, a atração de Drácula por Londres não é mera coincidência, pois o clima decadentista *fin-de-siécle* da capital inglesa era um convite a seres como o conde. Neste sentido, *Drácula* explica metaficcionalmente a ascensão do romance gótico na era vitoriana com a novela *O estranho caso de dr. Jekyll e mr. Hyde* (1886), do escocês Robert

Louis Stevenson e o romance *O retrato de Dorian Gray* (1891), do irlandês Oscar Wilde.

Drácula se tornou sinônimo de história de vampiro já a partir do início do século XX. Toda a produção vampírica do século passado e deste início de século ainda dialoga com o romance de Bram Stoker, seja para prestar homenagem por meio de algum elemento narrativo ou personagem, seja para refutar suas convenções e propor novas leituras para o universo do vampiro literário.

Assombrado pelos horrores reais da Primeira Guerra Mundial, o vampiro literário das primeiras décadas do século XX passou a refletir o clima de alienação e pessimismo do período. Publicados sob esta atmosfera, os contos "Porque o sangue é vida" (*"For the Blood is the Life"*) (1911), do romancista italo-americano Francis Marion Crawford e "Um episódio da história da catedral" (*"An Episode of Cathedral History"*) (1919), do mestre britânico das histórias de fantasmas Montague Rhodes James mostram como o vampiro vem se adaptando para refletir a angústia das sociedades nas quais ele se insere. Mas foi no cinema que o vampiro encontrou um novo território para suas aparições, tornando-se um ícone dos tempos modernos.

O VAMPIRO VAI AO CINEMA

Semelhante ao que foi observado na pesquisa sobre os vampiros folclóricos e na criação do vampiro literário, a Alemanha produziu um dos primeiros e mais importantes filmes sobre as criaturas da noite até hoje: *Nosferatu* (1922). Baseado superficialmente na obra de Bram Stoker, este clássico do expressionismo alemão capturou a atmosfera da derrotada Alemanha do pós-guerra, refletindo-a no enredo de Henrik Galeen e direção de Murnau. Este foi o filme que mais se aproximou do folclore do leste europeu no que se refere à representação de um vampiro ao apresentar uma criatura alta, esquálida, com orelhas, nariz e dentes pontiagudos como um rato e nenhum *sex appeal*. *Nosferatu* também introduziu a rejeição do vampiro à luz do sol, uma ideia que se tornou parte das convenções do gênero.

O *zeitgeist* do entre guerras também esteve por trás da produção cinematográfica norte-americana *Drácula* (1931). Estrelado pelo ator húngaro Bela Lugosi no papel título, o filme dirigido por Tod Browning foi a primeira adaptação oficial do livro de Bram Stoker e o primeiro filme sonoro do gênero, inaugurando a trilogia dos monstros clássicos do estúdio *Universal Pictures* ao lado de *Frankenstein* (1932) e *A múmia* (*The Mummy*) (1932). Ao longo desta mesma década, a *Universal Pictures* ficou conhecida como produtora de filmes de monstros, refletindo o apelo popular que estes seres tinham como válvula de escape para os problemas decorrentes da Grande Depressão Americana dos anos 30. O *Drácula* de Bela Lugosi trouxe para a tela do cinema o visual aristocrático cunhado na era romântica inglesa, introduzindo a indefectível capa usada por Drácula e que se tornou parte da vestimenta do conde vampiro. No ano seguinte, o vampiro feminino também estrearia no cinema na produção europeia *Vampyr*, baseado parcialmente na novela *Carmilla*.

Nos anos 60, outra produtora de filmes, esta britânica, aproveitou a introdução das cores no cinema e a flexibilização dos códigos morais da década anterior para ressaltar o elemento sexual do vampiro a partir de fartas jorradas de sangue. *Dracula* (1958), chamado de

The Horror of Dracula (O horror de Drácula) nos Estados Unidos, fez com que a Hammer Films começasse uma longa série de produções com o personagem de Bram Stoker. Escalado para o papel principal, o ator inglês Christopher Lee reforçou a representação aristocrática do conde romeno ao mesmo tempo que enfatizou o elemento de fascinação e repulsa que as vítimas, especialmente as mulheres, sentem pelo vampiro. *O horror de Drácula* foi também o filme em que as presas do vampiro apareceram pela primeira vez.

Os anos 70 mostraram o vampiro de cara nova na literatura. Alinhando-se com as inovações temáticas levadas a cabo pelo pós-modernismo, escritores como Chelsea Quinn Yarbro, Frederick Thomas Saberhagen e Anne Rice renovaram as convenções literárias que regiam a literatura de vampiros desde Drácula. Yarbro apresentou a série *St. Germain* na qual são mostradas as aventuras do vampiro St. Germain, inspirado em um obscuro personagem histórico do século XVIII. O vampiro de Yarbro tem 3000 anos de idade, é imune a muitas armas contra vampiros como o espelho, o crucifixo e o alho, pode ter relacionamentos sexuais e usa sapatos nos quais carrega um pouco do seu solo nativo. O romance de estreia de St. Germain foi *Hotel Transylvania* (1978).

Seguindo a tendência pós-moderna em dar voz ao discurso do marginalizado e do oprimido, Frederick Thomas Saberhagen escreveu *The Dracula Tape* (1975). Neste romance o próprio Drácula narra os eventos mostrados no romance de Bram Stoker a partir do seu ponto de vista. O Drácula que emerge deste relato é um personagem incompreendido e simpático. Essa nova abordagem do personagem vitoriano foi seguida em outros livros nos quais Drácula se envolveu em diferentes aventuras.

Lestat de Lioncourt, apresentado no livro *Entrevista com o vampiro* (*Interview with the Vampire*) (1976), de Anne Rice, se coloca ao lado de Drácula como o personagem mais influente sobre representações contemporâneas do vampiro. Protagonista das *Crônicas vampirescas*, Lestat apresenta uma sexualidade ambígua, refletindo a discussão de Rice sobre a androginia do ser vampírico. Como tal, ele estava além de normas sociais definidas sobre gênero. Antes de Rice, apenas Le Fanu, em *Carmilla*, havia abordado a androginia latente do vampiro. Com o personagem de Anne Rice o vampiro a partir dos anos 80 passou a ser associado com a alienação e rebeldia da juventude e seu questionamento das instituições mantenedoras do *status quo*. Essa leitura está presente, por exemplo, no filme *Os garotos perdidos* (1987).

Os anos 90 foram marcados pelo aparecimento da AIDS e seu profundo impacto nas relações sociais. Historicamente associado a várias enfermidades e distúrbios como a peste bubônica, a anemia, a porfiria, a tuberculose e até a catalepsia, o vampirismo desde então passou a ser representado, principalmente no cinema e na TV, como uma doença adquirida e transmissível ao mesmo tempo em que se estabeleceu a imagem do vampiro como um ser marginalizado pelo sistema. Filmes como *Blade* (1998), *Ultravioleta* (*Ultraviolet*) (2006) e a série televisiva *True Blood* (2008) exemplificam essa nova interpretação do fenômeno do vampiro. O romance de Bram Stoker também refletiu este novo contexto cultural em 1992 na produção cinematográfica *Drácula de Bram Stoker* (*Bram Stoker's Dracula*). Lançado no auge do temor da AIDS, o filme faz uma ligação do sangue com as doenças venéreas, ressaltando a ligação do sexo com a transgressão.

O século XXI apresenta na série *Crepúsculo* o vampiro do novo milênio como um ser cujo corpo brilha ao ser exposto à luz do sol, mas sem se queimar e que pode possuir poderes diversificados, tais como velocidade, força ou o dom da profecia. A série de Stephen Meyer é diretamente inspirada em clássicos da literatura inglesa e na formação religiosa mórmon da autora, pautada pela busca da pureza espiritual e no exercício da abstinência sexual. Segundo alguns críticos, a utilização destes valores religiosos no enredo é um dos fatores que trouxeram sucesso aos livros, por responderem à angústia de uma geração que goza de liberdade de valores, mas ainda teme as doenças venéreas. A obra de Meyer tem despertado comentários variados no meio literário, pois se de um lado a série renova as convenções da literatura de vampiros, por outro ela é acusada de ser estruturada ao redor de clichês narrativos e de ser racista na representação de alguns grupos étnicos. Ainda é cedo, todavia, para avaliar o impacto da série sobre a longa tradição da literatura de vampiros.

BIBLIOGRAFIA

BARBER, Paul. *Vampires, Burial and Death*. New York: Yale University Press, 1988.

BARING-GOULD, Sabine. *Lobisomem: um tratado sobre casos de licantropia*. Trad. Fernanda M.V. de Azevedo Rossi. São Paulo: Madras, 2003.

BELLEI, Sergio Luiz Prado. Definindo o monstruoso: forma e função histórica. In: *Monstros, índios e canibais: ensaios de crítica literária e cultural*. Florianópolis: Editora Insular, 2000. pp. 11—22.

CASCUDO, Luís da Câmara. *Geografia dos mitos brasileiros*. Belo Horizonte: Editora Itatiaia, 1983.

CHEVALIER, Jean, GHEERBRANT, Alain. *Dicionário de símbolos*. Trad. Vera da Costa e Silva, et al. 11ª ed. Rio de Janeiro: José Olympio, 1997.

DELUMEAU, Jean. *História do medo no ocidente*. Trad. Maria Lucia Machado. São Paulo: Companhia das Letras, 1989.

DUBY, Georges. *Ano 1000, ano 2000: na pista de nossos medos*. Trad. Eugênio Michel da Silva. São Paulo: Editora Unesp, 1998.

LE FANU, J. Sheridan. *Carmilla*. (ed.) Jamieson Ridenhour. Kansas City: Valancourt Books, 2009.

LE FANU, J. Sheridan. *Carmilla*. (ed.) Bruno Costa. São Paulo: Hedra, 2010.

FERREIRA, Cid Vale (Org.) *Voivode: estudo sobre os vampiros*. São Paulo: Pandemonium, 2002.

GUILEY, Rosemary Ellen. *The Encyclopedia of Vampires, Werewolves and Other Monsters*. New York: Checkmark Books, 2005.

IDRICEANU, Flavia, bartlett, Waine. *Lendas de sangue: o vampiro na história e no mito*. Trad. Silvia Spada. São Paulo: Madras, 2007.

JUNIOR, Gonçalo. *A enciclopédia dos monstros*. Rio de Janeiro: Ediouro, 2008.

MCNALLY, Raymond T. & FLORESCU, Radu. Trad. Luiz Carlos Lisboa. *Em busca de Drácula e outros vampiros*. São Paulo: Mercuryo, 1995.

MELTON, J. Gordon. *O livro dos vampiros: a enciclopédia dos mortos-vivos*. São Paulo: M.Books do Brasil Editora, 2003.

MULVEY-ROBERTS, Marie. (Ed.). *The Handbook to Gothic Literature*. New York: NY University Press, 1998.

RANKE-HEINEMANN, Uta. *Eunucos pelo reino de Deus: mulheres, sexualidade e a Igreja Católica*. Trad. Paulo Fróes. 3 ed. Rio de Janeiro: Rosados Tempos, 1996.

RICHARDS, Jeffrey. *Sex, Dissidence and Damnation: Minority Groups in the Middle Ages*. London: Routledge, 1995.

SCHMITT, Jean-Claude. *Os vivos e os mortos na sociedade medieval*. Trad. Maria Lucia Machado. São Paulo: Companhia das Letras, 1999.

SILVA, Alexander Meireles da. *Literatura inglesa para brasileiros: curso completo de literatura e cultura inglesa para estudantes brasileiros*. Rio de Janeiro: Editora Ciência Moderna, 2005.

SUMMERS, Montague. *Vampires and Vampirism*. (Republication of *The Vampire: His Kith and Kin, 1929*. Mineola, N.Y.: Dover, 2005.

THE PENGUIN BOOK OF VAMPIRE STORIES. (ed.) Alan Ryan. New York: Penguin Books, 1988.

CONTOS CLÁSSICOS DE VAMPIRO

Figura chave na elaboração da imagem moderna do poeta romântico, Lord George Gordon Byron (1788—1824), ou Lord Byron, como ficou conhecido, exerceu grande influência na literatura de seu tempo pela sua mescla de genialidade artística e rebelião às normas sociais do século XIX. *Embora tenha abordado o tema do vampiro apenas de forma breve em trabalhos poéticos anteriores, Byron foi indiretamente responsável pela introdução do personagem na ficção inglesa. Concebido na mesma noite de outro marco da literatura gótica —* Frankenstein *(1818), de Mary Shelley — mas abandonado pelo poeta, "Trechos de um romance" forneceu a estrutura narrativa para que seu médico e companheiro de viagem John Polidori escrevesse "O vampiro" (1819). Ao publicar este conto posteriormente no mesmo ano do texto de Polidori, Byron pretendeu desmentir as afirmações que o colocavam como o autor por trás de "O vampiro".*

TRECHO DE UM ROMANCE

Lord Byron

17 de junho de 1816

No ano de 17**, decidi, depois de algum tempo, visitar países até então pouco frequentados por viajantes, e parti acompanhado de um amigo a quem chamarei de Augustus Darvell. Era alguns anos mais velho que eu e homem de fortuna vultosa e família tradicional, vantagens que ele não subestimava nem valorizava, graças à sua grande sagacidade. Algumas circunstâncias peculiares e inerentes à sua história pessoal tornaram-no para mim objeto de atenção, interesse, e até respeito, que nem mesmo a discrição de seu comportamento, nem as indicações ocasionais de certa inquietude que às vezes quase chegava à alienação, poderiam extinguir.

Eu era jovem e desde cedo havia me lançado na vida; mas a intimidade entre Darvell e eu era recente: tínhamos estudado nas mesmas escolas e na mesma universidade; mas seu progresso nessas instituições tinha me precedido e ele iniciara-se de maneira intensa no que se denomina mundo, ao passo que eu ainda estava no noviciado. Durante esse tempo, ouvi falar tanto de seu passado quanto de sua vida presente; e embora houvesse nesses relatos várias contradições irreconciliáveis, pude deduzir que se tratava de um ser incomum, alguém que por mais que se esforçasse para não ser notado, ainda assim era notável. Por conseguinte, havia travado conhecimento com ele e me esforçado para conquistar sua amizade, mas isso parecia inalcançável; das amizades que ele tivera, algumas pareciam ter se dissipado, e outras esfriado: seus sentimentos eram profundos, o que pude observar em diversas situações; pois embora conseguisse controlá-los, não podia, de todo, disfarçá-los: entretanto, tinha o poder de dar a uma paixão a aparência de outra, e desse modo era difícil definir a natureza do que se passava no seu íntimo; e suas expressões faciais variavam com tal rapidez, embora sutilmente, que era inútil investigar-lhes os motivos. Era evidente que alguma inquietação incurável o dominava; mas eu não podia descobrir se tal inquietação resultava de ambição, amor, remorso, tristeza, de um só desses sentimentos ou de todos, ou simplesmente de um temperamento mórbido, doentio: determinadas circunstâncias poderiam justificar a relevância de cada um desses motivos; porém, como disse antes, eram tão contraditórios e questionáveis que nenhum deles poderia ser considerado definitivo. Supõe-se, geralmente, que onde há mistério existe também maldade: não sei se isso é possível, mas nele decerto havia o primeiro fator, embora eu não pudesse determinar a extensão do outro — e eu relutava, no que a ele se referia, a acreditar na sua existência. Minhas investidas eram recebidas com bastante frieza: mas eu era jovem, não me deixava desanimar facilmente, e consegui obter, até certo ponto, aquela comunicação trivial e cotidiana, criada e reforçada pela similaridade de interesses e frequência de encontros, que se chama intimidade, ou amizade, conforme as ideias daquele que emprega tais palavras.

Darvell tinha viajado bastante; e a ele solicitei informações a respeito do itinerário da minha viagem. No íntimo, era meu desejo que ele fosse persuadido a me acompanhar; era também uma esperança, fundamentada na inquietação sombria que eu observara nele, e a qual o entusiasmo que ele parecia sentir em relação a tais assuntos e a aparente indiferença a tudo que o cercava, proporcionavam força renovada. Esse desejo, de início, insinuei, e em seguida expressei: sua resposta, embora eu tenha em parte antecipado, proporcionou-me todo o prazer da surpresa — ele consentiu; e após os devidos preparativos, começamos nossa jornada. Depois de viajarmos por vários países do sul da Europa, nossa atenção voltou-se ao Oriente, de acordo com nosso destino original; e foi durante o percurso por essas regiões que ocorreu o incidente em torno do qual gira o que tenho a relatar.

A compleição de Darvell, que, dada a sua aparência, deve ter sido na juventude mais robusta do que o normal, decaía com o passar do tempo, sem a intervenção de qualquer doença aparente; ele não tinha tosse nem tuberculose, ainda assim, a cada dia debilitava-se mais; seus hábitos eram moderados, e ele não admitia estar cansado, nem disso se queixava; não obstante, era evidente que definhava: tornava-se cada vez mais calado e insone, e afinal, ficou tão abatido que minha preocupação aumentou em proporção ao perigo que eu julgava afetá-lo.

Ao chegarmos em Esmirna, tínhamos nos proposto a excursionar pelas ruínas de Éfeso e Sardis, do que tentei dissuadi-lo devido à sua indisposição — mas foi inútil: parecia haver uma opressão em sua mente e uma solenidade em seus modos que não correspondiam ao seu anseio de prosseguir no que eu considerava uma simples viagem de lazer, anseio esse pouco recomendável a uma pessoa adoentada; mas não o contrariei mais — e em poucos dias partimos juntos, acompanhados somente por um homem encarregado de cuidar dos cavalos e apenas um guarda-costas.

Tínhamos percorrido a metade do caminho que conduz às ruínas de Éfeso, deixando para trás as cercanias mais férteis de Esmirna, e estávamos entrando naquela região agreste e desabitada, através dos pântanos e desfiladeiros onde ainda se veem algumas choupanas acima das colunas destroçadas de Diana — as paredes destelhadas do cristianismo banido, e a ainda mais recente e total desolação das mesquitas abandonadas, - quando a enfermidade súbita e vertiginosa de meu companheiro obrigou-nos a parar num cemitério turco, onde lápides com entalhes de turbantes eram o único sinal de que a vida humana estivera presente nesse local ermo. Algumas horas tinham se passado desde que a única hospedaria para caravanas ficara para trás, e não se via nem se esperava ver qualquer vestígio de povoado ou de casebre, e aquela "cidade dos mortos" parecia o único refúgio para o meu infeliz amigo, que seria, provavelmente, o último de seus habitantes.

Naquela situação, olhei em volta procurando um lugar mais conveniente para ele repousar: ao contrário do aspecto habitual dos cemitérios maometanos, nesse viam-se poucos ciprestes espalhados pela superfície; as lápides, em sua maioria, estavam tombadas e desgastadas pelo tempo: sobre uma das lápides em melhor estado, e sob uma das árvores mais frondosas, Darvell reclinou-se com grande dificuldade. Pediu água. Eu tinha dúvidas se isso seria possível, mesmo assim, apesar do desânimo, prontifiquei-me a buscá-la: mas ele desejou que eu ficasse; e virando-se para Suleiman, nosso guarda-costas, que ao nosso lado fumava com absoluta tranquilidade, disse, "Suleiman, *verbana su*", (*i.e.*, traga um pouco d'água), e passou a descrever detalhadamente o local onde poderia se encontrar água numa pequena nascente, usada pelos camelos, a algumas centenas de metros à direita: o guarda-costas obedeceu. Perguntei a Darvell.

— Como você sabia disso?

Ele respondeu:

— De acordo com nossa posição; você deve perceber que este lugar foi habitado e isso não seria possível se não houvesse fontes. Também já estive aqui antes.

— Você já esteve aqui antes! E como é que nunca me contou? E o que você estaria fazendo num lugar onde ninguém permanece um minuto além do necessário?

A essa pergunta não obtive resposta. Nesse ínterim, Suleiman voltou trazendo água, tendo deixado na fonte os cavalos e o nativo encarregado de cuidar dos animais. Ao saciar a sede, Darvell pareceu reanimar-se por um momento; e alimentei a esperança de que ele pudesse prosseguir, ou ao menos retornar, e o incentivei a tentar fazê-lo. Estava quieto, e parecia reunir forças para falar. E começou:

— Chega ao final a minha jornada e a minha vida; vim aqui para morrer; mas tenho um pedido, uma ordem... pois essas devem ser minhas últimas palavras. Você vai me atender?

— Certamente; mas tenho esperanças.

— Não tenho esperanças, nem desejos, além do seguinte: que a minha morte seja ignorada por todos os seres humanos.

— Espero que não haja oportunidade para tal medida; você vai se recuperar, e...

— Quieto! Assim deve ser: prometa.

— Prometo.

— Jure, por tudo que...

E nesse momento ele ditou um juramento solene.

— Não há razão para isso. Atenderei ao seu pedido; e duvidar de mim é...

— Não posso evitar, precisa jurar.

Pronunciei o juramento, que pareceu confortá-lo. Retirou do dedo um anel de carimbo e apresentou-o a mim. E continuou:

— No nono dia do mês, precisamente ao meio-dia (o mês que escolher, mas precisa ser esse dia), você deve atirar este anel nas águas salgadas que se lançam na Baía de Elêusis; no dia seguinte, à mesma hora, deve se dirigir às ruínas do templo de Ceres e esperar por uma hora.

— Por quê?

— Você verá.

— O nono dia do mês, é isso?

— O nono.

Quando eu lhe disse que aquele era o nono dia do mês, sua fisionomia se alterou, e ele fez uma pausa. Enquanto estava sentado, cada vez mais enfraquecido, uma cegonha, trazendo uma cobra no bico, pousou numa lápide próxima a nós; e, sem devorar a presa, parecia olhar-nos fixamente. Não sei o que me impeliu a afugentá-la, mas a tentativa foi inútil; ela, então, circulou no ar, e voltou ao mesmo lugar. Darvell apontou para a ave, sorriu e falou — não sei se para si mesmo ou para mim —, mas as palavras foram apenas: "Está bem!".

— O que está bem? O que quer dizer?

— Não importa; você deve me enterrar aqui esta noite, exatamente onde aquela ave está pousada. Você já sabe quais são as outras ordens.

Continuou então a me passar diversas instruções de como sua morte seria mantida em segredo. Ao terminar, perguntou:

— Está vendo aquela ave?

— Decerto.

— E a serpente que se retorce no seu bico?

— Sem dúvida: não há nada de extraordinário nisso; é sua presa. Mas é estranho que não a devore.

Sorriu de um modo assustador, e disse, quase sem forças:

— Ainda não é hora!

Quando ele disse isso, a cegonha voou. Por um momento meu olhar a seguiu — nem se chegaria a contar até dez. Senti o peso de Darvell, por assim dizer, aumentar no meu ombro e, voltando-me para ver seu rosto, percebi que estava morto!

Fiquei perplexo diante da certeza súbita e irrefutável — em poucos minutos seu semblante enegreceu. Eu poderia ter atribuído a mudança tão rápida à ação de veneno, caso não estivesse ciente de que ele não tivera a oportunidade de ingeri-lo. O dia chegava ao fim, o corpo alterava-se rapidamente, e nada restava a não ser atender aos seus pedidos. Com a ajuda do iatagã de Suleiman e de meu próprio sabre, abrimos uma cova rasa no local indicado por Darvell: por ter recebido antes algum ocupante maometano, a terra cedeu com facilidade. Cavamos o mais fundo possível, segundo nos permitia o tempo, e depois de atirar a terra seca sobre o que restava do ser especial que acabava de partir, cortamos alguns torrões de grama do solo menos árido ao redor e os deixamos sobre a sepultura.

Em meio ao meu assombro e pesar, não derramei sequer uma lágrima.

O dia 16 de junho de 1816 testemunhou uma das noites mais bizarras da literatura quando, entediados pela noite tempestuosa que os impossibilitava de passear de barco, os poetas ingleses Lord Byron e Percy Bysshe Shelley, o médico particular de Byron, John Polidori e a namorada de Shelley, Mary Godwin, acompanhada de sua irmã, Claire Clairmont, reuniram-se para criar histórias de terror. Com exceção de Mary, cuja história se transformaria dois anos mais tarde no romance Frankenstein, *o grupo abandonou a iniciativa, ou pelo menos foi isso que quase todos pensaram. A partir de suas anotações sobre a história inacabada de Byron narrada naquela noite, e de seu desejo de também ser um artista, John Polidori (1795—1821) escreveu "O vampiro" — o primeiro conto da língua inglesa a abordar esta temática. Publicada em 1819 na* New Monthly Magazine, *esta pequena obra prima criou a imagem moderna do vampiro aristocrático e sedutor que seria explorada ao longo das décadas seguintes em obras como* Drácula *(1897), de Bram Stoker e* Entrevista com o vampiro *(1976), de Anne Rice.*

O VAMPIRO
John Polidori

Em meio à libertinagem própria do inverno londrino, um nobre, mais notável por suas excentricidades do que por sua linhagem, começou a circular em várias festas oferecidas pelas mais expressivas figuras da alta sociedade. Observava com atenção o júbilo ao seu redor, como se não lhe fosse possível dele participar. Aparentemente, apenas o leve riso das belas mulheres atraía sua atenção, para que ele pudesse reprimi-lo com um olhar e incutir temor naqueles seios onde reinava a leviandade. As que sentiram tal horror não sabiam explicar de onde surgira: atribuíam-no àquele olhar cinzento e inerte que, embora fixo na superfície do objeto, parecia não conseguir atravessá-la e num relance chegar aos mecanismos internos do coração; mas que atingia a face com um raio soturno que, pesando na pele, não a transpassava. Por suas peculiaridades o nobre era convidado a frequentar todas as casas; todos desejavam vê-lo, e os adeptos da diversão intensa, e que agora sentiam o peso do tédio, ficavam satisfeitos diante da oportunidade de entretenimento. Apesar do tom mortiço de seu rosto, que jamais adquiria um matiz mais quente, fosse pelo rubor da modéstia ou pela forte emoção da paixão, talvez por suas feições e seu perfil serem belos, muitas mulheres ávidas por notoriedade tentavam atrair sua atenção, e conseguir, afinal, alguns sinais do que poderiam denominar afeto: Lady Mercer, que, desde seu casamento, tinha zombado das grandes damas que se exibiam nos salões, atirou-se a ele e só faltou se vestir de palhaço para ser notada; mas em vão. Quando ela se pôs à sua frente, apesar do olhar aparentemente fixo nos olhos dela, estes ainda pareciam imperceptíveis; até mesmo seu atrevimento fora ignorado, e ela desistiu. Contudo, se nem mesmo a adúltera mais comum podia influenciar a direção de seu olhar, não significava que o sexo feminino lhe fosse indiferente: ainda assim, tal era o recato com que conversava com a esposa virtuosa e a filha ingênua, que poucos sabiam que ele costumava se dirigir a mulheres. Tinha, no entanto, a reputação de ser persuasivo; e se isso superava o temor inspirado por sua personalidade singular, ou se elas se impressionavam com seu aparente repúdio ao vício, o fato é que ele circulava tanto na companhia de mulheres enaltecidas por virtudes domésticas, quanto daquelas marcadas por imperfeições.

Na mesma ocasião, chegou a Londres um jovem cavalheiro chamado Aubrey: era órfão, e seus pais, que morreram quando ele ainda era criança, deixaram-no na companhia da irmã e de posse de grande fortuna. Além disso, entregue ao cuidado de tutores que julgavam seu dever cuidar apenas de seus bens, enquanto deixavam os assuntos mais importantes, relativos ao intelecto, ao encargo de subalternos interesseiros, o rapaz cultivou mais a imaginação do que o bom-senso. Possuía, por conseguinte, aquele elevado sentimento romântico de honra e honestidade que diariamente arruína tantos aprendizes de chapeleiro. Acreditava que todos apreciassem a virtude e pensava que o vício fora introduzido pela Providência simplesmente para conferir à cena um efeito pitoresco, como se observa nos romances: pensava que a miséria de uma choupana se restringia às vestimentas, que podiam até aquecer, mas melhor convinham à visão do pintor devido às pregas irregulares e vários remendos coloridos. Afinal, julgava que os devaneios dos poetas eram fatos reais da vida. Era bonito, sincero e rico: por essas razões, na ocasião de seu ingresso nos círculos festivos, muitas mães dele se acercaram, competindo entre si ao descrever com inverdades os pretendentes indolentes ou afoitos; ao mesmo tempo, as filhas, com os semblantes iluminados quando ele se aproximava, e olhares esfuziantes assim que ele abria os lábios, logo o conduziram a falsas noções sobre as qualidades e o mérito dele próprio. Apegado aos romances de seus momentos solitários, surpreendeu-se ao descobrir que, exceto nas velas de sebo e cera que tremeluziam, não devido à presença de um espectro, mas pela escassez de pavio, não havia fundamento na vida real para quaisquer daqueles acervos de cenas e descrições agradáveis contidos nesses volumes, mediante os quais ele consolidara seu estudo. Em todo caso, tendo encontrado alguma compensação na sua vaidade satisfeita, estava prestes a desistir de seus sonhos, quando o ser extraordinário que descrevemos acima cruzou seu caminho.

Ele o observava; e a absoluta impossibilidade de formar uma ideia sobre o caráter de um homem inteiramente absorto em si mesmo, que demonstrava tão poucos sinais de sua observação de objetos exteriores além do tácito reconhecimento da existência dos mesmos, impedia o contato entre os dois: deixando sua imaginação se deter em tudo que intensificava a propensão a ideias extravagantes, logo transformou esse objeto no herói de um romance e decidiu observar o fruto de sua fantasia, em vez da pessoa diante dele. Aproximou-se, fez-lhe gentilezas e conquistou-lhe a atenção até que sua presença fosse sempre notada. Aos poucos tomou conhecimento de que os negócios de Lord Ruthven estavam comprometidos, e em seguida descobriu, observando os preparativos em curso, que ele pretendia viajar.

Desejoso de conseguir alguma informação a respeito dessa personalidade tão singular que até agora tinha apenas aguçado sua curiosidade, comunicou aos tutores que era chegado o momento de ele fazer a viagem, que por muitas gerações foi considerada necessária para capacitar jovens a dar passos rápidos na carreira do vício, a fim de equipará-los aos mais velhos, evitando que parecessem ter caído dos céus quando ouvissem intrigas escandalosas, a título de zombaria ou louvor, dependendo da habilidade de quem as relatasse. Os tutores consentiram: e Aubrey, mencionando imediatamente a Lord Ruthven suas intenções, ficou surpreso ao receber dele uma proposta para acompanhá-lo. Envaidecido por tal sinal de apreço da parte do lorde, que aparentemente nada tinha em comum com outros homens, Aubrey aceitou de bom grado, e poucos dias depois lançaram-se ao mar.

Até aquele momento, Aubrey não tivera a chance de analisar a personalidade de Lord Ruthven, e agora descobria que, embora muitas atitudes suas lhe fossem evidentes, os resultados o levavam a conclusões diversas quanto aos motivos aparentes da conduta. O amigo era esbanjador; o preguiçoso, o vagabundo e o mendigo recebiam de suas mãos mais do que o suficiente para mitigar necessidades imediatas. Entretanto, não escapava à observação de Aubrey que não era aos virtuosos, reduzidos à indigência devido a infortúnios que se abatem até sobre pessoas honestas que ele concedia donativos; — a esses despedia, mal disfarçando o desdém; mas quando o degenerado recorria a ele, não para que atenuasse suas privações, mas para possibilitar-lhe que se espojasse na luxúria, e mergulhasse ainda mais profundamente na iniquidade, este recebia generosa doação. Segundo ele, isso se atribuía à maior insistência do depravado, que de modo geral prevalece sobre a modéstia do indigente virtuoso. Havia uma particularidade a respeito da caridade do lorde, que mais o impressionava: todos por ele favorecidos tornavam-se, inevitavelmente, vítimas de maldição, pois acabavam no cadafalso ou afundavam na mais desprezível miséria. Em Bruxelas e outras cidades por onde passaram, Aubrey ficou surpreso diante da aparente ansiedade com que seu companheiro procurava pelos antros de todos os vícios elegantes; em tais lugares entrava no espírito da mesa de faraó: apostava e sempre ganhava, exceto onde o notório trapaceiro era o adversário, e então ele perdia mais do que ganhava; mas era sempre com o mesmo semblante impassível com o qual observava a sociedade circundante: no entanto, não era assim quando se deparava com o novato atrevido, ou com o infeliz pai de família numerosa; então, seu desejo parecia comandar a sorte — a aparente distração era deixada de lado, e seus olhos refletiam mais fogo do que os de um gato brincando com o rato semimorto. Em cada cidade ele deixava um jovem, até então afluente, arrancado do círculo por ele abrilhantado, amaldiçoando, na solidão de um calabouço, o destino que o levara à presença daquele demônio; enquanto isso, muitos pais, desesperados, viam-se em meio aos olhares eloquentes de crianças mudas e famintas, sem sequer dispor de um centavo de sua prévia e imensa fortuna com o qual pudessem comprar o suficiente para suprir-lhes a necessidade. Mas ele não levava um centavo da mesa de jogo; ao contrário, se jogasse com o responsável pela ruína de muitos, perdia logo, até a última moeda que acabara de arrebatar das mãos trêmulas dos simplórios: isso talvez resultasse de certo grau de conhecimento, que, no entanto, não era capaz de combater a perspicácia dos mais experientes. Com frequência, Aubrey desejava conversar com o amigo, e implorar-lhe que desistisse daquela caridade e daquele divertimento que levavam todos à ruína e não o beneficiavam; mas, protelava — pois dia após dia esperava que seu amigo lhe desse alguma oportunidade de com ele falar sincera e abertamente; entretanto, isso jamais ocorria. Lord Ruthven em sua carruagem, e diante de vários cenários da natureza, esplêndidos e inexplorados, era sempre o mesmo: o olhar falava menos que os lábios; e embora Aubrey estivesse próximo ao objeto de sua curiosidade, dele não obtinha maior recompensa além da inquietação constante de desejar inutilmente desvendar aquele mistério que, para sua imaginação aguçada, começava a assumir a aparência de algo sobrenatural.

Logo chegaram a Roma e por algum tempo Aubrey perdeu de vista o companheiro; deixou-o frequentando, todas as manhãs, o círculo de uma condessa italiana, enquanto saiu à procura de monumentos noutra cidade quase deserta. Nessa ocasião, chegaram cartas da Inglaterra, as quais abriu avidamente; a primeira era de sua irmã, que demonstrava a mais pura afeição; as demais eram de seus tutores, sendo que estas o assustaram; se antes imaginara haver um poder maléfico inerente ao companheiro, essas cartas pareciam lhe dar razões suficientes para confirmar as suspeitas. Os tutores insistiam que ele se afastasse imediatamente do companheiro e advertiam-no de que sua natureza era cruel, pois o fato de ele possuir poderes de sedução irresistíveis tornava seus hábitos desregrados ainda mais nocivos à sociedade. Descobriu-se que seu desprezo pela adúltera não se originara no ódio ao caráter da mulher; e que ele exigira, para aumentar sua satisfação, que a vítima, sua cúmplice, fosse atirada do penhasco da virtude imaculada para o mais profundo abismo da infâmia e degradação: afinal, descobriu-se que todas aquelas mulheres que ele tinha procurado, aparentemente por serem honestas, tinham, desde sua partida, deixado a máscara de lado e não recearam expor toda a deformidade de seus vícios ao olhar público.

Aubrey decidiu se afastar daquele que, em termos de caráter, não demonstrara sequer um ponto iluminado onde o olhar pudesse repousar. Resolveu inventar algum pretexto razoável para abandoná-lo de uma vez por todas, pretendendo nesse ínterim melhor observá-lo e não deixar passar despercebida a mínima circunstância. Passou a frequentar o mesmo círculo, e logo percebeu que o lorde se empenhava em tirar proveito da inexperiência da filha da anfitriã. Na Itália, é raro uma mulher solteira aparecer em sociedade; assim sendo, ele se obrigava a levar adiante seus planos, em segredo; mas o olhar de Aubrey seguia-o em todas as suas manobras tortuosas, e logo descobriu que um encontro amoroso fora marcado, sendo que provavelmente terminaria na perdição daquela jovem ingênua, apesar de imprudente. Sem perder tempo, ele entrou nos aposentos de Lord Ruthven, e perguntou-lhe de súbito sobre suas intenções em relação à jovem, informando-o ao mesmo tempo estar ciente do encontro naquela mesma noite. Lord Ruthven respondeu que suas intenções eram as que se supõem numa ocasião dessas; e, ao ser pressionado quanto às intenções de se casar com ela, simplesmente riu. Aubrey se retirou; e, imediatamente, escreveu um bilhete dizendo que a partir daquele momento não mais acompanharia o lorde no restante da viagem, deu ordens ao seu empregado que providenciasse outra moradia e, ao fazer uma rápida visita à mãe da jovem, transmitiu-lhe tudo que sabia, não somente o que dizia respeito à filha, mas ao caráter do lorde. O encontro foi cancelado. No dia seguinte Lord Ruthven simplesmente mandou o criado comunicar seu total consentimento quanto à separação, mas não insinuou suspeitar que seus planos tinham sido frustrados mediante a interferência de Aubrey.

De Roma, Aubrey tomou o rumo da Grécia e, cruzando a península, logo chegou a Atenas. Em seguida fixou residência na casa de um grego; e passou a se dedicar ao estudo dos registros esmaecidos de glórias passadas, em monumentos que, aparentemente, envergonhados de registrar feitos de homens livres às custas de escravos, esconderam-se por baixo do solo protetor ou do líquen multicolorido. Sob o mesmo teto em que se achava, havia uma pessoa tão bela e delicada que poderia ter sido modelo de um pintor desejoso de representar em tela a esperança prometida aos fiéis no paraíso de Maomé, exceto que seu olhar era tão expressivo que ninguém pensaria que ela fazia parte daqueles destituídos de alma. Quando ela dançava na planície ou saltitava pelas vertentes, qualquer pessoa acharia que, em termos de beleza, uma gazela ficava aquém daquela jovem, pois quem trocaria aquele olhar, supostamente, o olhar da natureza viva, pelo semblante sonolento de um animal que só atende ao gosto de um *gourmet*. Frequentemente, o andar leve de Ianthe acompanhava Aubrey na busca por antiguidades, e quase sempre a menina, sem se dar conta, ao perseguir uma borboleta, mostrava toda a beleza de sua forma, parecendo flutuar ao vento, diante do olhar ansioso de Aubrey, que, esquecendo as letras que acabara de decifrar numa tabuleta quase apagada, contemplava a figura daquela sílfide. Por várias vezes seus cachos soltos, à medida que ela esvoaçava, exibiam à luz solar tonalidades esmaecidas tão delicadas e esplêndidas, que justificavam o esquecimento da pesquisa de raridades e deixavam escapar de sua mente o próprio objeto antes considerado de importância vital para a correta interpretação de um trecho em Pausânias. Mas por que tentar descrever encantos que todos percebem, mas ninguém pode apreciar? Era inocência, juventude e beleza, intocadas por salões repletos e bailes sufocantes. Enquanto ele esboçava as ruínas que pretendia guardar de lembrança, Ianthe ficava ao lado e observava os efeitos mágicos do lápis desenhando cenários de sua terra; ela então descrevia para ele danças de roda a céu aberto; com todos os tons vibrantes da memória jovem, pintava-lhe uma cerimônia nupcial que lembrava ter visto na infância; em seguida, referindo-se a assuntos que evidentemente lhe impressionaram, transmitia-lhe as histórias sobrenaturais conhecidas por sua ama. A seriedade e a crença aparentes naquilo que narrava despertou o interesse de Aubrey; e muitas vezes, quando ela lhe falava do vampiro que passou anos entre amigos e entes queridos, forçado a cada ano a se alimentar da vida de uma mulher encantadora a fim de prolongar sua existência nos meses seguintes, seu sangue gelava, ao mesmo tempo em que ele tentava distraí-la de tais fábulas inúteis e horríveis; mas Ianthe mencionou o nome de anciãos que tinham, afinal, identificado uma dessas criaturas no meio deles, depois que vários parentes próximos e crianças foram encontrados com a marca do apetite do demônio; e quando ela o viu tão incrédulo, implorou-lhe que acreditasse, porque se dizia que aqueles que ousassem questionar a existência desses seres tinham sempre alguma prova que os forçava, com tristeza e sofrimento, a admitir a verdade. Ela lhe forneceu os detalhes da aparência usual desses monstros, e o horror que ele sentia aumentou ao ouvir uma descrição precisa de Lord Ruthven; no entanto, tentava convencê-la de que não poderia haver fundamento nos seus temores, embora, ao mesmo tempo, se perguntasse sobre as muitas coincidências que o levavam a crer no poder sobrenatural de Lord Ruthven.

Aubrey começou a se apegar mais e mais a Ianthe; sua inocência, tão contrastante com as virtudes simuladas das mulheres entre as quais procurara sua visão de romance, cativou-o e, embora ele ridicularizasse a ideia de um jovem de hábitos ingleses casar-se com uma jovem grega e inculta, ainda assim viu-se mais e mais apegado àquela figura quase etérea. Às vezes afastava-se dela, e elaborando um plano para pesquisar objetos antigos, saía em campo, determinado a não retornar até que seu objetivo fosse alcançado; mas sempre achava impossível fixar a atenção nas ruínas ao seu redor, enquanto retinha em sua mente a imagem que dominava seus pensamentos. Ianthe não tinha consciência do seu amor e era o mesmo ser espontâneo e ingênuo que ele conhecera a princípio. Parecia que ela sempre relutava em se despedir dele; mas era porque não tinha mais com quem visitar os locais preferidos, enquanto seu tutor se mantinha ocupado, desenhando ou removendo algum fragmento que escapara da mão destrutiva do tempo. Ela recorreu aos pais quanto ao assunto sobre vampiros, e os dois, na presença de várias pessoas, confirmaram sua existência, empalidecendo de horror ao pronunciar a simples palavra. Logo depois, Aubrey decidiu seguir em uma de suas excursões que levaria algumas horas; quando ouviram o nome do local, todos ao mesmo tempo imploraram-no que não retornasse à noite, pois teria que passar necessariamente por um bosque, onde nenhum grego, em hipótese alguma, permaneceria depois que o dia terminasse. Descreveram o local como o refúgio dos vampiros nas suas orgias noturnas e avisaram que as mais graves perversidades aconteceriam a quem ousasse cruzar-lhes o caminho. Aubrey não levou a sério as declarações e tentou fazê-los rir da ideia; mas quando os viu estremecer diante de sua ousadia ao zombar de um poder superior, infernal, cujo nome fazia congelar o sangue, calou-se.

Na manhã seguinte, Aubrey partiu sozinho em excursão; ficou surpreso ao perceber a fisionomia triste de seu anfitrião, e preocupado ao constatar que suas palavras, ao ridicularizar a crença nesses demônios terríveis, tinham incutido neles tamanho pavor. Quando estava prestes a sair, Ianthe se aproximou de seu cavalo e implorou a Aubrey que voltasse antes que a noite permitisse que o poder de tais seres entrasse em ação; ele prometeu que sim. Mas esteve tão absorto na pesquisa que não percebeu que a claridade do dia se extinguia, e que no horizonte uma dessas pequenas manchas, que nos climas temperados formam rapidamente uma tremenda massa, ameaçava derramar toda a sua violência sobre a região. Apesar disso, ele, afinal, montou o cavalo, determinado a correr para compensar o atraso: mas era tarde demais. O crepúsculo nessas regiões climáticas do sul é quase inexistente; assim que o sol se põe, principia a noite: e antes que cobrisse uma boa distância, o poder da tempestade o encimou — trovões ecoavam quase sem descanso; a chuva intensa atravessava a folhagem das árvores ao mesmo tempo que o relâmpago azulado e bifurcado parecia se precipitar e eletrizar seus pés. De repente, o cavalo se espantou, e com rapidez assustadora ele foi levado através da mata fechada. Vencido pela fadiga, o animal finalmente parou, e Aubrey descobriu, devido ao clarão dos relâmpagos, que estava nas proximidades de uma choupana que mal se destacava no meio de camadas volumosas de folhas mortas e gravetos. Desmontou e seguiu na direção da choupana, esperando encontrar alguém que o guiasse para a cidade, ou ao menos acreditando que conseguiria abrigar-se do aguaceiro. Ao se aproximar, os relâmpagos por um momento silenciaram, deixando que ele ouvisse os gritos aterradores de uma mulher, mesclados a uma risada zombeteira e exultante, produzindo um som quase ininterrupto; assustou-se, mas, instigado pelo trovão que mais uma vez repercutiu no alto, num esforço repentino forçou a porta da choupana. Achava-se na escuridão absoluta: no entanto, o som o guiava. Ao que parecia, ele próprio não era perceptível; pois embora tentasse chamar atenção, os sons continuavam e sua presença não era notada. Esbarrou em alguém e imediatamente o segurou; quando uma voz gritou, "Mais uma vez enganado!", ouvindo-se em seguida uma gargalhada; e sentiu-se agarrado por alguém cuja força parecia sobre-humana; determinado a não entregar sua vida por nada, lutou; mas em vão: foi erguido no ar e arremessado no solo com força tremenda: o inimigo atirou-se nele e, de joelhos no seu peito, pôs as mãos na sua garganta no momento em que o clarão de inúmeras tochas, penetrando pela abertura da janela, perturbou-o; levantou-se imediatamente, e abandonando sua presa saiu porta afora; e em instantes não se ouviu mais o estalar de galhos quebrados quando ele entrou no bosque. A tempestade agora tinha amainado; e Aubrey, incapaz de se mover, logo foi ouvido por aqueles que estavam do lado de fora do casebre. Entraram; a luz das tochas encontrou as paredes de barro, e o telhado de sapé carregado de fuligem. A pedido de Aubrey procuraram pela mulher que o atraíra aos gritos; mais uma vez ele ficou no escuro; mas quando a luz das tochas de novo se aproximou, qual foi o seu pavor ao perceber que traziam para o interior da choupana a etérea figura de sua linda cicerone, agora um corpo sem vida. Fechou os olhos, esperando que fosse uma visão produzida por sua mente perturbada; mas quando os abriu, viu outra vez a mesma forma, estendida ao seu lado. Não havia cor nas faces nem nos lábios; mesmo assim o rosto expressava uma tranquilidade que a ele parecia tão inerente quanto à vida que uma vez abrigou. No colo havia sangue, e na garganta as marcas de dentes que romperam a artéria: a isso os homens apontaram, gritando, tomados de horror, "Um vampiro! Um vampiro!". Mais que depressa improvisaram uma liteira e Aubrey foi colocado ao lado daquela que recentemente tinha sido para ele o objeto de fantasias tão radiantes, agora destruídas com a flor da vida que morreu no seu interior. Ele não conseguia discernir os próprios pensamentos — seu cérebro estava paralisado e parecia evitar qualquer reflexão, refugiando-se no vazio; — quase inconscientemente segurava um punhal de formato peculiar, sem estojo, encontrado na choupana. Logo foram localizados por diversos grupos de pessoas que haviam saído à procura da jovem quando a mãe reclamou sua ausência. Ao se aproximarem da cidade, os gritos de lamento preveniram os pais de que uma tragédia ocorrera. Seria impossível descrever sua tristeza; mas quando se certificaram da causa da morte da filha, olharam para Aubrey e apontaram para o cadáver. Ficaram inconsoláveis; morreram de tristeza.

Aubrey adoeceu, acometido de febre violenta, e quase sempre delirava; nesses momentos chamava por Lord Ruthven e Ianthe — por uma associação inexplicável parecia implorar ao antigo companheiro que lhe poupasse a amada. Outras vezes rogava pragas e o amaldiçoava por tê-la destruído. Nessa mesma ocasião Lord Ruthven chegou a Atenas e, ao ouvir falar do estado de Aubrey, valeu-se de um pretexto para se instalar imediatamente na mesma casa, passando a ser seu acompanhante. Ao se recuperar dos delírios, Aubrey horrorizou-se diante daquela imagem que agora associava à do vampiro; mas Lord Ruthven, com palavras gentis que implicavam talvez arrependimento pela falha que resultara no afastamento, e ainda mais por meio da atenção, preocupação e do cuidado que demonstrava, conseguiu que Aubrey aceitasse a sua presença. Tinha mudado bastante; não parecia mais o ser apático que tanto impressionara Aubrey; mas à medida que este se restabelecia, o lorde aos poucos se voltava para o antigo estado de espírito, e Aubrey percebeu que ele não estava diferente do que costumava ser, exceto que às vezes se surpreendia ao notar seu olhar fixado propositadamente nele, com um sorriso malicioso e exultante nos lábios: não sabia por que, mas aquele sorriso o assombrava. Durante o último estágio da convalescença de Aubrey, Lord Ruthven, aparentemente, se detinha a observar as ondas eriçadas pela brisa fresca, ou a marcar o avanço dos astros que circundavam, como o nosso mundo, o sol inerte; — de fato, parecia querer evitar os olhares de todos.

Devido ao abalo emocional, a mente de Aubrey enfraqueceu muito, e aquela agilidade de espírito que o caracterizava, agora parecia ter se afastado para sempre. A partir de então, assim como Lord Ruthven, tornara-se amante do isolamento e do silêncio; entretanto, por mais que desejasse a solidão, seu espírito não a encontrava nos arredores de Atenas; se a procurasse entre as ruínas que antes visitara, a figura de Ianthe surgia ao seu lado; — se procurasse nos bosques, perceberia os passos leves vagueando no meio da vegetação rasteira, em busca da simples violeta; em seguida, virando-se, repentinamente, mostrava à sua imaginação extraordinária, o rosto pálido, o pescoço ferido e um sorriso humilde nos lábios. Ele decidiu evitar lugares onde os mais diversos aspectos pudessem criar em sua mente associações tão aflitivas. Propôs a Lord Ruthven, a quem se mantivera ligado em virtude dos cuidados que este lhe dedicara durante a enfermidade, uma visita a locais na Grécia que nenhum dos dois conhecia. Viajaram para todo lado e procuraram cada lugar que pudesse se tornar memorável; no entanto, embora corressem de um ponto ao outro, pareciam não prestar atenção no que viam. Ouviram falar de assaltantes, mas aos poucos passaram a minimizar esses relatos que julgavam ser apenas invenção de certos indivíduos, cujo propósito era incentivar a generosidade daqueles a quem defendiam de perigos imaginários. Logo, desconsiderando a advertência dos moradores da região, decidiram, certa vez, viajar acompanhados de poucos guardas, que servissem mais para orientá-los do que protegê-los. Contudo, ao entrarem num desfiladeiro estreito, à base do leito de uma corredeira repleta de pedras roladas das encostas, tiveram motivo para se arrepender da negligência; pois quando o grupo estava prestes a atravessar o desfiladeiro foi surpreendido por balas sibilando rente às suas cabeças, e pelo estampido de várias armas. Num instante a escolta se afastou deles e, tomando posição atrás das pedras, começou a atirar na direção dos estampidos. Lord Ruthven e Aubrey, seguindo o exemplo, abrigaram-se numa curva do desfiladeiro: mas, envergonhados por serem detidos pelo assaltantes, que os insultavam, desafiando-os a avançar, e vendo-se na iminência de morrer sem lutar, caso fossem surpreendidos pela retaguarda, decidiram avançar e enfrentar o inimigo. Mal deixaram o abrigo, Lord Ruthven levou um tiro no ombro e foi ao chão. Aubrey acudiu-o; e alheio ao perigo que corria, logo se surpreendeu ao ver os rostos dos assaltantes ao seu redor — sendo que os guardas, ao constatarem que Lord Ruthven tinha sido ferido, entregaram imediatamente suas armas e se renderam.

Mediante promessas de grande recompensa, Aubrey persuadiu os assaltantes a levarem o amigo ferido a uma cabana próxima; e uma vez feito o acordo sobre o resgate, não mais se perturbou com a presença dos bandidos — que se contentavam em vigiar a entrada até que o comparsa retornasse com a soma prometida. Lord Ruthven definhou rapidamente; em dois dias entrou em coma, e a morte parecia avançar em ritmo acelerado. Sua conduta e aparência não tinham se alterado; parecia alheio à dor, assim como se mantivera alheio aos objetos à sua volta: mas ao se aproximar o final da última noite, seu espírito parecia inquietar-se, e seu olhar fixava-se constantemente em Aubrey, que o atendia com dedicação extraordinária.

— Ajude-me! Você precisa me salvar... precisa fazer mais que isso... não me refiro à vida, o fim da minha existência me preocupa menos do que a passagem do dia; mas você precisa salvar minha honra, a honra de seu amigo.

— Como? Diga-me como? Faço qualquer coisa — retrucou Aubrey.

— Preciso de pouco, minha vida declina rapidamente... não posso explicar tudo... mas, se você esconder o que sabe sobre mim, na boca de todos minha honra estará livre de manchas... e se, na Inglaterra, minha morte for ignorada durante certo tempo... eu... eu... somente a vida.

— Nada direi.

—Jure! — gritou o moribundo erguendo-se bruscamente, exultante. — Jure por tudo que sua alma reverencia, por todos os seus temores da natureza, jure que durante um ano e um dia não compartilhará com nenhum ser vivo o conhecimento que tem dos meus crimes ou da minha morte, de modo algum, seja lá o que aconteça ou o que você veja.

Seus olhos pareciam se romper das órbitas.

— Juro! — disse Aubrey.

Rindo, ele afundou a cabeça no travesseiro e não respirou mais.

Aubrey foi se deitar, mas não conseguiu dormir; as diversas circunstâncias que o levaram a conhecer esse homem surgiam-lhe na mente, e ele não sabia por que; quando se lembrava do juramento sentia um calafrio, como se pressentisse algo terrível. Levantando-se, de manhã cedo, estava a ponto de entrar na choupana onde deixara o corpo, quando um dos assaltantes encontrou-o e lhe informou que lá não se achava mais, tendo sido levado por ele e seus camaradas, depois que Aubrey foi se deitar, para o topo de uma colina próxima dali, de acordo com a promessa que fizeram ao lorde, de que o corpo seria exposto ao primeiro raio frio da lua após a sua morte. Horrorizado, Aubrey decidiu ir até lá acompanhado por vários homens, e enterrar o corpo onde fora deixado. Mas quando chegou ao cume, não encontrou vestígio nem do cadáver nem das roupas, embora os bandidos jurassem ter indicado a mesma pedra sobre a qual tinham deixado os restos mortais do lorde. Durante algum tempo, Aubrey perdeu-se em conjeturas, mas, afinal convenceu-se de que os assaltantes tinham enterrado o corpo e se apoderado das roupas.

Cansado daquele país onde encontrara tantas desgraças, e onde, aparentemente, tudo conspirava para intensificar a melancolia que dominava a sua mente, resolveu deixar a Grécia e logo chegou em Esmirna. Enquanto esperava pelo navio que o levaria a Otranto ou a Nápoles, ocupou o tempo organizando os objetos pessoais de Lord Ruthven que estavam em seu poder. Entre outras coisas havia uma caixa contendo várias armas letais, mais ou menos adaptadas para garantir a morte da vítima. Eram vários punhais e iatagãs. Ao examinar os formatos curiosos, qual foi a sua surpresa ao encontrar uma bainha que parecia adornada no mesmo estilo do punhal que ele encontrara na cabana sinistra; — estremeceu; apressando-se para conseguir mais provas, achou a arma, e pode-se imaginar o pavor que sentiu ao descobrir que, apesar do formato peculiar, adaptava-se ao estojo que tinha nas mãos. Seus olhos não precisavam de mais confirmação — estavam fixos no punhal, embora preferisse não acreditar; mas a forma específica, os mesmos matizes no cabo e na bainha eram iguais em esplendor e não deixavam margem para dúvida; havia também gotas de sangue nas duas peças.

Deixou Esmirna e no caminho para casa, em Roma, suas primeiras investigações se voltaram à dama que ele tentara livrar do talento sedutor de Lord Ruthven. Seus pais estavam desesperados, a fortuna arruinada, e não se tivera notícia da jovem desde a partida do lorde. Aubrey ficou transtornado diante de tantos horrores sucessivos; temia que aquela jovem tivesse caído nas garras do destruidor de Ianthe. Andava mal-humorado, quieto, e sua única ocupação consistia em apressar os cocheiros, como se pretendesse salvar a vida de quem lhe era especial. Chegou em Calais; uma brisa que parecia obedecer à sua vontade logo o impeliu para o litoral inglês; foi depressa à mansão de seus pais, e lá, por um instante, pareceu perder nos abraços e carícias de sua irmã toda a lembrança do passado. Se antes, por meio de ternura infantil, ela conquistara sua afeição, agora que a mulher começava a surgir, era mais cativante como companheira.

Miss Aubrey não possuía aquele encanto que arrebata a atenção e o louvor dos salões. Nada havia daquele delicado esplendor que só existe na atmosfera aquecida de um aposento repleto de gente. Seus olhos azuis jamais se deixavam iluminar pela volubilidade da mente. Neles havia um charme sombrio que não parecia surgir do infortúnio, mas de um sentimento que talvez denotasse uma alma consciente de um reino mais radiante. Seu andar não era do tipo fugaz, que vacila quando atraído por uma borboleta ou uma cor — era sereno e compenetrado. Sozinho, seu rosto jamais se iluminava com um sorriso de felicidade; mas quando seu irmão transmitia a ela sua afeição, e ao lado dela esquecia os infortúnios que o atormentavam, quem trocaria o seu sorriso por aquele da mulher voluptuosa? Era como se aqueles olhos — aquele rosto — ainda brincassem à luz da sua própria natureza ingênua. Tinha dezoito anos e não fora ainda apresentada à sociedade, pois seus tutores consideraram oportuno que sua apresentação fosse adiada até que o irmão regressasse do continente, quando seria seu protetor. Portanto, foi decidido que a próxima recepção, que ocorreria em breve, seria a ocasião de sua entrada na alta-roda social. Aubrey preferia ficar na mansão de seus pais, entregue à melancolia que o dominava. Não conseguia se interessar pelas frivolidades e modismos de estranhos quando sua mente estava tão abalada pelos eventos que ele presenciara; mas decidiu renunciar ao conforto a fim de proteger a irmã. Logo chegaram à cidade e se prepararam para o dia seguinte, quando se realizaria a recepção, conforme anunciada.

Havia gente demais — fazia tempo que uma recepção não era oferecida, e todos que ansiavam por se deliciar às graças da realeza para lá se dirigiram. Aubrey compareceu com a irmã. Quando se viu sozinho num canto, alheio aos que estavam a sua volta, lembrou-se de que a primeira vez que tinha visto Lord Ruthven fora naquele mesmo lugar — de repente sentiu-se agarrado pelo braço, e uma voz que bem reconhecia soou ao seu ouvido:

— Lembre-se do juramento.

Aubrey mal teve coragem de se virar, temendo ver um espectro que o destruísse, quando percebeu, à pequena distância, a mesma figura que atraíra sua atenção, nesse mesmo local, quando de sua primeira apresentação à sociedade. Ele o encarou até quase desfalecer, e foi obrigado a se apoiar no braço de um amigo; então, forçando a passagem pelo meio da aglomeração, embarcou na sua carruagem e foi conduzido para casa. Caminhava de um lado ao outro no quarto, dando passos rápidos, com as mãos presas à cabeça, como se temesse que seus pensamentos fossem explodir-lhe o cérebro. Lord Ruthven outra vez diante dele — as circunstâncias surgiam numa sequência assustadora — o punhal, o juramento. Ele havia saído da terra; não acreditava que fosse possível — os mortos revivem! A imagem na qual sua mente se concentrava só podia ser fruto da imaginação. Impossível que fosse real, decidiu, por conseguinte, voltar ao salões, mas, embora tentasse indagar a respeito de Lord Ruthven, não conseguia pronunciar o seu nome e, portanto, não obtinha qualquer informação. Algumas noites depois compareceu com sua irmã a uma recepção oferecida por um parente próximo. Deixando-a sob a proteção de uma senhora, retirou-se a um canto, onde se entregou aos pensamentos que o consumiam. Afinal, percebendo que muitos se retiravam, levantou-se e se dirigiu a outra sala onde encontrou a irmã cercada por várias pessoas, aparentemente entretida por uma conversa séria; tentava passar pelas pessoas e se aproximar dela quando um daqueles a quem pediu licença virou-se e lhe revelou as feições que ele mais abominava. Aubrey deu um salto adiante, segurou o braço da irmã, e com o andar apressado, levou-a na direção da rua: à saída foi impedido de prosseguir por um grupo de criados à espera de seus senhores; e enquanto tentava passar, mais uma vez ouviu a voz sussurrar perto dele:

— Lembre-se do juramento!

Não teve coragem de se virar, e, apressando a irmã, logo chegou em casa.

Aubrey ficou transtornado. Se antes a sua mente se detivera num só assunto, agora se tornara muito mais absorta, desde que a certeza da sobrevivência do monstro passara a afligir seus pensamentos. As gentilezas da irmã agora eram ignoradas, e inutilmente ela lhe implorava que explicasse o motivo daquela conduta inusitada. Ele dizia apenas algumas palavras que a aterrorizavam. Quanto mais ele pensava, mais ficava desnorteado. O juramento o amedrontava; haveria de permitir que esse monstro andasse à solta, espalhasse a ruína entre todos que ele prezava, sem deter o seu curso? Ele já poderia ter se aproximado de sua própria irmã. Mas mesmo que Aubrey estivesse disposto a quebrar o juramento e revelar suas suspeitas, quem acreditaria? Pensou em usar as próprias mãos para libertar o mundo de tal monstro; mas a morte, lembrava-se, tinha sido ridicularizada. Durante dias permaneceu dentro da casa; fechado no quarto, não via ninguém e só comia quando a irmã chegava e, com os olhos vertendo lágrimas, implorava-lhe que se alimentasse para que ela se sentisse melhor. Finalmente, incapaz de suportar mais a inércia e a solidão, Aubrey deixou a casa, andou pelas ruas, almejando afastar a imagem que o assombrava. Vestia-se com desleixo e perambulava, quase sempre se expondo tanto ao sol do meio-dia quanto ao relento da meia-noite. Ficou irreconhecível; no início voltava para casa ao anoitecer; mas, afinal, dominado pela fadiga, já se deitava em qualquer lugar. A irmã, temendo por sua segurança, contratou pessoas para segui-lo, mas esses logo foram afastados por ele, que fugia de quem o perseguia mais rapidamente do que se foge de um pensamento. No entanto, sua conduta mudou repentinamente. Impressionado com a ideia de que abandonara a maioria dos amigos na companhia de um demônio cuja presença eles ignoravam, decidiu retornar ao meio social e observá-lo de perto, e, a despeito do juramento, prevenir todos de quem Lord Ruthven se aproximasse com intimidade. Mas quando entrava num recinto seu aspecto selvagem e suspeito era tão impressionante, seu temor tão visível, que sua irmã, pelo próprio bem, foi obrigada a implorar-lhe que desistisse de procurar o convívio com uma sociedade que o afetava de modo tão intenso. Não obstante, quando repreensões se mostraram inúteis, os tutores acharam por bem intervir e, receando que sua mente estivesse se deteriorando, decidiram que era hora de fazer valer aquela confiança que lhes tinha sido imposta pelos pais de Aubrey.

Com a intenção de salvá-lo dos danos e poupar-lhe dos sofrimentos causados por suas andanças diárias, e evitando que ele expusesse à opinião pública os sinais do que se considera loucura, contrataram um médico para residir na casa e cuidar dele constantemente. Aubrey mal percebia o que se passava, uma vez que seus pensamentos estavam completamente tomados pelo mesmo assunto horrendo. Afinal, tal era a sua incoerência que ele foi confinado ao quarto. Lá, permanecia deitado durante dias, incapaz de se levantar. Definhou, seus olhos adquiriram um brilho vítreo; os únicos sinais de afetividade e memória manifestavam-se quando sua irmã entrava no quarto; então, algumas vezes, ele se assustava e, segurando suas mãos, dirigia-lhe olhares aflitivos e pedia que ela não o tocasse.

— Oh, não tenha contato com ele; se você tem algum amor por mim, não se aproxime dele!

Quando, no entanto, ela perguntava a quem ele se referia, a única resposta era, "Verdade! Verdade!", e novamente mergulhava num estado de prostração do qual nem ela conseguia resgatá-lo. Foi assim durante muitos meses. Contudo, à medida que o ano passava, as incoerências tornaram-se menos frequentes e sua mente livrou-se de uma parte da tristeza, enquanto, várias vezes por dia, seus tutores observavam que ele contava nos dedos um número definido, e em seguida sorria.

O tempo tinha quase se esgotado, quando, no último dia do ano, um de seus tutores, entrando no quarto, começou a conversar com o médico sobre a triste circunstância de Aubrey estar naquela terrível situação, uma vez que, no dia seguinte, sua irmã se casaria. Imediatamente, Aubrey demonstrou interesse pela conversa; perguntou com quem ela se casaria. Satisfeitos diante desse sinal de recuperação do intelecto, que receavam ter se perdido, referiram-se ao Conde de Marsden. Associando-o a um jovem conde que conhecera em sociedade, Aubrey pareceu alegrar-se e os deixou ainda mais surpresos ao expressar a intenção de comparecer à cerimônia nupcial e falar com a irmã. Responderam que não seria possível, mas logo em seguida a irmã veio ao seu encontro. Ele, aparentemente, voltou a sentir a influência daquele sorriso adorável; abraçou-a e beijou seu rosto molhado de lágrimas que corriam só de pensar que seu irmão mais uma vez se animava diante de manifestações de afeto. Com a simpatia habitual, ele começou a falar e a congratulá-la pelo casamento com uma pessoa tão ilustre, em termos de linhagem e demais méritos; quando, de repente, percebeu um medalhão sobre o colo da irmã; abrindo-o, qual foi sua surpresa ao contemplar as feições do monstro que por tanto tempo perturbara-lhe a vida. Num acesso de raiva agarrou o medalhão e o pisoteou. Quando ela lhe perguntou por que destruía assim a imagem de seu futuro marido, ele a olhou como se não a compreendesse; então, segurando suas mãos, e encarando-a com uma expressão de desespero, exigiu que ela jurasse que jamais desposaria aquele monstro, pois ele — mas não conseguia ir adiante — parecia que aquela voz, outra vez, o obrigava a se lembrar do juramento — virou-se para trás, pensando que Lord Ruthven estava por perto, mas não viu ninguém. Nesse ínterim, os tutores e o médico, que ouviram tudo e pensaram que se tratava de uma recaída, entraram no quarto e, separando-o de Miss Aubrey, pediram-lhe que o deixasse. Aubrey ajoelhou-se aos pés deles, suplicou, implorou que adiassem a cerimônia por um dia apenas. Atribuindo tal atitude à insanidade que imaginavam ter se apoderado da sua mente, fizeram o possível para acalmá-lo e se retiraram.

Lord Ruthven viera visitá-lo na manhã seguinte à recepção, mas nem ele nem ninguém pôde ser recebido. Quando ouviu falar sobre a doença de Aubrey, logo atribuiu a si mesmo a causa da enfermidade. Mas, quando soube que ele estava sendo considerado louco, mal conseguiu dissimular a felicidade e o prazer diante daqueles que lhe prestaram a informação. Foi correndo à casa do antigo companheiro e, por meio de assistência constante e sob pretexto de sentir grande afeição pelo irmão e interesse por seu destino, aos poucos atraiu a atenção de Miss Aubrey. Quem resistiria àquele poder? Sabia falar de aventuras e proezas – falava de si mesmo como um indivíduo que não tinha simpatia por nenhum ser deste mundo populoso, a não ser por ela — dizia que desde que a conhecera sua existência se tornara mais digna de ser preservada, mesmo que fosse apenas para ouvir o tom suave de sua voz; afinal, sabia se utilizar tão bem da arte da serpente, ou tal era o destino, que a conquistou. Herdando, finalmente, o título da família, ele conseguira uma representação importante, que servia de desculpa para apressar o casamento (apesar do estado de demência do irmão), o qual deveria se realizar no dia anterior à sua partida para o continente.

Depois que o médico e os tutores o deixaram, Aubrey tentou em vão subornar os criados. Pediu pena e papel e lhe foram entregues; escreveu uma carta à irmã, implorando-lhe, pelo valor que dava à própria felicidade, à própria honra e à honra daqueles agora sepultados, que uma vez a tomaram nos braços considerando-a sua esperança e a esperança da casa, que adiasse, pelo menos por algumas horas, aquele casamento amaldiçoado.

Os criados prometeram levar a carta, mas entregando-a ao médico, este resolveu não perturbar ainda mais a mente de Miss Aubrey com o que considerava se tratar de delírios de um maníaco. A noite passou sem descanso para os moradores da casa; e Aubrey, tomado de um horror mais fácil de conceber do que de descrever, percebeu os sinais dos preparativos. Amanheceu, e o ruído das carruagens chegou-lhe aos ouvidos. Aubrey quase perdeu o juízo. A curiosidade dos criados superou o dever de prestar vigilância; aos poucos saíram às escondidas e deixaram-no aos cuidados de uma idosa. Ele agarrou a oportunidade; com um salto saiu do quarto; e num instante chegou à sala onde quase todos estavam reunidos. Lord Ruthven foi o primeiro a notar sua presença: imediatamente se aproximou e, segurando com força o seu braço, levou-o às pressas para fora da sala, sem nada dizer, tal era sua raiva. Quando se aproximaram das escadas, Lord Ruthven sussurrou ao seu ouvido.

— Lembre-se do juramento, e saiba que sua irmã, se não for hoje minha noiva, será desonrada. Mulheres são frágeis!

Dizendo isso, empurrou-o na direção de seus atendentes, que alertados pela criada idosa vieram buscá-lo. Aubrey tinha chegado ao limite; sua revolta reprimida causou a ruptura de uma artéria e ele ficou acamado. Esse fato não foi mencionado à irmã, que não estava presente quando ele chegara, pois o médico receava atordoá-la. O casamento foi realizado, e a noiva e o noivo partiram de Londres.

O estado de fraqueza de Aubrey se agravou; a perda de sangue gerou sintomas que o deixaram à beira da morte. Ele mandou chamar os tutores da irmã e, quando soou a meia-noite, relatou calmamente o que o leitor leu com atenção e morreu em seguida.

Os tutores saíram às pressas para proteger Miss Aubrey; mas quando chegaram, era tarde. Lord Ruthven desaparecera, e a irmã de Aubrey saciara a sede de um VAMPIRO!

Publicado dois anos após a morte de Bram Stoker em O hóspede de Drácula e outros contos estranhos *(1914), este conto foi apresentado pela viúva de Stoker como o capítulo introdutório de* Drácula, *eliminado pelos editores devido a sua extensão. Desde então, vem sendo objeto de interesse de estudiosos do gênero, que se dividem entre os que concordam com a versão de Florence Stoker, e os que dela discordam, por considerarem o material como uma narrativa completa e independente, ainda que pertencente ao mesmo universo temático do romance. O leitor notará a influência da novela* Carmilla *(1872), do irlandês Sheridan Le Fanu sobre a elaboração deste conto.*

O HÓSPEDE DE DRÁCULA

Bram Stoker

PREFÁCIO

Poucos meses antes da inconsolável morte de meu marido — eu diria, quando sobre ele pairava a sombra da morte — era sua intenção publicar três coletâneas de contos, e o presente volume é uma delas. À lista original de histórias neste livro, acrescentei um episódio de *Drácula*, até agora inédito. Inicialmente, esse episódio foi retirado devido à extensão do livro, e pode interessar a muitos leitores da obra considerada a mais importante que meu marido escreveu. As outras histórias foram publicadas em periódicos ingleses e americanos. Caso meu marido tivesse vivido mais tempo, talvez desejasse revisar esta obra que se originou, principalmente, nos primeiros anos de sua vida árdua. Mas, desde que o destino incumbiu-me de editá-la, considero apropriado e justo que siga adiante praticamente como ele a deixou.

Florence Bram Stoker

***

Quando iniciamos nosso passeio, o sol resplandecia em Munique e o ar estava pleno do entusiasmo do começo do verão. No momento exato da partida, o senhor Delbrück (o gerente do hotel Quatre Saisons, onde eu estava hospedado), sem chapéu, aproximou-se da carruagem, e depois de me desejar um bom passeio dirigiu-se ao cocheiro, ainda apoiando a mão na maçaneta da porta da carruagem:

— Lembre-se de voltar antes do anoitecer. O céu está claro, mas nota-se uma instabilidade no vento norte que revela que a qualquer momento pode haver uma tempestade. Mas tenho certeza de que não vai se atrasar.

Então sorriu e acrescentou:

— Pois você sabe, hoje é aquela noite.

Johann respondeu com um enfático "*Ja, mein Herr*",[1] e, tocando com a mão o chapéu, deu a partida, rapidamente. Assim que nos afastamos da cidade, perguntei-lhe, depois de lhe sinalizar que parasse:

— Diga-me, Johann, que noite é essa de hoje?

Ele fez o sinal da cruz ao mesmo tempo em que respondeu laconicamente:

— *Walpurgisnacht*.[2]

Em seguida puxou o relógio, um instrumento alemão, de prata, grande e antiquado, do tamanho de um nabo, e olhou-o, com as sobrancelhas franzidas e uma impaciente sacudida de ombros. Percebi que era seu jeito de protestar respeitosamente contra o atraso desnecessário, e de novo recostei-me no assento, fazendo um simples gesto para que prosseguisse. Partiu depressa, como se quisesse compensar o tempo perdido. De quando em quando os cavalos pareciam erguer as cabeças e farejar o ar, suspeitosamente. Nessas ocasiões, eu olhava ao redor, alarmado. O caminho era deserto, pois estávamos atravessando um tipo de planalto exposto ao vento. À medida que avançávamos, vi uma estrada que talvez fosse pouco usada e que parecia mergulhar num vale pequeno e sinuoso. Era tão convidativa que, mesmo correndo o

[1] Em alemão, no original: "Sim, meu senhor". [N. da E]

[2] A noite de Walpurgis (30 de abril), quando, segundo o folclore germânico e escandinavo, as bruxas se reúnem para adorar o diabo. A data corresponde àquela em que os celtas e germânicos celebravam seus festivais de fertilidade. [N. da E.]

risco de irritar Johann, pedi que parasse, e quando ele deteve a carruagem, disse-lhe que gostaria de percorrer aquela estrada. Ele deu todo o tipo de desculpas e se benzeu com frequência enquanto falava. De certo modo, essa atitude aguçou minha curiosidade, portanto fiz-lhe várias perguntas. Respondeu com evasivas e olhou para o relógio repetidamente, em sinal de protesto. Afinal, eu disse:

— Bem, Johann, eu quero seguir por este caminho. Não posso exigir que me acompanhe; venha se quiser; mas diga-me por que você não quer ir, é tudo que lhe peço.

Como resposta, pareceu se jogar para fora da cabine, tal foi a rapidez com que chegou ao solo. Em seguida, estendeu as mãos em sinal de apelo, implorando-me que não fosse. Havia suficiente inglês misturado ao alemão para que eu percebesse o sentido de suas palavras. Parecia que ele estava sempre a ponto de me fazer alguma revelação — cuja ideia, em si, evidentemente o assustava; mas a cada vez ele se detinha e dizia, enquanto se benzia:

— *Walpurgisnacht!*

Tentei argumentar, mas era difícil discutir com um homem cujo idioma eu não dominava. Decerto era ele que levava vantagem, pois embora no início falasse um tipo de inglês rude e falho, sempre se agitava e passava à língua materna, e todas as vezes que isso acontecia, olhava para o relógio. Nesse momento os cavalos ficaram impacientes e farejaram o ar. Diante disso empalideceu e, olhando ao redor, assustado, de repente deu um salto à frente, segurou os animais pelas rédeas e levou-os cerca de seis metros adiante. Segui-o e lhe perguntei por que fizera aquilo. Como resposta benzeu-se, indicou o local de onde saímos, puxou a carruagem na direção de outra estrada, apontando uma cruz, e disse, primeiro em alemão, depois em inglês:

— Enterrado, ele se matou.

Lembrei-me do antigo costume de enterrar suicidas nas encruzilhadas.

— Ah! Entendo... um suicida. Que interessante! Mas, nem de longe podia imaginar porque os cavalos estavam assustados.

Enquanto conversávamos, ouvimos um tipo de som que era um misto de uivo e latido. Vinha de longe; mas os cavalos ficaram muito inquietos, e Johann demorou a acalmá-los. Estava pálido, e disse:

— Pode ser um lobo — mas não há lobos por aqui, agora.

— Não? — disse eu, duvidando — Faz tempo que os lobos se aproximaram da cidade, não faz?

— Muito, muito tempo — respondeu —, na primavera e no verão; mas com a neve, não faz muito tempo que lobos estão aqui.

Enquanto ele afagava os cavalos, tentando acalmá-los, nuvens escuras acumularam-se rapidamente no céu. O sol se escondeu e uma rajada de vento frio passou por nós. No entanto, foi só uma rajada, mais um aviso do que um fato, pois o sol brilhou outra vez. Por baixo da mão estendida ao longo da testa Johann olhou para o horizonte e disse:

— O tempestade de neve não demorar muito a chegar.

Então olhou mais uma vez para o relógio e, segurando as rédeas com firmeza — pois os cavalos ainda batiam com as patas no chão e sacudiam as cabeças — subiu direto à cabine como se fosse hora de continuar o passeio.

Senti-me um tanto obstinado e não entrei de imediato na carruagem.

— Fale-me desse lugar — disse eu — aonde vai dar essa estrada — e apontei para baixo.

De novo ele se benzeu e murmurou uma prece, antes de responder:

— É maldito.

— O que é maldito? — perguntei.

— O vilarejo.

— Então há um vilarejo?

— Não, não. Ninguém vive lá, centenas de anos.

Minha curiosidade foi despertada.

— Mas você disse que havia um vilarejo.

— Havia.

— E onde está agora?

Em seguida ele se pôs a contar uma longa história em alemão e inglês, tão misturados que não entendi bem o que dizia, mas, por alto, deduzi que há muito tempo, centenas de anos atrás, pessoas morreram por lá e foram sepultadas; então ouviram-se ruídos por baixo da terra, os túmulos foram abertos, homens e mulheres encontrados com a pele rosada, cheia de vida, e as bocas vermelhas de sangue. E então, na pressa de salvar as próprias vidas (sim, e suas almas! — e nesse ponto ele fez o sinal da cruz), os que ficaram, fugiram para outros lugares, onde os vivos viviam e os mortos eram mortos e não — não outra coisa. Era evidente que tinha medo de dizer as últimas palavras. Ao prosseguir a narrativa, ficou mais e mais agitado. Parecia que sua imaginação o dominara e ele encerrou o assunto num perfeito acesso de pânico – pálido, suando, tremendo e olhando ao redor, como se esperasse que alguma entidade terrível fosse se manifestar ali, sob a luz do sol e no campo aberto. Desesperado, gritou, finalmente:

— *Walpurgisnacht!* — e apontou a carruagem para que eu entrasse.

Diante disso, todo o meu sangue inglês aflorou e, dando um passo atrás, falei:

— Você está com medo, Johann, você está com medo. Pode voltar; voltarei sozinho; a caminhada vai me fazer bem.

A porta da carruagem estava aberta. Peguei do assento meu bastão de carvalho, para caminhadas — que sempre levo comigo nas excursões de férias — e fechei a porta, indicando Munique, e disse:

— Volte, Johann. *Walpurgisnacht* não tem nada a ver com ingleses.

Os cavalos agora estavam mais irrequietos do que nunca, e Johann tentava controlá-los enquanto me implorava que não cometesse tal imprudência. Tive pena do pobre sujeito que demonstrava sinceridade; mas ao mesmo tempo não pude deixar de rir. Não conseguia mais falar em inglês. De tanta ansiedade esquecera-se que a única maneira de se fazer entender seria falando a minha língua, então tagarelou em alemão. A situação começou a ficar um pouco entediante. Depois de lhe ordenar, "Volte!", virei-me para descer pela encruzilhada, no sentido do vale.

Com um gesto aflito, Johann guiou os cavalos na direção de Munique. Apoiei-me no bastão e observei-o. Por certo tempo seguiu devagar pela estrada: em seguida, surgiu do topo de um morro um homem alto e magro. Eu não conseguia ver muito bem daquela distância. Quando o homem se aproximou dos cavalos, estes começaram a saltar e dar coices e, em seguida, a relinchar, aterrorizados. Johann não conseguia controlá-los; fugiram em disparada pela estrada, como se enlouquecidos. Observei-os até desaparecerem, então procurei pelo estranho, mas percebi que ele também se fora.

Despreocupado, tomei a estrada lateral rumo ao profundo vale, local não recomendado por Johann. Não havia o menor motivo, a meu ver, para a sua objeção; e admito que caminhei por umas duas horas sem pensar em tempo ou distância e, certamente, sem ver qualquer pessoa ou moradia. Quanto ao lugar, era a própria desolação. Mas não me dei conta desse detalhe, até que, ao fazer uma curva, cheguei à orla de uma floresta; então percebi que, inconscientemente, tinha me impressionado com o abandono daquela região por onde passara.

Sentei-me para descansar e comecei a olhar ao redor. Surpreendi-me ao perceber que o tempo estava bem mais frio do que quando iniciei a caminhada — um tipo de som semelhante a um sussurro, às vezes seguido de um rugido abafado, lá do alto, parecia me acercar. Olhando para cima, notei que nuvens grandes e espessas corriam rapidamente de norte a sul, a grande altura. Eram indícios da tempestade que se aproximava de alguma camada atmosférica. Senti um pouco de frio e, concluindo que se devia ao fato de ter me sentado após caminhar, retomei a jornada.

O terreno por onde eu passava agora era muito mais pitoresco. Não havia o que surpreendesse o olhar, mas no todo se observava uma beleza cativante. Pouco me preocupei com o passar do tempo e foi somente quando o crepúsculo se fez notar que comecei a pensar como encontraria o caminho de volta. A claridade do dia se fora. O ar tinha esfriado e o deslocamento de nuvens no alto do céu era agora mais definido. Faziam-se acompanhar por um tipo de chiado distante, através do qual parecia chegar, intermitente, aquele grito misterioso que o condutor dissera ser de um lobo. Hesitei por alguns instantes. Eu dissera que visitaria o vilarejo abandonado, então prossegui, e logo cheguei a um trecho amplo de campo descoberto, todo cercado por morros. As encostas eram forradas de árvores que se espalhavam até a planície, salpicando, em grupos, os declives mais suaves e as depressões. Segui com os olhos a estrada sinuosa, e vi que traçava uma curva perto de um dos grupos de árvores mais densos, e atrás dele se perdia.

Enquanto observava, o ar esfriou subitamente e a neve começou a cair. Pensei nos quilômetros e quilômetros de campo deserto por onde passara e então me apressei a procurar abrigo no bosque à frente. Cada vez mais escuro ficava o céu e cada vez mais rápida e pesada caía a neve, até que o terreno ao meu redor tornou-se um tapete branco e cintilante, cujas extremidades se perdiam em neblina e incerteza. Nesse ponto a estrada era precária, e, quando plana, os limites não eram tão definidos quanto nas depressões; aos poucos percebi que tinha me desviado, pois não sentia por baixo dos pés a superfície dura da estrada, e meus pés afundavam no capim e no musgo. Então, o vento se intensificou, soprando cada vez mais forte, e tive o ímpeto de correr a sua frente. O ar enregelou e comecei a sofrer devido ao frio, apesar de me manter em movimento. A neve agora caía tão espessa, circundando-me com velozes redemoinhos, que eu mal conseguia manter os olhos abertos. De vez em quando o céu era rasgado em pedaços por relâmpagos vívidos, e os clarões me faziam ver à frente uma grande quantidade de árvores, principalmente teixos e ciprestes, todos recobertos por densa camada de neve.

Logo me achei ao abrigo das árvores, e lá, em relativo silêncio, podia ouvir o soprar do vento, no alto. Naquele momento, a tempestade e a noite se fundiram na escuridão. Daí a pouco, tudo indicava que a tempestade estava passando: agora surgia apenas por meio de lufadas e rajadas implacáveis. Em tais momentos, o estranho som do lobo parecia ecoar através de muitos sons similares ao meu redor.

Certas vezes, da massa escura de nuvens em movimento, surgia um esporádico raio de lua que iluminava a região, e me mostrava que eu estava ao lado de uma densa massa de ciprestes e teixos. Assim que a neve cessou, saí do abrigo e comecei a examinar com atenção os arredores. Parecia-me que, entre tantas fundações antigas por que passei, devia haver alguma casa de pé, mesmo em ruínas, onde eu pudesse me abrigar por algum tempo. Ao contornar o bosque, descobri que um muro baixo o cercava, e seguindo-o logo encontrei uma abertura. Nesse local os ciprestes formavam uma alameda que conduzia a um tipo de prédio de formato quadrangular. No entanto, assim que avistei essa edificação, as nuvens em movimento obscureceram a lua, e passei pela trilha no escuro. O vento deve ter esfriado mais ainda, pois senti calafrios enquanto caminhava; mas havia a esperança de encontrar abrigo, e tateei o caminho às cegas.

Parei, pois houve uma repentina calmaria. A tempestade tinha passado; e talvez, para combinar com o silêncio da natureza, meu coração parecia parar de bater. Mas isso foi apenas momentâneo, porque a lua, subitamente, surgiu através das nuvens, mostrando-me que eu estava num cemitério, e que o objeto quadrangular à minha frente era um imenso mausoléu de mármore, tão branco quanto a neve por cima e ao redor dele. Com a lua veio o tremendo sussurro da tempestade, que aparentemente ressurgia emitindo um longo uivo, como o de vários cães e lobos. Aterrorizado, senti que o frio me atingia cada vez mais, como se fosse agarrar-me pelo coração. Então, enquanto o luar inundava o túmulo de mármore, a tempestade deu mais sinais de que se renovaria, como voltasse a percorrer seu caminho. Impelido por alguma forma de fascínio, aproximei-me do sepulcro para examiná-lo e saber porque estaria isolado num lugar desses. Caminhei ao redor e li o que estava escrito em alemão, sobre o portal dórico:

CONDESSA DOLINGEN DE GRAZ
NA ESTÍRIA BUSCOU E ENCONTROU A MORTE
1801

No alto da sepultura, aparentemente fincada no mármore — pois a estrutura era composta de imensos blocos de pedra — havia uma grande lança ou haste de ferro. Quando me dirigi à parte de trás, vi o seguinte, gravado em grandes caracteres russos:

OS MORTOS VIAJAM DEPRESSA

Tudo era tão estranho e sinistro, que fiquei atordoado e senti como se fosse desmaiar. Desejei, pela primeira vez, ter seguido o conselho de Johann. Foi quando me ocorreu uma ideia, que surgiu de modo misterioso e me causou um terrível impacto. Era esta a noite de Walpurgis!

A noite de Walpurgis, quando, de acordo com a crença de milhões de pessoas, o diabo estava à solta — quando os túmulos eram abertos e os mortos saíam para caminhar. Quando tudo de maléfico, seja da terra, do ar ou da água, se refestelava. Era este o lugar específico que o cocheiro evitara. Era este o vilarejo desabitado há séculos. Era este o local onde jazia a suicida; e era este o lugar onde eu estava sozinho — desamparado, tremendo de frio numa mortalha de neve, diante de mais uma tempestade bravia em formação! Precisei de toda a minha filosofia, toda a religião que me ensinaram, toda a coragem, para não sucumbir num acesso de pavor.

E então, um verdadeiro tornado atingiu-me. O solo estremeceu como se por ele milhares de cavalos passassem a galope; e desta vez não era neve que a tempestade transportava nas asas de gelo, mas granizo de grandes proporções, arremessados com tal fúria, que pareciam provir de fundas baleáricas — granizo que abatia folhas e galhos, tornando inútil o abrigo de ciprestes, como se fossem pés de milho. De início, corri até a árvore mais próxima; mas logo me vi obrigado a abandoná-la e procurar o único local que pudesse me servir de refúgio, o profundo vão da porta da sepultura de mármore. Lá, agachando-me de encontro à enorme porta de bronze, consegui certa proteção contra a queda de granizo, pois agora só me atingia quando ricocheteava no chão e na parte lateral do mármore.

Ao me apoiar na porta, esta se moveu ligeiramente, abrindo para o lado de dentro. Mesmo o abrigo de um túmulo era acolhedor naquela tempestade impiedosa, e eu estava prestes a entrar quando surgiu o clarão de um relâmpago bifurcado que iluminou toda a extensão do céu. Nesse instante, juro por minha vida, pois meus olhos se voltavam à escuridão da sepultura, vi uma bela mulher, de rosto redondo e lábios vermelhos, aparentemente adormecida num caixão. Assim que o trovão repercutiu no alto, fui agarrado, ao que me pareceu, pela mão de um gigante, e arremessado para fora, na tempestade. Tudo foi tão repentino que, antes que eu pudesse me dar conta do impacto moral e físico, constatei que estava a mercê da chuva de pedras. Ao mesmo tempo predominava sobre mim a sensação estranha de que não estava sozinho. Olhei para o túmulo. Nesse momento surgiu outro clarão ofuscante, que pareceu se abater sobre a haste de ferro que encimava o túmulo e atravessá-la até chegar ao solo, golpeando e despedaçando o mármore, numa explosão de fogo. A mulher morta ergueu-se num momento de agonia, envolvida pelas chamas, e seu amargurado grito de dor misturou-se ao estouro do trovão. A última coisa que ouvi foi essa terrível mescla de sons, pois fui outra vez agarrado e arrastado por uma força descomunal, ao mesmo tempo que o granizo me atingia e o ar ao redor parecia repercutir o uivo de lobos. A última visão de que me lembro foi de uma imprecisa massa branca, em movimento, como se os túmulos à minha volta tivessem expulsado os fantasmas de seus cadáveres amortalhados, e que estes se acercavam de mim através da branca nebulosidade da chuva de granizo.

***

Gradualmente, voltou-me a consciência, ainda que num estágio inicial e impreciso; em seguida senti um cansaço terrível. Durante certo tempo não me lembrava de nada; mas, pouco a pouco, recobrei os sentidos. A dor que eu sentia nos pés era torturante e não podia movê-los. Pareciam entorpecidos. Uma sensação gélida passava pela nuca, descendo pela coluna; e as orelhas, como os pés, estavam dormentes, e ainda assim, doíam muito; no entanto, no peito, comparativamente, uma sensação de calor era deliciosa. Parecia um pesadelo — um pesadelo físico, se é que se pode dizer assim; pois um grande peso no tórax quase me impedia de respirar.

Aparentemente, tal período de letargia durou muito tempo e enquanto transcorria devo ter adormecido ou desmaiado. Em seguida acometeu-me uma espécie de repulsa, como se fosse o início de um enjoo, e o desejo desesperador de me livrar de alguma coisa — não sabia de quê. Uma imensa quietude me envolveu, como se o mundo todo estivesse adormecido ou extinto, e cessou somente com o arfar de algum animal bem próximo. Percebi algo áspero e quente na minha garganta, e nesse instante conscientizei-me da verdade aterradora, que me esfriou até o coração, fazendo o sangue afluir ao cérebro. Algum animal grande estava deitado sobre mim e lambia minha garganta. Receava me mover, pois certo instinto de prudência me mantinha deitado e imóvel; mas a fera parecia notar agora alguma alteração em mim, visto que ergueu a cabeça. Através dos cílios vi logo acima os dois grandes olhos flamejantes de um lobo gigantesco. Dentes brancos e afiados brilhavam na boca escancarada e vermelha, e eu sentia seu hálito quente, feroz e acre.

Durante outro lapso de tempo esqueci-me de tudo. Logo percebi um grunhido, ao que se seguiu um latido, e outro e mais outro. Depois, talvez bem ao longe, ouvi "Ei! Ei!", como se muitas vozes chamassem em uníssono. Cautelosamente, ergui a cabeça e olhei na direção de onde vinha o som; mas o cemitério bloqueava minha visão. O lobo continuou a latir de modo estranho e um brilho avermelhado começou a se mover no bosque de ciprestes, como se acompanhasse o som. Quando as vozes se aproximaram, o lobo latiu mais rápido e alto. Eu receava mover-me ou fazer qualquer ruído. O fulgor avermelhado se aproximava cada vez mais, refletido no manto branco que se estendia na escuridão à minha volta. Então, de repente, detrás das árvores, surgiu trotando um grupo de cavaleiros portando tochas. O lobo ergueu-se do meu tórax e tomou o rumo do cemitério. Vi um dos cavaleiros (soldados, de acordo com os quepes e longos casacos militares) erguer a carabina e fazer pontaria. Um companheiro bateu no seu braço e ouvi a bala zumbir por cima da minha cabeça. Evidentemente, confundiu meu corpo com o do lobo. Outro soldado avistou o animal quando este escapava, e um tiro se seguiu. Então, a galope, a tropa avançou — alguns na minha direção, outros seguindo o lobo, que desapareceu no meio dos ciprestes recobertos de neve.

À medida que se aproximavam tentei me mexer, mas não tinha forças, embora pudesse ver e ouvir tudo à minha volta. Dois ou três soldados pularam dos cavalos e se ajoelharam ao meu lado. Um deles ergueu-me a cabeça e pôs a mão sobre meu coração.

— Boas notícias, camaradas! — gritou. — O coração está batendo!

Em seguida um pouco de *brandy* foi derramado na minha boca; revigorou-me e pude abrir os olhos e ver o que estava ao redor. Luzes e sombras moviam-se entre as árvores e ouvi os homens chamarem uns aos outros. Reuniam-se e, assustados, proferiam exclamações; as luzes brilhavam quando os demais saíam do cemitério alvoroçados, como se estivessem possessos. Quando os primeiros aproximaram-se de nós, os que estavam à minha volta perguntaram ansiosamente:

— Então, encontraram-no?

A resposta foi rápida:

— Não, não! Vamos, rápido, rápido! Isto não é lugar para se ficar, muito menos numa noite dessas!

"O que era?", foi a pergunta, em diversos tons de voz. A resposta foi diversificada e imprecisa, como se os homens se sentissem motivados a falar por algum impulso comum, ainda que reprimidos por um medo comum que os impedia de revelar os pensamentos.

— Era... era... com certeza! — balbuciou um deles, que tinha perdido o bom-senso por um instante.

— Um lobo — mas não era um lobo! — disse outro estremecendo.

— Não adianta tentar matá-lo sem a bala benta — observou um terceiro de modo mais natural.

— É o que dá sair numa noite dessas! Bem que merecemos os mil marcos! — exclamou o quarto soldado.

— Tinha sangue no mármore rachado — disse outro, depois de uma pausa — Não foi o raio que fez aquilo. E quanto a ele, está a salvo? Olhem só a garganta! Vejam, camaradas, o lobo ficou deitado sobre ele, mantendo-o aquecido.

O oficial olhou para a minha garganta e respondeu:

— Ele está bem; a pele não foi perfurada. O que significa tudo isso? Jamais o teríamos encontrado se não fosse o latido do lobo.

— E o que aconteceu com o lobo? — perguntou o homem que segurava a minha cabeça e que parecia o menos amedrontado do grupo, pois suas mãos estavam firmes, sem tremor. Na sua manga havia uma divisa de oficial subalterno.

— Voltou para sua morada — respondeu o homem de rosto longo e pálido e que, de fato, estremecia de pavor ao olhar ao redor. — Há túmulos de sobra por aí onde ele possa se deitar. Vamos, camaradas - vamos depressa! Melhor deixarmos este lugar maldito.

O oficial ergueu-me até que eu me sentasse, e ao mesmo tempo deu uma ordem; então, vários homens colocaram-me sobre um cavalo. Saltou sobre a sela atrás de mim, segurou-me nos braços e deu o comando para avançar; dando as costas aos ciprestes, cavalgamos rapidamente em formação.

Até então minha língua se recusava a funcionar e por força da circunstância permaneci em silêncio. Devo ter adormecido; pois me dei conta, mais tarde, de estar de pé, apoiado por dois soldados, um de cada lado. Já amanhecia, e ao norte um risco vermelho de luz solar, como uma trilha de sangue, refletia-se na imensidão da neve. O oficial dizia aos demais que não comentassem sobre o que tinham visto, exceto que encontraram o inglês, vigiado por um grande cão.

— Cão! Aquilo não era um cão — interveio o homem que tinha demonstrado tanto medo. — Sei muito bem reconhecer um lobo.

O jovem oficial respondeu calmamente:

— Eu disse cão.

— Cão! — repetiu o outro ironicamente.

Era evidente que sua coragem surgia com o sol; e, apontando para mim, disse:

— Veja a garganta dele. Um cão faria isso, chefe?

Por instinto ergui a mão à garganta e quando a toquei gritei de dor. Os homens se acercaram, e alguns que estavam montados se inclinaram para ver; e mais uma vez ouviu-se a voz tranquila do jovem oficial:

— Um cão, foi o que eu disse. Se qualquer outra coisa for mencionada, hão de rir de nós.

Em seguida me posicionaram sobre o cavalo, atrás de um dos soldados, e cavalgamos até chegar aos subúrbios de Munique. Ali encontramos uma carruagem, na qual fui colocado, e esta seguiu até o Quatre Saisons — o jovem oficial ao meu lado, enquanto outro soldado seguia a cavalo e os demais regressavam ao quartel.

Quando chegamos, o senhor Delbrück desceu tão depressa os degraus para vir ao meu encontro, que tornou-se evidente que estivera nos observando de dentro do hotel. Apreensivo, levou-me pelas duas mãos até entrarmos. O oficial cumprimentou-me e já se virava para sair quando percebi seu propósito e insisti que ele viesse aos meus aposentos. Ao tomarmos um cálice de vinho, agradeci a ele e aos bravos companheiros por terem me salvado. Limitou-se a responder que, para ele, fora uma satisfação, e que o senhor Delbrück tinha desde o início tomado as providências para que o grupo de resgate fosse recompensado; diante da expressão ambígua, o gerente do hotel sorriu, enquanto o oficial, alegando ter de cumprir obrigações, retirou-se.

— Mas, senhor Delbrück — indaguei —, como e por que os soldados saíram à minha procura?

Ele ergueu os ombros, em sinal de depreciação por seu próprio feito, e respondeu:

— Foi sorte minha que o comandante do regimento em que servi autorizou-me a requisitar voluntários.

— Mas como o senhor sabia que eu estava perdido? — perguntei.

— O cocheiro chegou trazendo o que sobrou da carruagem que tombou quando os cavalos fugiram.

— E por isso o senhor mandaria um grupo de salvamento me buscar?

— Oh, não! — respondeu ele — Mas antes mesmo do cocheiro chegar, eu tinha este telegrama do boiardo de quem o senhor é hóspede.

E ele retirou do bolso um telegrama que me entregou, e eu li:

Bistritz.

Cuide bem do meu hóspede -- sua segurança é valiosa para mim. Se qualquer coisa lhe acontecer, ou se ele desaparecer, não poupe esforços para encontrá-lo e garantir sua segurança. Ele é inglês e, por conseguinte, aventureiro. A neve, a noite e os lobos são perigos constantes. Não perca um instante caso suspeite que algum dano possa lhe ocorrer. Correspondo ao seu zelo com a minha fortuna.

Drácula

Enquanto segurava o telegrama em minhas mãos, o quarto parecia rodopiar ao meu redor; e se o atencioso gerente não tivesse me segurado, acho que teria caído. Tudo isso era tão estranho, tão misterioso e impossível de ser concebido, que surgiu em mim a sensação de ser, de algum modo, o joguete de forças opostas — e essa simples ideia me paralisava. Com certeza encontrava-me sob alguma forma de proteção misteriosa. De um país distante viera, na hora H, uma mensagem que me livrara do perigo de desfalecer em meio à neve e entre as presas do lobo.

Americano nascido na Itália e especialista em sânscrito, Francis Marion Crawford (1854–1909) aproveitou em seus romances e contos as informações coletadas em suas viagens ao exterior. Possuidor de uma cultura cosmopolita, Crawford era fascinado por assuntos ligados ao sobrenatural e aos mistérios da mente humana, como a ressurreição e a hipnose, temas explorados em seus trabalhos literários. Atualmente, é mais lembrado pela coletânea de contos Wandering Ghosts, *publicada postumamente em 1911, na qual se encontra "Porque o sangue é vida". Uma das histórias mais conhecidas dos leitores de histórias de vampiro, este conto demonstra a maestria de Crawford em criar uma atmosfera gótica — neste caso, em particular, permeada de lirismo — a partir do cenário da narrativa e do uso das convenções associadas ao vampiro folclórico.*

PORQUE O SANGUE É VIDA

Francis Marion Crawford

Jantamos ao crepúsculo, na ampla cobertura da antiga torre, porque lá era mais fresco durante o período de calor intenso do verão. Além disso, a pequena cozinha fora construída num canto da grande plataforma quadrangular, o que tornava mais fácil transportar os pratos do que descer com eles pelos degraus íngremes de pedra, quebrados em alguns lugares e desgastados pelo tempo. A torre era uma das que tinham sido construídas em toda a extensão da costa ocidental da Calábria, pelo imperador Carlos V, no início do século XVI, para afugentar os piratas bárbaros, na época em que os infiéis aliaram-se a Francisco I contra o imperador e a Igreja. As torres estavam em ruínas, algumas ainda se mantinham de pé, intactas, e a minha era uma das maiores. Como passou a fazer parte de meu patrimônio, dez anos atrás, e porque eu passava lá uma parte do ano, são tópicos que não interessam a esta narrativa. A torre se ergue num dos lugares mais isolados do sul da Itália, na ponta de um cabo curvo e pedregoso que forma um porto natural e seguro no extremo sul do Golfo de Policastro, justo ao norte do Cabo Scalea, local de nascimento de Judas Iscariotes, conforme a lenda local. A torre se acha isolada na ponta arredondada de uma rocha e, desse ponto em diante, num raio de cinco quilômetros, não se vê sequer uma casa. Quando vou lá, levo comigo dois marinheiros — sendo que um deles é bom cozinheiro — e quando vou embora a torre fica a cargo de um homenzinho parecido com um gnomo, que trabalhara como mineiro e há muito se afeiçoara a mim.

Meu amigo, que algumas vezes me visita durante meu isolamento no verão, é artista por escolha profissional, escandinavo de nascimento e cosmopolita por força das circunstâncias. Jantamos ao crepúsculo; o fulgor do pôr do sol tinha se avermelhado e se dissipado outra vez, e o tom purpúreo do entardecer impregnara a vasta cadeia de montanhas que envolve o golfo profundo no lado oriental e se eleva cada vez mais para o sul. Fazia calor e nos sentamos no canto do terraço que é voltado para o continente, aguardando a brisa noturna descer das colinas. A cor esmoreceu, houve um pequeno intervalo de penumbra acinzentada e da porta aberta da cozinha, onde os homens jantavam, uma lâmpada emitiu um raio amarelo.

De repente, a lua surgiu acima da crista do cabo, inundando o terraço e iluminando abaixo de nós cada pedra e moita, até a beira da água inerte. Meu amigo acendeu o cachimbo e sentou-se dirigindo o olhar para um ponto na encosta da montanha. Eu sabia para onde ele olhava, e durante muito tempo me perguntara se ele se deteria em algo naquele local que cativasse sua atenção. Eu conhecia bem aquele lugar. Era evidente que, afinal, estava interessado, embora tenha se passado um longo tempo até ele se pronunciar. Como a maioria dos pintores, confia na própria visão, como um leão confia na própria força e um veado na própria velocidade, e Holger sempre se perturba quando não consegue conciliar o que vê com aquilo que acredita ver.

— É estranho — disse. — Está vendo aquele montículo naquele lado da rocha?

— Sim — disse eu, e imaginei o que se seguiria.

— Parece um túmulo — observou.

— Verdade. Parece um túmulo.

— Sim — prosseguiu meu amigo, com os olhos fixos no lugar. — O estranho é que vejo o corpo deitado sobre o túmulo. É claro — continuou Holger, virando a cabeça para o lado como fazem os artistas —, deve ser efeito da luz. Em primeiro lugar, não é um túmulo, de jeito algum. Em segundo lugar, se fosse uma sepultura, o corpo estaria dentro dela e não do lado de fora. Portanto, trata-se de um efeito do luar. Não está vendo?

— Perfeitamente; é o que sempre vejo nas noites enluaradas.

— Parece não lhe interessar muito — disse Holger.

— Ao contrário, me interessa, embora eu já tenha me acostumado. Você não está de todo enganado. O montículo é realmente um túmulo.

— Tolice! — exclamou Holger, incrédulo.

- Presumo que você me dirá que o que vejo lá, deitado, seja realmente um cadáver!

— Não — respondi, — não é. Sei disso porque me dei ao trabalho de ir lá para ver.

— Então o que é? — perguntou Holger.

— Nada.

— Suponho que queira dizer que é um efeito da luz?

— Talvez seja. Mas o inexplicável é que não faz qualquer diferença se a lua surge ou se põe, se é crescente ou minguante. Seja qual for o luar, do leste ou do oeste ou do alto, contanto que se reflita na sepultura, é possível ver o contorno do corpo por cima da pequena elevação.

Holger remexeu o cachimbo com a ponta da faca e em seguida usou o dedo para socá-lo. Quando o fumo queimou bem ele se levantou da cadeira.

— Se não se importa — disse —, vou até lá dar uma olhada.

Ele me deixou, atravessou o terraço e desapareceu ao descer os degraus escuros. Não me mexi, permanecendo sentado até que ele saísse da torre. Ouvi-o cantarolando uma antiga canção dinamarquesa enquanto caminhava pela clareira à luz intensa da lua, na direção do montículo misterioso. Quando estava à distância de dez passos, Holger parou de repente, avançou dois passos e em seguida retrocedeu três ou quatro, e então parou novamente. Eu sabia o que isso significava. Ele tinha chegado ao ponto onde a Coisa não era mais visível — onde, conforme ele diria, o efeito da luz se alterava.

Então continuou até chegar ao montículo e ficou de pé sobre ele. Eu ainda conseguia ver a Coisa, mas não estava mais deitada, e sim ajoelhada, curvando os braços brancos ao redor do corpo de Holger e olhando para cima na direção do seu rosto. Uma brisa fria alvoroçou meu cabelo naquele instante, quando o vento noturno começou a descer das encostas, mas parecia um sopro de outro mundo.

A Coisa, aparentemente, tentava se erguer, apoiando-se em Holger que permanecia de pé, totalmente alheio à sua presença e olhando em direção à torre, que é muito pitoresca quando o luar se projeta naquele lado.

— Volte! — gritei. — Não fique aí a noite toda!

Pareceu-me que ao descer do monte ele se movia com relutância, ou mesmo com dificuldade. Era isso mesmo. Os braços da Coisa ainda estavam em torno da cintura de Holger, mas os pés não conseguiam deixar o túmulo. À medida que ele caminhava lentamente, a Coisa era arrastada e se alongava formando uma guirlanda de névoa, fina e branca, até que eu vi, distintamente, Holger se sacudir, como alguém que sente um calafrio. No mesmo instante veio através da brisa um gemido de dor — talvez fosse o som de uma pequena coruja que vive nos rochedos — e a presença nebulosa retrocedeu rapidamente, afastando-se da figura de Holger à medida que ele seguia adiante, e estendeu-se mais uma vez sobre o pequeno monte.

Senti novamente a brisa fria em meu cabelo, e dessa vez um tremor gélido de medo percorreu minha espinha. Lembrava-me muito bem de que uma vez fora sozinho até aquele local, ao luar; de que na realidade, ao me aproximar, nada tinha visto; de que, assim como Holger, me detivera na elevação; e me lembrara de como, ao retornar, certo de que nada havia lá, tivera a súbita convicção de que, afinal, havia qualquer coisa: bastaria que eu olhasse atrás de mim. Lembrava-me da forte tentação de olhar para trás, tentação à qual resistira como se fosse indigna de um homem sensato, até que, para me livrar, sacudira-me do mesmo modo que Holger.

E agora sabia que aqueles braços brancos, nebulosos, tinham me circundado também; foi o que percebi num relance, e estremeci ao lembrar que também escutara a coruja noturna. Mas não tinha sido a coruja. Era o gemido da Coisa.

Reabasteci o cachimbo e enchi uma taça com um forte vinho sulista; em menos de um minuto Holger estava novamente sentado ao meu lado.

— É claro que não há nada lá — disse ele —, mas, mesmo assim, é assustador. Sabe que no caminho de volta tive certeza de que havia algo atrás de mim e por isso eu queria me virar para trás e olhar? Foi preciso fazer um esforço para não me virar.

Ele riu um pouco, bateu as cinzas do cachimbo e serviu-se de vinho. Por alguns instantes nenhum de nós falou, a lua subiu, e nós dois olhamos para a Coisa deitada no pequeno monte.

— Pode-se criar uma história a respeito disso — disse Holger depois de um longo intervalo.

— Há uma história — respondi. — Se você não estiver com sono, eu lhe contarei.

— Então conte — disse Holger, que gosta de histórias.

O velho Alario estava à morte, lá no vilarejo, atrás do cerro. Você se lembra dele, não tenho dúvida. Dizem que fez fortuna vendendo joias falsas na América do Sul e quando foi descoberto fugiu com os lucros. Como todos esses indivíduos costumam fazer quando retornam com algo de valor, decidiu imediatamente ampliar sua casa; e uma vez que não há pedreiros aqui, foi buscar dois trabalhadores em Paola. Tinham a aparência rude dos patifes — um napolitano que tinha perdido um olho e um siciliano com uma antiga cicatriz de um centímetro de profundidade no lado esquerdo do rosto. Eu os via com frequência, pois aos domingos costumavam vir pescar aqui, perto dos rochedos. Quando Alario teve a febre que o matou os pedreiros ainda estavam trabalhando na reforma. Uma vez que Alario concordara que parte do pagamento seria casa e comida, ele deixou os dois dormirem na casa. A mulher dele tinha morrido e ele tinha apenas um filho chamado Ângelo, que era um tipo de pessoa bem melhor que o pai. Ângelo iria se casar com a filha do homem mais rico do vilarejo, e, por estranho que pareça, embora o casamento fosse arranjado, dizia-se que os jovens se amavam.

Na realidade, todo o vilarejo gostava de Ângelo, inclusive uma criatura exótica e bela chamada Cristina, que mais se parecia com uma cigana do que qualquer outra moça que eu conhecera aqui. Tinha lábios bem vermelhos e olhos negros, o porte de um galgo e a língua do demônio. Mas Ângelo não dava a mínima importância a ela. Era ingênuo, bem diferente do canalha que era seu pai e, eu diria, sob circunstâncias normais, acredito que ele jamais teria olhado para qualquer garota, a não ser para sua simpática gordinha com dote polpudo a quem o pai lhe destinara. Mas tudo mudou, o que não foi normal nem natural.

Por outro lado, um pastor jovem e muito bonito, das colinas acima de Maratea, estava apaixonado por Cristina, que aparentemente lhe era de todo indiferente. Cristina não dispunha de meios regulares de subsistência, mas era uma boa moça, disposta a fazer qualquer tipo de trabalho ou se deslocar para longe a fim de cumprir tarefas, tudo por um pão ou um prato de ervilhas e permissão para dormir ao abrigo de um teto. Em especial, ficava feliz quando conseguia o que fazer na casa do pai de Ângelo. Quando os vizinhos viram que o velho Alario estava morrendo, mandaram Cristina a Scalea buscar um médico, pois não havia médico no vilarejo. Foi o que se passou no final da tarde, e se aguardaram tanto foi porque o moribundo, enquanto era capaz de falar, recusava tal extravagância. Mas depois que Cristina saiu, a situação se agravou rapidamente, o padre foi chamado, e depois de fazer o que pôde declarou aos presentes que o velho estava morto, e deixou a casa.

Sabe como é essa gente. Tem horror físico à morte. Até o padre falar, o quarto estivera repleto de pessoas. Mal acabara de pronunciar as palavras e o cômodo se esvaziou. Já era noite. Desceram correndo os degraus escuros e foram para a rua.

Ângelo estava ausente, Cristina não tinha voltado — a criada que assistira o doente saiu às pressas com os demais e o corpo ficou só, à luz trêmula de uma lamparina de cerâmica.

Cinco minutos depois, dois homens olharam cautelosamente para dentro do quarto e se aproximaram da cama. Eram eles o pedreiro napolitano de um olho só e o companheiro siciliano. Sabiam o que queriam. Num instante, puxaram por debaixo da cama uma caixa revestida de ferro, pequena e pesada, e, muito antes que alguém pensasse em voltar para ver o morto, deixaram a casa e o vilarejo, protegidos pela escuridão. Foi bem fácil, pois a casa de Alario é a última na direção do penhasco que termina aqui, e os ladrões, simplesmente, saíram pela porta dos fundos, passaram por cima do muro de pedra e não correram risco algum a não ser o de encontrarem algum camponês retardatário, o que seria bastante improvável, pois eram poucos os que utilizavam aquela trilha. Levavam pá e picareta e percorreram o caminho até aqui sem atropelos.

Estou lhe contando esta história como deve ter acontecido, pois, é claro, quanto a essa parte não houve testemunhas. Os homens trouxeram a caixa através do penhasco, pretendendo enterrá-la até que pudessem voltar e levá-la de barco. Tiveram a esperteza de deduzir que parte do dinheiro constaria de cédulas, caso contrário teriam enterrado a caixa na praia, na areia molhada, onde seria bem mais seguro. Mas o papel apodreceria se fossem forçados a deixá-lo enterrado por muito tempo, portanto cavaram o buraco lá mesmo, próximo ao rochedo. Sim, no mesmo lugar onde agora está o tal montículo.

Ao chegar em Scalea, Cristina não encontrou o médico, que tinha recebido um chamado e se dirigira a um local acima do vale, a meio caminho de San Domenico. Se ela o tivesse encontrado, ele teria vindo montado na mula pela estrada de cima, mais plana, porém bem mais longa. Mas Cristina tomou o atalho dos rochedos, que passa a quinze metros de distância do pequeno monte. Os homens estavam cavando quando ela passou pelo local e Cristina ouviu-os trabalhando. Não era de seu feitio ir embora sem descobrir que barulho seria aquele, pois nada temia na vida, e, além disso, pescadores costumavam vir à terra firme durante a noite para pegar uma pedra que servisse de âncora ou gravetos para acender o fogo. A noite era escura e, provavelmente, quando Cristina percebeu o que faziam já se achava bem perto deles. Conhecia-os, é claro, e eles a conheciam, e os dois sujeitos entenderam imediatamente que estavam nas mãos dela. Só havia uma coisa a fazer para se manterem seguros, e foi o que fizeram. Golpearam-lhe a cabeça, cavaram um buraco profundo e a enterraram rapidamente com a arca de ferro. Devem ter pensado que a única possibilidade de escaparem de suspeitas seria regressar ao vilarejo antes que sua ausência fosse notada, portanto retornaram imediatamente, sendo vistos, meia hora depois, tagarelando calmamente com o homem que estava construindo o caixão de Alario. Ele era conhecido dos dois pedreiros e tinha feito reparos na casa do velho Alario. Pelo que apreendi, Ângelo e a criada que mencionei eram as únicas pessoas que, supostamente, tinham conhecimento do local onde Alario guardava o tesouro. Ângelo estava ausente; foi a mulher que descobriu o roubo.

É bem fácil entender por que ninguém mais sabia onde estava o dinheiro. O velho mantinha a porta trancada e a chave no bolso quando saía de casa, e não deixava a mulher entrar para limpar o cômodo, a não ser na sua presença. No entanto, todo o vilarejo sabia que o dinheiro estava em algum lugar, e os pedreiros provavelmente descobriram o esconderijo da arca subindo pela janela durante a ausência de Alario. Se o velho não tivesse delirado até perder a consciência, sua agonia teria sido terrível por causa dos bens. A fiel serviçal esqueceu-se da existência da arca somente por alguns instantes quando, horrorizada com a morte, fugiu com os demais. Não se passaram vinte minutos até ela retornar com as duas bruxas horrendas que sempre são chamadas para preparar os mortos para o enterro. Ainda assim, não teve, de início, a coragem de se aproximar da cama, mas fingiu derrubar algum objeto, ajoelhou-se como se o procurasse e olhou por baixo da cama. As paredes do quarto tinham sido recentemente caiadas até o chão, e ela viu, de relance, que a arca se fora. A arca estivera lá à tarde, e, portanto, fora roubada durante o curto intervalo em que ela se afastara do quarto.

No vilarejo não há carabineiros e nem nada parecido com um guarda municipal, pois não há municipalidade. Era como se o local não existisse. Scalea se responsabiliza pelo povoado de algum modo misterioso, e são necessárias horas para se conseguir retirar alguém de lá. E não ocorreu à idosa, que passara toda a vida no vilarejo, pedir socorro a qualquer autoridade civil. Simplesmente, saiu correndo às escuras, gritando que a casa do patrão falecido tinha sido roubada. Muita gente veio ver, mas de início ninguém se prontificou a ajudá-la. Muitos, julgando que ela faria o que eles próprios fariam, sussurravam entre si que ela, provavelmente, roubara o dinheiro. O primeiro a agir foi o pai da jovem com quem Ângelo estava para se casar; tendo reunido os familiares interessados na riqueza que estavam prestes a possuir, declarou que na sua opinião a arca tinha sido roubada pelos dois pedreiros que se alojavam na casa. Comandou uma busca aos dois, que naturalmente começou na casa de Alario e terminou na oficina do carpinteiro, onde os ladrões foram encontrados discutindo a respeito de uma medida de vinho, próximos ao caixão semi-acabado, à luz de uma lamparina de cerâmica cheia de óleo e sebo. A equipe de busca imediatamente acusou os delinquentes de haver cometido o crime e ameaçou trancá-los no celeiro até que os carabineiros viessem de Scalea. Os dois homens se entreolharam por um momento e, em seguida, sem a mínima hesitação, apagaram a única lamparina, agarraram o caixão inacabado que estava entre eles e usando-o como um aríete, atacaram os agressores na escuridão. Em poucos instantes estavam fora de alcance.

Este é o final da primeira parte da história. O tesouro desaparecera e como não se descobriu nenhum sinal dele as pessoas, naturalmente, presumiram que os ladrões conseguiram levá-lo. O velho foi enterrado, e quando Ângelo afinal retornou, precisou pedir dinheiro emprestado para pagar o mísero funeral, e mesmo assim teve alguma dificuldade de fazê-lo. Nem era preciso que lhe dissessem que ao perder a herança tinha perdido a noiva. Nessa região do mundo casamentos se realizam de acordo com rígidos princípios de negócios, e se o dinheiro prometido não chega no dia estipulado, a noiva ou o noivo cujos pais não conseguiram fornecer a determinada quantia devem se retirar, pois não haverá casamento. Pobre Ângelo, bem o sabia. Seu pai não possuía terras, praticamente, e agora que o dinheiro em espécie que ele trouxera da América do Sul tinha desaparecido, nada restara a não ser dívidas relativas ao material de construção que seria usado na ampliação e melhoria da casa antiga. Ângelo empobreceu e a gordinha simpática que lhe teria sido destinada torceu o nariz para ele no melhor estilo. Quanto a Cristina, vários dias se passaram até que sua ausência fosse notada, pois ninguém se lembrava de que ela havia sido enviada a Scalea para buscar o médico que nunca chegara. Ela costumava desaparecer daquele mesmo modo, dias seguidos, quando encontrava um pequeno trabalho aqui e ali nas fazendas situadas entre as colinas. Mas, uma vez que ela não retornara, a gente do povoado começou a fazer suposições e afinal concluiu que ela fora cúmplice dos pedreiros e fugira com eles.

Fiz uma pausa e esvaziei meu cálice.

— Isso não poderia acontecer em nenhum outro lugar — observou Holger, enchendo novamente o interminável cachimbo. — É maravilhoso observar o charme natural de um assassinato e morte súbita num país romântico assim. Atos que seriam simplesmente brutais e repugnantes em qualquer lugar, tornam-se dramáticos e misteriosos porque estamos na Itália e vivemos numa autêntica torre de Carlos v, construída para combater piratas bárbaros autênticos.

— Não deixa de ser verdade — admiti.

No íntimo Holger é o homem mais romântico do mundo, mas sempre julga necessário explicar por que sente qualquer coisa.

— Suponho que encontraram o corpo da pobre moça e a caixa — disse ele em seguida.

— Desde que você parece interessado — respondi — vou lhe contar o resto da história.

Naquele momento a lua estava no alto; o contorno da Coisa no montículo era mais nítido do que nunca aos nossos olhos.

O vilarejo logo se acomodou à vida simplória e monótona. Ninguém sentia falta do velho Alario que tanto se ausentara durante as viagens à América do Sul e jamais fora uma figura conhecida na terra nativa. Ângelo morava na casa inacabada e por não dispor de dinheiro para pagar a velha empregada, ela não podia permanecer com ele, mas de vez em quando, por consideração, ia até lá lavar uma camisa. Além da casa, ele herdara um pequeno terreno nas cercanias do povoado; tentava cultivá-lo, mas não se empenhava no trabalho, pois sabia que jamais poderia arcar com os impostos do terreno e da casa, que certamente seriam confiscados pelo governo ou tomados para cobrirem a dívida do material de construção, que o homem que o havia fornecido recusava-se a receber de volta.

Ângelo sentia-se muito triste. Quando seu pai era vivo e rico, todas as moças do vilarejo eram apaixonadas por ele; mas agora tudo havia mudado. Tinha sido agradável ser admirado e cortejado, e convidado a tomar vinho na companhia dos pais que tinham moças para casar. Era difícil suportar olhares frios e às vezes risos pelo fato de sua herança ter sido roubada. Ele mesmo preparava refeições miseráveis e, por se sentir infeliz, tornou-se sombrio e carrancudo.

Ao anoitecer, quando terminava o trabalho diário, ao invés de passear ao ar livre, diante da igreja, com jovens da sua idade, preferia perambular por locais ermos na periferia do vilarejo até o cair da noite. Em seguida, retirava-se furtivamente para casa e ia dormir para poupar o gasto com uma lâmpada. Mas naquelas horas passadas ao crepúsculo começou a ter estranhas visões. Nem sempre estava sozinho, pois, frequentemente, quando se sentava no toco de árvore, onde a trilha estreita contorna o penhasco, tinha certeza que uma mulher se aproximava, sem fazer qualquer ruído, e passava sobre as pedras ásperas, como se estivesse descalça; e ficava de pé na trilha, sob as castanheiras, a cinco metros mais abaixo, e, sem falar, acenava para ele. Embora ela estivesse no escuro, ele sabia que seus lábios eram vermelhos e quando se separavam um pouco, esboçando um sorriso, ela mostrava dois dentes pequenos e afiados. Ele o sabia, de início, antes mesmo de ver, e sabia que se tratava de Cristina e que estava morta. Mesmo assim não tinha medo; apenas tinha dúvidas se era um sonho, pois pensava que se estivesse acordado teria medo.

Além do mais, a mulher morta tinha lábios vermelhos e aquilo só poderia acontecer em sonho. Sempre que ele ia ao penhasco, depois do pôr do sol, ela estava lá, esperando, ou então logo aparecia, e ele começou a constatar que a cada dia ela se aproximava mais. A princípio ele tivera somente a certeza de que sua boca era vermelha, mas depois cada traço destacou-se mais e o rosto pálido fitava-o com olhos profundos e famintos.

Eram os olhos que ficavam cada vez mais embaçados. Pouco a pouco ele percebeu que algum dia o sonho não terminaria no momento de voltar para casa, mas o conduziria para o penhasco, de onde surgia a visão. Agora ela ficava mais próxima ao lhe acenar. Sua face não era lívida como a dos mortos, mas pálida de inanição, com a fome física, violenta e implacável daqueles olhos que o devoravam. Eles se banqueteavam com a sua alma e o enfeitiçavam, e finalmente se aproximaram dos olhos dele e os dominaram. Ele não sabia dizer se aquele hálito era quente como fogo ou frio como gelo; não sabia dizer se os lábios queimavam os dele ou se os congelavam, ou se os cinco dedos marcavam seus punhos com cicatrizes abrasadoras ou se lhe cortavam a carne como a geada; não sabia dizer se estava acordado ou dormindo, se estava vivo ou morto, mas sabia que ela o amava, a única entre todas as criaturas, terrenas ou não, e seu feitiço o dominava.

Quando a lua ergueu-se naquela noite, a sombra da Coisa não estava sozinha sobre o montículo.

Na madrugada fresca, Ângelo acordou banhado de orvalho e o frio atingia-lhe a carne, o sangue e os ossos. Abriu os olhos diante da luz esmaecida e cinzenta e viu as estrelas ainda brilhando no alto. Estava muito fraco e o coração batia devagar como quem sofre um desmaio. Virou lentamente a cabeça sobre o montículo, como num travesseiro, mas o outro rosto não estava lá. Subitamente sentiu medo, um medo indescritível e desconhecido; pôs-se de pé imediatamente e fugiu pelo penhasco, e não olhou para trás até chegar à porta de casa, nos arredores da cidade. Naquele dia, seguiu triste para o trabalho e, as horas cansadas se arrastaram, acompanhando o sol até que esse tocou o mar e afundou, e as magníficas montanhas escarpadas acima de Maratea tingiram-se de púrpura contra o fundo arroxeado do céu oriental.

Ângelo apoiou a enxada pesada no ombro e deixou o campo. Sentia-se menos cansado agora do que pela manhã, quando começara a trabalhar, mas prometera a si mesmo que iria para casa sem se deter no penhasco, e jantaria o que de melhor pudesse preparar, e dormiria a noite toda em sua cama como um cristão. Não seria tentado outra vez a seguir o caminho estreito, levado por uma sombra com lábios vermelhos e hálito gélido; não teria outra vez aquele sonho de terror e êxtase. Agora estava próximo do vilarejo; fazia meia hora que o sol se escondera, e o sino rachado da igreja propagava pequenos ecos dissonantes através dos rochedos e barrancos para avisar a todas as pessoas de bem que o dia tinha terminado. Ângelo parou por um instante onde o caminho bifurcava, onde seguia para o povoado à esquerda, e na direção do penhasco, à direita, onde um grupo de castanheiras avançava sobre o caminho estreito. Parou por um minuto, tirando o chapéu esfarrapado, o olhar voltado para o leste, onde o mar logo se desvanecia; e seus lábios se moveram quando ele recitou em silêncio a costumeira oração vespertina. Os lábios se moviam, mas no cérebro as palavras perderam o significado e se transformaram em outras, terminando num nome que ele pronunciou em voz alta.

— Cristina!

Ao dizer o nome, sua força de vontade enfraqueceu de súbito, a realidade se foi e o sonho dominou-o mais uma vez, levando-o rápida e continuamente como se ele fosse um sonâmbulo, descendo, descendo, pela trilha acidentada, na escuridão cada vez mais densa. Deslizando ao seu lado, Cristina sussurrava sons estranhos e ternos ao seu ouvido, sons que ele não poderia entender bem se estivesse desperto; mas nesse momento eram as palavras mais fascinantes que ele escutara na vida. E ela também o beijou, mas não na boca. Ele sentiu seus beijos afiados no pescoço branco, e sabia que seus lábios eram vermelhos. E assim o sonho louco avançou rapidamente através do crepúsculo, da escuridão, do nascer da lua e de toda a glória da noite de verão. Mas na madrugada fria achava-se ele deitado como um semimorto, sobre o montículo, às vezes se lembrando, outras vezes não, o sangue drenado, e ainda assim desejando ceder mais àqueles lábios vermelhos. Então veio o medo, o terrível e inqualificável pavor, o horror mortal que guarda os confins do mundo que não vemos, nem conhecemos como conhecemos outras coisas, mas que sentimos quando de lá vem o frio cortante que nos congela os ossos e nos revolve os cabelos com um toque fantasmagórico. Mais uma vez, ao raiar do dia, Ângelo levantou-se do pequeno monte e fugiu pelo penhasco, embora dessa vez seus passos não fossem tão firmes, e ele arquejasse enquanto corria; e quando chegou à fonte translúcida a meio caminho da encosta, caiu de joelhos e nela mergulhou o rosto inteiro e bebeu água como nunca — pois era a sede do homem ferido que ficou deitado, sangrando a noite toda num campo de batalha.

Agora ela o cativara e ele não escaparia, e viria sempre ao anoitecer até que ela tivesse drenado a última gota de sangue. Era inútil, ao final do dia, dar uma volta e tentar ir para casa por outro caminho que não levasse ao penhasco. Era inútil fazer promessas a si mesmo, a cada amanhecer, quando subia a trilha isolada da costa até o vilarejo. Era tudo inútil, pois quando o sol incandescente afundava no mar, e o frescor do anoitecer parecia surgir de um esconderijo para deleitar o mundo exausto, seus pés voltavam-se ao antigo caminho, e ela o esperava à sombra das castanheiras; e tudo, então, acontecia como antes, e ela beijava-lhe o pescoço branco, mesmo enquanto descia a trilha, envolvendo-o com o braço. E quando o sangue dele falhava, ela se tornava, a cada dia, mais faminta e mais sedenta, e quando ele despertava de madrugada era cada vez mais difícil se erguer para subir a trilha íngreme que conduzia ao povoado; e quando ia trabalhar, seus pés se arrastavam dolorosamente, e ele quase não tinha força nos braços para empunhar a enxada. Agora, raramente falava com qualquer pessoa, e comentavam que ele "estava se consumindo" por amor à jovem que deveria desposar quando perdeu a herança; e ao pensar nisso riam a valer, pois este lugar não é muito romântico. Nesse ínterim, Antonio, o homem que cuida da torre, regressou de uma visita aos parentes que residem perto de Salerno. Tinha se ausentado desde a morte de Alario, e nada sabia sobre o que se passara. Disse-me que chegara ao final da tarde e se trancara na torre para comer e dormir, pois estava muito cansado. Já passava da meia-noite quando acordou, e ao olhar para fora viu a lua minguante surgindo próximo ao topo da colina. Olhou na direção do montículo e viu algo; e não conseguiu mais dormir naquela noite. De manhã, quando saiu, já era dia claro, e nada se via no montículo a não ser pedras soltas e areia remexida. Mesmo assim ele não se aproximou do local; seguiu em frente pela trilha que leva ao povoado e foi direto à casa do velho padre.

— Nessa noite passada vi uma coisa maléfica — disse. — Vi como os mortos bebem o sangue dos vivos. E o sangue é a vida.

— Diga-me o que viu — disse o padre.

Antonio lhe contou tudo o que tinha visto.

— Hoje à noite o senhor precisa trazer o seu livro e a água benta - acrescentou. — Estarei aqui antes que o sol se ponha para ir lá com o senhor, e se agrada à vossa reverência jantarmos enquanto aguardamos, deixarei tudo pronto.

— Irei, sim — respondeu o padre —, pois li em livros a respeito desses seres estranhos que não são nem vivos nem mortos, e que se mantêm sempre revigorados nas suas sepulturas, escapando ao anoitecer para saborear vida e sangue.

Antonio não sabia ler, mas ficou satisfeito ao perceber que o padre entendia do assunto; pois, é claro, os livros teriam fornecido a ele instruções sobre as melhores formas de aquietar para sempre a Coisa semimorta.

Em seguida Antonio foi para o trabalho, que consiste principalmente em se sentar do lado ensombreado da torre quando ele não está no alto de uma rocha segurando uma linha de pescar, sem pegar coisa alguma. Mas naquele dia, à luz do sol, foi duas vezes olhar o montículo, e procurou ao redor por algum buraco através do qual o ser pudesse sair e entrar. Mas nada encontrou. Quando o sol começou a baixar e o ar tornou-se mais frio à sombra, foi buscar o velho padre, levando consigo uma pequena cesta de vime; e na cesta puseram uma garrafa de água benta, a bacia, o aspersório e a estola que o padre necessitaria; e desceram para esperar à porta da torre até o cair da noite. Mas enquanto a luz ainda se prolongava, bem acinzentada e esmaecida, viram algo em movimento, lá mesmo, duas figuras, um homem que caminhava e uma mulher que seguia ao seu lado, e enquanto ela deitava a cabeça no seu ombro, beijava-lhe o pescoço. O padre também me contou o que se passara, que seus dentes rangeram e que agarrara o braço de Antonio. A visão passou e desapareceu na escuridão. Em seguida, Antonio pegou o frasco revestido de couro, contendo bebida forte, que reservava para grandes ocasiões e tomou tamanho gole que voltou a se sentir jovem. Pegou a lanterna, a pá e a picareta e entregou ao padre a estola, para que a usasse, e a água benta; e seguiram juntos até o lugar onde o trabalho seria feito. Antonio diz que, apesar do rum, sentia os joelhos baterem um no outro, e o padre tropeçava no latim. Quando estavam a poucos metros do montículo, a luz trêmula da lanterna encontrou o rosto pálido de Ângelo, inconsciente, como se estivesse dormindo, e o seu pescoço voltado para cima, onde um fio vermelho de sangue descia até a gola; e a luz da lanterna tremulou sobre outro rosto, que do meio do banquete olhava para cima; sobre dois olhos profundos, mortíferos, que enxergavam a despeito da morte; sobre lábios separados, mais vermelhos que a própria vida; sobre dois dentes cintilantes onde brilhava uma gota rosada. Em seguida, o padre, bom homem, fechou bem os olhos e jogou a água benta à sua frente, e elevou a voz falha, e quase gritou; e Antonio, que afinal de contas não é covarde, avançou, erguendo a picareta com uma das mãos e a lanterna com a outra, sem saber qual seria o desfecho; e então jura que ouviu um grito de mulher, e a Coisa se foi, e Ângelo ficou sozinho e inconsciente no montículo, com o fio vermelho no pescoço e gotas de suor mortal na testa fria. Levantaram-no, semimorto como estava, e deitaram-no sobre o solo, perto dali. E Antonio se pôs ao trabalho, e o padre o ajudou, embora fosse velho e não pudesse fazer muita coisa; e abriram uma cova profunda, e finalmente, Antonio, de pé na sepultura, segurando a lanterna, inclinou-se para ver.

O cabelo de Antonio era castanho escuro, grisalho nas têmporas; em menos de um mês, desde aquele dia, estava grisalho como um texugo. Quando jovem, trabalhara nas minas e a maioria dessa gente, vez por outra, depara-se com imagens terríveis quando ocorrem acidentes, mas ele nunca tinha visto o que vira naquela noite — aquela Coisa que não é viva nem morta, aquela Coisa que não habita nem a superfície nem a sepultura. Antonio trouxera algo que o padre não notara. Era o que tinha feito naquela tarde — uma estaca afiada feita de um pedaço de madeira encontrada à deriva. Estava com ele agora, assim como a picareta pesada, e levara a lanterna para dentro da cova. Acho que nada nesse mundo poderia fazê-lo falar sobre o que aconteceu naquele momento, e o velho padre estava tão assustado que não podia examinar o que se passava. Disse que ouviu Antonio respirar como se fosse uma fera e agitar-se como se lutasse com algo tão forte quanto ele; e ouviu também um som malévolo, e golpes, como se alguma coisa fosse lançada através de carne e osso; e depois o som mais terrível — um grito de mulher, o grito sobrenatural de uma mulher que não estava viva nem morta, mas tinha sido enterrada por muitos dias. E ele, o pobre padre idoso, ajoelhado na areia, balançava-se, gritando orações e exorcismos para afogar os sons horripilantes. E de repente uma pequena arca revestida de ferro foi atirada para cima e rolou até chegar aos joelhos do velho, e num instante Antonio se pôs ao lado dele, o rosto pálido como cera à luz vacilante da lanterna, atirando com a pá areia e pedriscos para dentro do túmulo, com toda força e pressa, olhando por cima da borda até que metade da cova estivesse cheia; e o padre disse que havia muito sangue fresco nas mãos e nas roupas de Antonio.

Eu chegara ao final da história. Holger terminou de tomar o vinho e recostou-se na cadeira.

— Quer dizer que Angelo recuperou o que era seu — disse. — E se casou com a jovem recatada e gorducha a quem fora prometido?

— Não; ele ficou apavorado. Foi para a América do Sul e desde então não se teve mais notícias dele.

— E o corpo da infeliz ainda se encontra naquele lugar, suponho - disse Holger. — Estará morto, realmente? É o que me pergunto - acrescentou.

Também me pergunto. Mas, se está morto ou vivo, não faço a mínima questão de verificar, nem mesmo em dia claro.

Antonio, agora grisalho como um texugo, nunca mais foi o mesmo desde aquela noite.

Publicado em 1836 no Chronique de Paris, *jornal em que Gautier começou a colaborar por indicação de Balzac,* A morta amorosa *ocupa um lugar de destaque entre as histórias de vampiro. Théophile Gautier (1811—1872) explora aqui o mito do vampiro de modo brilhante e original, sem abrir mão de seu estilo requintado. Neste conto, Gautier fez uso de dois temas recorrentes da literatura romântica — a bela defunta e a mulher fatal — acrescentando em sua trama também um elemento gótico ao explorar a fascinação do sagrado pelo profano. A propósito desse conto, Montague Summers, o eminente estudioso do folclore e da literatura vampírica, escreveu: "Não são poucas as histórias em inglês a tratar das lendas de vampiro, e muitas são muito bem concebidas e arquitetadas com argúcia; [...] mas, creio, é ponto pacífico que nenhum autor jamais escreveu nada comparado a essas páginas de Gautier".*

A MORTA AMOROSA

Théophile Gautier

Tu me perguntas, irmão, se amei: sim. É uma história inusitada e terrível... Ainda que eu tenha sessenta e seis anos, mal ouso remexer as cinzas dessa lembrança. Não quero te recusar nada, mas eu não faria a uma alma menos experiente semelhante relato. São acontecimentos tão estranhos, que não consigo acreditar que os tenha vivido. Durante mais de três anos, fui o joguete de uma ilusão singular e diabólica. Eu, pobre pároco do interior, levei em sonho todas as noites (Deus queira que seja um sonho!) uma vida de amaldiçoado, uma vida de mundano e de Sardanápalo. Um único olhar cheio de complacência lançado a uma mulher quase causou a perda de minha alma, mas, por fim, com ajuda de Deus e de meu santo patrono, consegui expulsar o espírito maligno que se apossara de mim. Minha existência se complicou com uma existência noturna inteiramente diferente. De dia, eu era um sacerdote do Senhor, casto, ocupado com a prece e as coisas santas; à noite, a partir do momento em que fechava os olhos, eu me tornava um jovem refinado, conhecedor de mulheres, cães e cavalos, jogava dados, bebia, blasfemava. Quando acordava no início da aurora, ao contrário, eu tinha a sensação de adormecer e sonhar que era padre. Desta vida sonambúlica restaram-me lembranças de objetos e de palavras, das quais não posso me defender, e, ainda que eu jamais tenha saído dos muros de meu presbitério, quem me ouvisse diria que sou um homem que experimentou de tudo e que, voltando do mundo, abraçou a religião para terminar, no seio de Deus, uma vida demasiado agitada; não um humilde seminarista que envelheceu numa paróquia ignorada no fundo de um bosque e sem nenhum contato com as coisas seculares.

Sim, amei como ninguém no mundo amou, um amor insensato e furioso, tão violento, que me espanta não ter feito explodir meu coração. Ah!... Que noites!... Que noites! Desde a mais tenra infância senti vocação para o sacerdócio. Todos os meus estudos também foram dirigidos neste sentido e minha vida, até os vinte e quatro anos, não foi senão um longo noviciado. Concluída a teologia, passei sucessivamente por todas as ordens menores e, apesar de minha grande juventude, os superiores me julgaram digno de transpor o último e temido degrau. O dia de minha ordenação foi marcado para a semana da Páscoa.

Eu jamais estivera no mundo; para mim, o mundo era o recinto do colégio e do seminário. Eu sabia vagamente que havia algo que se chamava *mulher*, mas não detinha nela o meu pensamento, era de uma perfeita inocência. Via minha velha mãe enferma apenas duas vezes por ano. Eram essas todas as minhas relações com o mundo lá fora.

Eu nada lamentava, não sentia a menor hesitação diante desse compromisso irrevogável, estava cheio de alegria e de impaciência. Jamais um jovem noivo contou as horas com ardor mais fervoroso. Eu não dormia, sonhava que dizia a missa, ser padre...! Eu não via nada de mais belo no mundo: recusaria ser rei ou poeta. Minha ambição não concebia nada além.

Isso que digo é para te mostrar o quanto o que me aconteceu não deveria ter me acontecido, e de que fascínio inexplicável fui vítima. Chegado o grande dia, fui para a igreja com um passo tão leve, que me parecia estar sendo sustentado no ar ou ter asas nos ombros. Acreditava ser um anjo e me espantava com a fisionomia sombria e preocupada de meus colegas, pois éramos muitos. Eu havia passado a noite em preces e estava próximo ao êxtase. O bispo, um venerável velhinho, me parecia Deus Pai reclinado sobre sua eternidade. Eu via o céu através das abóbadas do templo.

Conheces os detalhes desta cerimônia: a bênção, a comunhão sob as duas espécies, a unção da palma das mãos com o óleo dos catecúmenos e, finalmente, o santo sacrifício oferecido em conjunto com o bispo. Não insistirei a respeito disso. Oh! Jó tinha razão, imprudente daquele que não encerra um pacto com seus olhos! Levantei por acaso minha cabeça, que até então mantinha inclinada, e percebi diante de mim, tão perto que eu poderia tocá-la — ainda que na verdade estivesse a uma distância até bem grande e do outro lado da balaustrada — uma jovem de rara beleza e vestida com magnificência real. Foi como se conchas caíssem das pupilas de meus olhos. Tive a sensação de um cego que subitamente recupera a vista. O bispo, tão radiante há um momento, apagou-se de repente, os círios empalideceram como as estrelas de manhã em seus candelabros de ouro e por toda a igreja se fez uma escuridão completa. A encantadora criatura se destacava sobre este fundo de sombra como uma revelação angelical. Parecia iluminada por si mesma; mais parecia emanar a luz do que recebê-la.

Baixei as pálpebras, decidido a não mais erguê-las para me subtrair à influência dos objetos exteriores. A distração me invadia cada vez mais e eu mal sabia o que fazia.

Um minuto depois, reabri os olhos, pois através de meus cílios eu a via resplandecente, com as cores do prisma na penumbra purpúrea, como quando se olha para o sol.

Oh! Como era bela! Nem mesmo os maiores pintores, que trouxeram à terra o divino retrato da Madona quando buscavam no céu a beleza ideal, se aproximaram dessa fabulosa realidade. Nem os versos do poeta nem a paleta do pintor conseguem dar sequer uma vaga ideia. Ela era alta, com o tamanho e o porte de uma deusa. Os cabelos, de um louro suave, se separavam no alto de sua cabeça e corriam sobre suas têmporas como dois rios de ouro; dir-se-ia uma rainha com seu diadema. A fronte, de uma brancura azulada e transparente, se estendia ampla e serena sobre os arcos de dois cílios quase marrons, singularidade essa que ainda aumentava o efeito de pupilas verdes como o mar, de vivacidade e brilho insustentáveis. Que olhos! ...com um relâmpago, eles decidiam o destino de um homem, tinham uma vida, uma limpidez, um ardor, uma umidade brilhante que jamais vi em olho humano. Deles emanavam raios como flechas, que eu via claramente atingirem meu coração. Não sei se a chama que os iluminava era do céu ou do inferno, mas com certeza vinha de um ou de outro. Esta mulher era um anjo ou um demônio, talvez ambos — certamente não saiu da costela de Eva, a mãe comum. Dentes do mais belo oriente cintilavam em seu sorriso vermelho, furavam-se covinhas a cada inflexão de sua boca no cetim rosado das adoráveis maçãs de seu rosto. Seu nariz era de um refinamento e de uma soberba real, traindo a mais nobre origem. Luzires de ágata brincavam sobre a pele muito lisa e brilhante de seus ombros meio descobertos, e fileiras de enormes pérolas muito claras, de um tom quase igual ao de seu pescoço, desciam-lhe sobre o peito. De vez em quando, endireitava a cabeça com um movimento ondeante de serpente ou pavão se exibindo, e imprimia um ligeiro estremecimento à gola alta bordada que a rodeava como uma treliça de prata.

Ela usava um vestido de veludo carmesim e de suas grandes mangas forradas de arminho saíam mãos patrícias de infinita delicadeza, com longos dedos rechonchudos e de uma transparência tão ideal, que deixavam passar o dia, como os da Aurora.

Todos esses detalhes ainda me estão presentes como se datassem de ontem e, ainda que eu estivesse numa enorme perturbação, nada me escapava: a mais leve nuance, o pontinho preto no canto do queixo, a plumagem imperceptível nas comissuras dos lábios, o aveludado da fronte, a sombra trêmula dos cílios nas faces... eu apreendia tudo com espantosa lucidez. Quanto mais olhava para ela, mais eu sentia abrirem-se em mim portas até então fechadas... respiros obstruídos desembocavam em todos os sentidos e me deixavam entrever perspectivas desconhecidas. A vida se apresentava para mim num aspecto completamente diferente: eu acabava de nascer para uma nova ordem de ideias. Uma angústia assustadora me atazanava o coração, cada minuto que escoava me parecia um segundo e um século. Entretanto, a cerimônia avançava e fui levado para muito longe do mundo, cuja entrada meus desejos nascentes assediavam furiosamente. Digo sim quando queria dizer não, quando tudo em mim se revoltava e protestava contra a violência que minha língua fazia à minha alma: contra minha vontade, uma força oculta arrancava minhas palavras da garganta. Talvez seja isso o que faz tantas jovens caminharem para o altar com a firme decisão de recusar de maneira ruidosa o esposo que lhes é imposto e nem uma única execute seu projeto. Com certeza é isso que faz com que tantas noviças infelizes tomem o véu, apesar de decididas a rasgá-lo em pedaços no momento de pronunciar os votos. Não se ousa causar tal escândalo diante de todo mundo ou enganar a expectativa de tantas pessoas. Todas essas vontades, todos esses olhares parecem pesar como uma capa de chumbo. Além do mais, as medidas foram tão bem tomadas, tudo está tão bem regulado previamente, de maneira tão evidentemente irrevogável, que o pensamento cede a seu peso e se abate completamente.

O olhar da bela desconhecida mudava de expressão conforme a cerimônia avançava. De terno e acariciante, assumiu um ar de desdém e descontentamento, como se por não ter sido compreendido.

Esforcei-me o bastante para arrancar uma montanha, para gritar que não queria ser padre, mas não consegui cumprir. A língua permaneceu pregada a meu palato e me foi impossível traduzir minha vontade pelo mais ligeiro movimento negativo. Perfeitamente desperto, eu me sentia num estado semelhante ao do pesadelo, quando se quer gritar uma palavra da qual depende a vida e não se consegue. Ela pareceu sensível ao martírio que eu sofria e, como para me encorajar, lançou-me uma olhadela cheia de promessas divinas. Seus olhos eram um poema do qual cada olhar formava um verso. Ela me dizia:

— Se queres ser meu, te farei mais feliz do que o próprio Deus em seu paraíso, os anjos te invejarão...! Rasga essa mortalha fúnebre em que vais te envolver! Eu sou a beleza, sou a juventude, sou a vida: vem a mim, nós seremos o amor. O que te poderia oferecer Jeová por compensação? Nossa existência transcorrerá como um sonho e será apenas um beijo eterno... Derrama o vinho desse cálice e estarás livre. Eu te levarei para ilhas desconhecidas, dormirás sobre o meu seio, num leito de ouro maciço, sob um pavilhão de prata, porque te amo e quero te prender a teu Deus, diante de quem tantos corações nobres derramam rios de amor que não chegam até ele.

Pareceu-me escutar essas palavras num ritmo de infinita doçura, pois o olhar dela quase tinha sonoridade e as frases que seus olhos me enviavam retiniam no fundo de meu coração como se uma boca invisível as houvesse soprado em minha alma. Eu me sentia pronto a renunciar a Deus, mas meu coração cumpria maquinalmente as formalidades da cerimônia. A bela me lançou um segundo olhar tão suplicante, tão desesperado, que lâminas de aço atravessaram meu coração e senti mais gládios em meu peito do que a mãe das dores.

E já era fato: eu era padre.

Jamais fisionomia humana alguma representou angústia tão pungente — a jovem que vê seu noivo subitamente morto a seu lado, a mãe junto ao berço vazio de seu filho, Eva sentada no limiar da porta do paraíso, o avarento que encontra uma pedra no lugar de seu tesouro, o poeta que deixou cair no fogo o manuscrito único de sua mais bela obra... nenhum teve ar mais aterrado e mais inconsolável. O sangue abandonou completamente seu vulto encantador e ela adquiriu uma brancura de mármore. Os lindos braços caíram ao longo de seu corpo, como se os músculos houvessem sido arrancados, e ela se apoiou em um pilar, pois suas pernas se dobravam, cedendo enfraquecidas. Lívido, a fronte inundada por um suor mais sangrento do que o do Calvário, dirigi-me claudicante à porta da igreja. Eu sufocava. As vigas esmagavam meus ombros e parecia que a minha cabeça sozinha sustentava todo o peso da cúpula.

Quando eu ia atravessar a porta, uma mão se apoderou bruscamente da minha... mão de mulher! Eu jamais havia tocado em uma. Era fria como a pele da serpente, mas o aperto me queimou com uma marca de um ferro em brasa. Era ela.

— *Desgraçado! Desgraçado! O que fizeste?* — me disse em voz baixa.

E desapareceu na multidão.

O velho bispo passou, olhou-me com um ar severo. Eu tinha a expressão mais estranha desse mundo: empalidecia, corava, tinha alucinações. Um de meus colegas se apiedou, tomou-me pela mão e levou-me... eu teria sido incapaz de encontrar sozinho o caminho do seminário. Ao virar uma esquina, enquanto o jovem padre virava a cabeça para outro lado, um pajem negro, vestido de modo muito esquisito, aproximou-se de mim e, sem se deter em sua corrida, entregou-me uma carteirinha com moedas de ouro lavradas, fazendo sinal para que a escondesse. Eu a enfiei na manga da batina e aí a mantive até estar só na minha cela. Fiz saltar a fechadura. Só havia duas folhas de papel com essas palavras: "Clarimunda, no palácio Concini". Naquela época eu estava tão pouco a par das coisas da vida, que não conhecia Clarimunda, apesar de sua celebridade, e ignorava completamente onde estaria situado o palácio Concini. Fiz mil conjeturas, cada uma mais extravagante que a outra — mas, a bem da verdade, desde que pudesse revê-la, eu não estava muito preocupado em relação ao que ela fosse, grande senhora ou cortesã.

Esse amor, nascido naquele instante, enraizara-se de modo indestrutível, eu sequer sonhava em tentar arrancá-lo, de tal modo sentia ser impossível. Esta mulher se apossara completamente de mim, um único olhar bastou para me mudar: ela me havia soprado sua vontade...

eu já não vivia em mim, mas nela e por ela. Eu fazia mil extravagâncias, beijava em minha mão o lugar que ela havia tocado e repetia seu nome por horas a fio. Eu só precisava fechar os olhos para vê-la tão distintamente como se estivesse ali presente e repetia sem cessar as palavras que ela me dissera no portal da igreja: "*Desgraçado! Desgraçado! O que fizeste?*". Compreendia todo o horror da minha situação, e os aspectos fúnebres e terríveis do estado que acabara de adotar se revelavam claramente para mim. Ser padre! Quer dizer, ser casto, não amar, não distinguir sexo nem idade, afastar-se de toda a beleza, furar os próprios olhos, estender-se no chão debaixo da sombra glacial de claustro ou de igreja, ver apenas os que estão às portas da morte, velar cadáveres desconhecidos e carregar teu próprio luto na sotaina negra, para que possam fazer do teu hábito uma bandeira para cobrir teu caixão!

E eu sentia a vida elevar-se dentro de mim, como um lago interior que enche e transborda. O sangue batia com força em minhas artérias... minha juventude, por tanto tempo comprimida, explodia de repente, como o aloé que demora cem anos para florir e irrompe com ruído de trovão.

O que fazer para rever Clarimunda? Eu não tinha nenhum pretexto para sair do seminário, já que não conhecia ninguém na cidade, sequer permaneceria ali, esperava apenas que me designassem a paróquia que deveria ocupar. Tentei soltar as barras da janela, mas ela estava a uma altura assustadora e, sem escada, descer por ali estava fora de cogitação. Além do mais, eu só poderia descer à noite... e como me guiaria no inextricável labirinto das ruas? Todas essas dificuldades que nada seriam para outros, eram imensas para mim, pobre seminarista, apaixonado de ontem, sem experiência, sem dinheiro e sem roupas.

Ah! Se eu não fosse padre, teria podido vê-la todos os dias... teria sido seu amante, seu esposo, dizia a mim mesmo, em minha cegueira... em vez de envolver-me naquele triste sudário, teria roupas de seda e de veludo, correntes de ouro, uma espada e plumas, como os belos cavaleiros. Meus cabelos, em vez de serem desonrados por uma enorme tonsura, cairiam ao redor do meu pescoço em anéis ondulantes. Eu teria um belo bigode encerado, seria um bravo. Entretanto, uma hora passada diante de um altar... algumas palavras mal articuladas, me apartaram para sempre do cômputo dos vivos e eu próprio teria selado a pedra do meu túmulo, teria fechado com minha própria mão o ferrolho do meu cárcere!

Dirigi-me à janela. O céu estava admiravelmente azul, as árvores vestiam suas roupas de primavera, a natureza desfilava uma alegria irônica. O lugar estava cheio de gente, uns iam, outros vinham. Rapazes e moças, em belos casais, dirigiam-se para os lados do jardim e dos caramanchões. Passavam companheiros cantarolando refrões; era um movimento, uma vida, uma animação e uma alegria tais que só faziam sobressair meu luto e minha solidão. Uma jovem mãe, na soleira da porta, brincava com seu filho, beijava sua boquinha rosada, ainda perolada por uma fieira de gotículas de leite, e o provocava com mil puerilidades divinas, dessas que só as mães sabem encontrar. O pai, de pé a certa distância, sorria docemente a esse quadro encantador, braços cruzados comprimindo a alegria em seu coração. Não consegui mais suportar esse espetáculo, fechei a janela e me atirei sobre a cama com um ódio e uma inveja assustadores no coração, mordendo meus dedos e minha capa, como um tigre em jejum há três dias.

Não sei quantos dias permaneci assim... mas, ao me virar num movimento de espasmo furioso, vi o abade Serapião de pé no meio do quarto, examinando-me atentamente. Senti vergonha e, deixando minha cabeça cair sobre o peito, cobri meus olhos com as mãos.

— Romualdo, meu amigo, acontece algo extraordinário em ti — me disse o abade após alguns minutos de silêncio. — O teu comportamento é realmente inexplicável! Tu, tão piedoso, tão calmo e tão gentil, te agitas na tua cela como um animal feroz. Toma cuidado, meu irmão, não escuta as sugestões do diabo... o espírito maligno, irritado por te teres consagrado para sempre ao Senhor, ronda à tua volta como um lobo em êxtase e faz um último esforço para te atrair. Em vez de te deixares abater, meu caro Romualdo, faz para ti uma couraça de preces, um escudo de mortificações e combate o inimigo com valentia, tu o vencerás. A provação é necessária para a virtude, o ouro sai mais fino do cadinho. Não te assustes, não desanimes... as almas mais bem guardadas e mais firmes já tiveram esses momentos. Reza, jejua, medita, e o mau espírito irá embora.

O discurso do abade Serapião me fez voltar a mim e fiquei um pouco mais calmo.

— Vim anunciar a tua nomeação para a paróquia de C***, pois o vigário de lá acaba de morrer e o senhor bispo me encarregou de te levar para lá e te instalar. Prepara-te para amanhã.

Respondi com um sinal de cabeça que estaria pronto e o abade se retirou. Abri o missal e comecei a ler orações... mas as linhas logo se confundiram sob meus olhos, o fio das ideias se embaralhou em meu cérebro, o volume escorregou de minhas mãos sem que eu notasse.

Partir amanhã sem revê-la! Juntar mais uma impossibilidade a todas as que já estavam entre nós! Perder para sempre a esperança de reencontrá-la, a não ser que houvesse um milagre! Escrever para ela? A quem entregaria minha carta? Com o sagrado caráter de que eu estava investido, a quem me abrir, em quem confiar? Eu sentia uma terrível ansiedade. Depois, o que o abade Serapião me dissera sobre as artimanhas do diabo me voltava à memória, a estranheza da aventura, a beleza sobrenatural de Clarimunda, o brilho fosfórico de seus olhos, a marca em brasa de sua mão, a súbita mudança que se havia operado em mim, minha piedade... desapareceu num instante — tudo isso provava claramente a presença do diabo, e aquela mão acetinada talvez fosse apenas a luva com que ele havia recoberto suas garras. Essas ideias me lançaram num grande pavor, apanhei o missal que caíra de meus joelhos e voltei às orações.

No dia seguinte, Serapião veio me apanhar. Duas mulas nos esperavam à porta, carregadas com nossas magras bagagens; ele montou em uma e eu na outra, escondendo meus sentimentos. Enquanto percorríamos as ruas da cidade, eu olhava para todas as janelas e todas as sacadas procurando ver Clarimunda — mas estava muito cedo, e a cidade ainda não havia aberto os olhos. Meu olhar procurava mergulhar atrás das venezianas, através das cortinas de todos os palácios diante dos quais passávamos. Serapião certamente atribuía toda essa curiosidade à admiração que me causava a beleza da arquitetura, pois ele retardava o passo de sua montaria para me dar o tempo de ver. Por fim, chegamos à porta da cidade e começamos a subir o morro. Quando cheguei lá em cima, me virei para olhar mais uma vez os lugares em que vivia Clarimunda. A sombra de uma nuvem cobria inteiramente a cidade, seus telhados vermelhos e azuis se confundiam numa meia-tinta geral, onde flutuavam aqui e ali, como flocos brancos de espuma, as névoas da manhã. Por singular efeito de óptica, desenhava-se, claro e dourado sob um único raio de luz, um edifício que superava em altura as construções vizinhas, completamente imersas no vapor matinal e, embora estivesse a mais de uma légua, parecia bem próximo. Distinguia-se os menores detalhes, as torrinhas, as plataformas, os caixilhos das janelas e até cataventos em cauda de andorinha.

— Que palácio é aquele que vejo lá longe, iluminado por um raio do sol? — perguntei a Serapião.

Ele pôs as mãos sobre os olhos e, depois de examiná-lo, respondeu:

— É o antigo palácio que o príncipe Concini deu à cortesã Clarimunda... ali acontecem coisas assombrosas.

Naquele momento, até agora não sei se foi realidade ou ilusão, acreditei ver deslizar pelo terraço uma forma esbelta e branca, que cintilou por um segundo e se apagou. Era Clarimunda!

Oh! Saberia ela que nessa hora, do alto desse caminho pedregoso que nos distanciava e que eu não mais voltaria a descer, ardente e inquieto, eu olhava com ternura o palácio que ela habitava e que um derrisório joguete de luz parecia aproximar-se de mim, como se me convidasse a adentrar como senhor aquele recinto...? Certamente o sabia, porque sua alma estava mui simpaticamente ligada à minha para deixar de sentir as menores oscilações, e foi este sentimento que a levara, ainda envolta em seus véus noturnos, a subir ao alto do terraço, no glacial rosado do amanhecer. A sombra ganhou o palácio, que já não passava de um imóvel oceano de telhados e cumeeiras em que não se distinguia mais do que uma ondulação como de montes. Serapião tocou sua mula, cujo passo a minha logo acompanhou, e uma curva do caminho me cortou para sempre da cidade de S***, porque eu não voltaria mais para lá. Ao fim de três dias de caminho por campos bastante tristes, vimos apontar entre as árvores o galo do campanário da igreja em que eu deveria prestar meus serviços e, após termos percorrido ruas tortuosas margeadas por casebres e quintais, nos vimos diante da fachada, que não era de grande magnificência. Um alpendre enfeitado com algumas nervuras e duas ou três colunas grosseiramente talhadas em cantaria, coberta por telhas, e contrafortes da mesma pedra dos pilares: era tudo. À esquerda, o cemitério cheio de ervas altas, com uma grande cruz de ferro no meio e, à direita e na sombra da igreja, o presbitério. Era uma casa de extrema simplicidade e de uma limpeza árida. Entramos. Galinhas bicavam uns raros grãos de aveia na terra e, aparentemente acostumadas à batina preta dos eclesiásticos, não se espantavam com a nossa presença, mal se mexiam para nos deixar passar. Um latido rasgado e rouco se fez ouvir, e um velho cão veio em nossa direção.

Era o cão de meu antecessor. Tinha olhos ternos, o pelo cinzento e todos os sintomas da maior velhice que um cão possa atingir. Acariciei suavemente sua cabeça e ele prontamente começou a caminhar a meu lado com ar de indizível satisfação. Uma mulher bastante idosa, que havia sido governanta do antigo pároco, também veio a nosso encontro e, depois de me ter feito entrar em uma sala de teto baixo, perguntou se eu tinha intenção de mantê-la no serviço. Respondi que sim, manteria a ela e ao cão, as galinhas também, e todos os móveis que o patrão lhe havia deixado ao morrer, o que a deixou arrebatada. No mesmo instante, o abade Serapião concordou com o preço que ela pedia.

Feita a minha instalação, o abade voltou para o seminário. Fiquei só então e sem outro apoio, a não ser eu mesmo. O pensamento em Clarimunda voltou a me obcecar e, por mais esforços que fizesse para encontrá-la, não conseguia. Uma noite, quando estava passeando pelas alamedas orladas de arbustos do meu jardinzinho, tive a impressão de ver através deles uma forma feminina que acompanhava todos os meus movimentos, e cintilarem as duas pupilas verde-mar entre a folhagem... Foi apenas uma ilusão: passando para o outro lado da alameda, nada encontrei, a não ser o vestígio de um pé na areia, um pezinho tão pequeno que dir-se-ia de uma criança. O jardim era cercado de muros muito altos; revirei todos os seus cantos e recantos, não havia ninguém. Jamais consegui explicar esta circunstância que, aliás, nada era comparada às coisas estranhas que me aconteceriam. Eu vivia assim há um ano, cumprindo com exatidão todos os meus deveres, orando, jejuando, exortando e socorrendo aos doentes, dando esmolas a ponto de subtrair de mim mesmo as necessidades mais indispensáveis... mas, por dentro, sentia uma aridez extrema: as fontes da graça estavam fechadas para mim. Eu não gozava da felicidade que proporciona a realização de uma santa missão. Minha pensamento estava em outro lugar, e as palavras de Clarimunda voltavam com frequência a meus lábios como uma espécie de refrão involuntário. Oh, irmão, medita nisso que te conto! Por ter erguido uma única vez o olhar para uma mulher, por *uma* falta aparentemente tão insignificante, experimentei durante muitos anos agitações das mais miseráveis: minha vida foi perturbada para sempre.

Não te reterei por mais tempo a respeito dessas derrotas e dessas vitórias interiores, sempre seguidas por novas quedas ainda mais profundas; passarei imediatamente a uma circunstância decisiva. Certa noite bateram violentamente à minha porta. A velha governanta foi abrir, e um homem de tez acobreada e ricamente vestido, embora segundo a moda estrangeira, com um longo punhal, desenhou-se sob os raios da candeia de Bárbara. Seu primeiro movimento foi o medo, mas o homem a tranquilizou, dizendo que precisava me ver imediatamente, para tratar de algo que dizia respeito a meu ministério. Bárbara o fez subir. Eu estava me deitando. O sujeito me disse que sua patroa, uma senhora muito importante, estava às portas da morte e desejava um padre. Respondi que estava pronto para segui-lo, apanhei o necessário para a extrema-unção e desci a toda a pressa. Na porta, dois cavalos negros como a noite pateavam impacientes, soltando longas ondas de vapor pelas narinas. O sujeito me passou o estribo e ajudou-me a subir num dos cavalos, depois saltou para cima do outro apoiando apenas uma mão sobre o pomo da sela. Apertou os joelhos e deu rédeas a seu animal, que partiu como uma flecha. O meu, cuja brida ele segurava, também tomou galope e o seguiu em perfeita harmonia. Devoramos o caminho, a terra passava abaixo de nós cinzenta e rajada, as silhuetas negras das árvores fugiam como um exército derrotado. Atravessamos uma floresta com uma sombra tão opaca e tão glacial que senti percorrer minha pele um arrepio de terror supersticioso. Os penachos de faíscas que os ferros de nossos cavalos arrancavam dos calhaus deixavam uma espécie de rastro de fogo à nossa passagem; se alguém nos visse àquela hora da noite, certamente nos tomaria por dois espectros a cavalo sobre o pesadelo. De vez em quando, fogos fátuos atravessavam o caminho, as gralhas piavam soturnamente no fundo do mato onde aqui e ali brilhavam os olhos fosforescentes de gatos selvagens. A crina dos cavalos estava cada vez mais desgrenhada, o suor corria em seus flancos, o hálito saía ruidoso e comprimido de suas narinas. Quando os via fraquejar, para reanimá-los o escudeiro soltava um berro gutural que nada tinha de humano, e a corrida recomeçava com fúria. Por fim, o turbilhão parou, uma negra massa com alguns pontos brilhantes se elevou de repente diante de nós, os passos das montarias soaram mais ruidosos sobre um calçamento e passamos sob uma abóbada que abria sua goela sombria entre duas torres enormes. Reinava grande agitação no castelo, empregados com tochas na mão atravessavam os pátios em todos os sentidos, luzes subiam e desciam de patamar em patamar. Entrevi confusamente imensas arquiteturas, colunas, arcadas, lances de escadarias e balaustradas, um luxo suntuoso e feérico. Um pajem negro, que reconheci no mesmo instante, era o mesmo que me havia entregue o recado de Clarimunda, veio me ajudar a descer, e um mordomo, vestido em veludo negro com uma corrente de ouro no pescoço e uma bengala de marfim na mão avançou à minha frente. Lágrimas imensas transbordavam de seus olhos e escorriam de seu rosto pela barba branca.

— Tarde demais! — disse ele, meneando a cabeça. — Tarde demais, senhor padre! ... mas se o senhor não pode salvar sua alma, venha velar o pobre corpo...!

Ele me tomou pelo braço e me conduziu à sala fúnebre. Eu chorava tanto quanto ele, pois havia compreendido que a morta não era outra senão essa Clarimunda tão loucamente amada. Havia um genuflexório ao lado da cama; uma chama azulada esvoaçava numa pátera de bronze e lançava por todo o quarto uma luz fraca e indecisa, fazendo destacar aqui e ali na sombra alguma aresta saliente de móvel ou das paredes. Sobre a mesa, em uma urna cinzelada, estava mergulhada uma rosa branca meio murcha cujas folhas, à exceção de uma única, estavam caídas ao pé do vaso, como lágrimas perfumadas. Uma máscara negra quebrada, um leque, fantasias de todo tipo estavam jogadas sobre as poltronas e permitiam ver que a morta havia chegado de improviso nesta suntuosa residência, sem se fazer anunciar. Ajoelhei-me sem ousar lançar os olhos na cama e comecei a recitar salmos com grande fervor, agradecendo a Deus por ter posto o túmulo entre mim e a ideia dessa mulher, para que pudesse juntar às minhas preces seu nome doravante santificado. Mas pouco a pouco este impulso abrandou e caí em devaneios. O quarto nada tinha de câmara funérea. Em vez do ar fétido e cadavérico a que estava acostumado a respirar nessas vigílias fúnebres, pairava suavemente no ar aquecido um lânguido odor de essências orientais, não sei que apaixonado perfume de mulher. A luz pálida mais parecia meia-luz arranjada para a volúpia, do que a lamparina de reflexo amarelado que bruxuleia junto aos cadáveres. Eu pensava no singular acaso que me fizera encontrar Clarimunda no momento em que a perdia para sempre, e um suspiro de remorso escapou de meu peito. Tive a impressão de que alguém também havia suspirado atrás de mim e me virei sem querer. Era o eco. Neste movimento, meus olhos caíram sobre o leito que até então haviam evitado. As cortinas de damasco vermelho com enormes flores realçadas por torçais de ouro permitiam ver a morta deitada, com as mãos unidas sobre o peito. Estava coberta por um véu de linho de resplandecente brancura, que a púrpura sombria das tapeçarias faziam ressaltar ainda mais, e de tal refinamento, que em nada escondia a forma encantadora de seu corpo, permitindo acompanhar suas linhas ondeantes tão belas quanto o pescoço de um cisne, que nem a morte conseguira enrijecer. Era quase uma estátua de alabastro feita por um escultor habilidoso para ser posta sobre um túmulo de rainha ou uma jovem adormecida, sobre quem a neve caíra.

Não aguentei mais — aquele ar de alcova me embriagava, aquele cheiro febril de rosa meio fanada me subia ao cérebro, e eu caminhava a passos largos no quarto, detendo-me a cada volta diante do estrado para examinar a graciosa falecida sob a transparência de sua mortalha. Estranhos pensamentos cruzavam o meu espírito, eu imaginava que ela não estivesse realmente morta e que este fosse apenas um fingimento que ela empregava para me atrair a seu castelo e me contar seu amor. Em certo momento cheguei a acreditar ter visto seu pé mexer na brancura dos véus, desarranjando o cuidadoso plissado do sudário.

Depois, eu me dizia: "Será Clarimunda? ...que prova tenho? Aquele pajem negro teria passado ao serviço de uma outra mulher? Sou louco por me afligir e me agitar assim". Mas meu coração me respondeu com uma palpitação: "É ela, é ela mesmo!". Aproximei-me do leito e olhei com atenção dobrada o objeto de minha incerteza. Devo confessá-lo? — esta perfeição de formas, ainda que purificada e santificada pela sombra da morte, perturbava-me mais voluptuosamente do que seria conveniente... esse repouso tanto parecia um sono, que enganaria qualquer um. Esqueci que fora até lá para um ofício fúnebre e imaginava ser um jovem esposo entrando no quarto da noiva que esconde suas formas por pudor e não quer se deixar ver. Ferido de dor, desvairado de alegria, estremecendo de temor e de prazer, inclinei-me para ela, peguei o canto do lençol e o ergui lentamente, contendo a respiração por temer despertá-la. Minhas artérias palpitavam com tal força, que eu as sentia assobiar em minhas têmporas, o suor inundava minha fronte como se eu houvesse movido uma laje de mármore. Era a mesma Clarimunda que eu vira na igreja em minha ordenação — encantadora como então, e nela a morte parecia conferir-lhe uma graça a mais. A palidez de seu rosto, o rosa menos vivo de seus lábios, seus longos cílios abaixados e a sombra escura dos galões recortada sobre esta brancura davam-lhe uma expressão de castidade melancólica e de sofrimento enlevado, com indizível poder de sedução. Os longos cabelos soltos, em que se misturavam algumas florezinhas azuis, faziam um travesseiro para sua cabeça, e com seus anéis protegiam a nudez daqueles ombros. Suas belas mãos, mais puras e diáfanas do que hóstias, estavam cruzadas numa atitude de pio repouso e prece tácita, corrigindo o que, mesmo na morte, poderiam ter de exageradamente sedutores a delicada harmonia e o polimento de marfim de seus braços nus, dos quais não foram tirados os braceletes de pérolas. Permaneci por muito tempo absorto em muda contemplação e quanto mais a examinava, menos podia acreditar que a vida abandonara para sempre aquele belo corpo. Não sei se foi uma ilusão ou um reflexo da lamparina, dir-se-ia que o sangue voltava a circular sob aquela palidez embaciada, embora ela continuasse na mais perfeita imobilidade. Toquei seu braço muito de leve — estava frio, não mais frio do que sua mão no dia em que roçara a minha no portal da igreja.

Voltei à minha posição, inclinando-me sobre ela e deixando chover em seu rosto o morno orvalho de minhas lágrimas. Oh! Que amargo sentimento de desespero e impotência! Que agonia essa vigília! Eu quis poder reunir toda a minha vida num montículo para dar a ela e soprar sobre seus despojos gelados a chama que me devorava. A noite avançava e, sentindo aproximar-se o momento da separação eterna, não pude me recusar a triste e suprema doçura de depositar um beijo sobre os lábios mortos daquela que tivera todo o meu amor. Oh, prodígio! Um ligeiro hálito se misturou ao meu e a boca de Clarimunda respondeu à pressão da minha: seus olhos se abriram e retomaram certo brilho, ela deu um suspiro e, descruzando os braços, passou-os atrás de meu pescoço com um ar de inefável arrebatamento.

— Ah! És tu, Romualdo... — disse ela num tom voluptuoso e meigo como as últimas vibrações de uma harpa. — O que fazes? Tanto te esperei, que morri... mas agora somos noivos, poderei te ver e ir à tua casa. Adeus, Romualdo, adeus! Eu te amo. Era o que eu queria te dizer... e agora te devolvo a vida que atraíste sobre mim com teu beijo. Até breve...!

Sua cabeça recaiu para trás, mas ela ainda me rodeava com seus braços como para me reter. Um turbilhão de vento furioso abriu a janela e entrou no quarto. A última folha da rosa branca palpitou um momento como uma asa na ponta do galho, destacou-se e voou pela janela aberta, levando com ela a alma de Clarimunda. A lamparina se apagou e caí desmaiado sobre o seio da bela morta.

Quando voltei a mim, estava deitado em minha cama, no meu quartinho do presbitério e o velho cão do antigo pároco lambia minha mão estendida para fora das cobertas. Bárbara se agitava pelo quarto com um tremor senil, abrindo e fechando gavetas ou remexendo em pós guardados em vidros. Quando me viu abrir os olhos, a velha soltou um grito de alegria, o cachorro latiu e abanou a cauda, mas eu estava muito fraco e não consegui pronunciar uma única palavra nem fazer algum movimento. Soube depois que fiquei três dias assim, sem outro sinal de existência a não ser a respiração quase imperceptível. Esses três dias não contam em minha vida, não sei aonde foi o meu espírito durante todo esse tempo. Não guardei nenhuma lembrança. Bárbara me contou que o mesmo homem de tez acobreada, que viera me procurar durante a noite, me havia trazido de manhã em uma liteira fechada e logo se fora. A partir do momento em que pude lembrar minhas ideias, repassei sozinho todas as circunstâncias daquela noite fatal. Primeiro pensei que eu havia sido joguete de uma ilusão mágica, mas as circunstâncias verdadeiras e palpáveis logo destruíram esta suposição. Eu não podia acreditar que havia sonhado, pois Bárbara vira, como eu, o homem com os dois cavalos negros, cujo ajuste e porte ela descrevia com exatidão. Contudo, ninguém conhecia pelos arredores um castelo a que se aplicasse a descrição do castelo em que eu encontrara Clarimunda.

Certa manhã, vi entrar o abade Serapião. Bárbara havia mandado chamá-lo, dizendo que eu estava doente, e ele acorrera a toda pressa. Ainda que este desvelo demonstrasse afeto e interesse pela minha pessoa, sua visita não me deu o prazer que deveria ter me dado. O abade tinha no olhar algo de penetrante e inquisidor que me incomodava. Diante dele, eu me sentia embaraçado e culpado. Fora o primeiro a descobrir minha perturbação interior, e eu não suportava aquela sua clarividência.

Pedindo notícias de minha saúde num tom hipocritamente meloso, ele fixou em mim seus dois olhos amarelos de leão e mergulhou seu olhar como uma sonda em minha alma. Depois, fez algumas perguntas sobre a maneira como eu tratava de minha paróquia, se estava gostando, como passava o tempo que o ministério me deixava livre, se travara amizade com os habitantes do lugarejo, quais eram minhas leituras preferidas e mil outros detalhes semelhantes. Eu respondia a tudo muito concisamente e, sem esperar que eu terminasse, ele passava a outra questão. Essa conversa evidentemente não tinha nenhuma relação com o que ele queria dizer. Depois, sem avisar, e como novidade da qual se lembrasse naquele instante e temesse esquecer em seguida, disse em voz clara e vibrante que ressoou em meus ouvidos como as trombetas do juízo final:

— Recentemente morreu a grande cortesão Clarimunda, depois de uma orgia que durou oito dias e oito noites. Foi algo infernalmente esplêndido. Lá foram renovadas as abominações dos festins de Baltazar e de Cleópatra. Em que século vivemos, meu Deus! Os convivas eram servidos por escravos morenos falando língua desconhecida, que para mim tinham toda aparência de verdadeiros demônios... A libré do menor deles poderia servir de roupa de gala a um imperador. Durante muito tempo correram histórias muito estranhas sobre essa Clarimunda... todos os seus amantes terminaram de maneira miserável ou violenta. Diziam que era uma vampira, mas para mim era Belzebu em pessoa!

Ele se calou e observou-me mais atentamente do que nunca, para ver o efeito que suas palavras haviam produzido em mim. Não pude evitar um estremecimento ao escutar o nome de Clarimunda, e a notícia de sua morte, além da dor que me causava pela estranha coincidência noturna de que eu havia sido testemunha, lançou-me num problema e num pavor que apareceram em meu rosto, por mais que tentasse me manter senhor da situação. Serapião me olhou de modo inquieto e severo, depois me disse:

— Meu filho, devo te advertir: estás com o pé sobre um abismo, cuidado para não caíres nele. Satanás tem as garras compridas e os túmulos nem sempre são fortes. A pedra de Clarimunda deverá ser triplicemente selada porque, pelo que dizem, não é a primeira vez que ela morre. Que Deus tenha piedade de ti, Romualdo!

Ditas essas palavras, Serapião voltou para a porta a passos lentos e não o revi mais, porque ele partiu para S*** quase em seguida.

Eu estava completamente restabelecido e havia retomado minhas funções habituais. A lembrança de Clarimunda e as palavras do velho abade estavam sempre no meu espírito. Nesse meio tempo, nenhum acontecimento fora do comum viera confirmar as sinistras previsões de Serapião e eu começava a acreditar que seus temores e meus terrores fossem por demais infundados... mas, certa noite tive um sonho. Mal havia bebido os primeiros goles do sono, ouvi deslizarem os anéis, abrindo as cortinas de meu leito com forte ruído. Levantei-me bruscamente sobre os cotovelos e vi uma sombra de mulher de pé à minha frente. Reconheci Clarimunda. Ela tinha na mão uma pequena lamparina, como as que se deixa nos túmulos, cuja luz fraca dava a seus dedos afilados uma transparência rosada que se prolongava numa degradação imperceptível até a brancura opaca e leitosa de seu braço nu. Tinha por vestimenta o sudário de linho que a cobria no leito de morte e segurava suas pregas sobre o peito, como se envergonhada por estar tão pouco vestida, mas sua mãozinha não bastava... era tão branca, que a cor dos lençóis se confundia com a de suas carnes sob o pálido raio da lamparina. Envolta naquele tecido fino que traía todos os contornos de seu corpo, ela mais parecia uma estátua de mármore de banhista antiga do que mulher dotada de vida. Morta ou viva, estátua ou mulher, sombra ou corpo, sua beleza era sempre a mesma. Somente o brilho verde de seus olhos estava um pouco amortecido e sua boca, outrora tão vermelha, não tinha maior intensidade do que um rosa frágil e terno, quase igual ao de seu rosto. As florezinhas azuis que eu havia notado em seus cabelos estavam completamente secas e haviam perdido quase todas as folhas, o que não a impedia de ser encantadora, e tão encantadora que não tive nenhum temor, apesar da singularidade da aventura e da maneira inexplicável com que ela havia entrado no quarto.

Clarimunda pousou a lamparina sobre a mesa e sentou-se ao pé de minha cama; inclinando-se para mim, disse, com aquela voz ao mesmo tempo argentina e aveludada que eu só conhecia nela:

— Eu me fiz esperar muito, meu caro Romualdo, e deves acreditar que eu me esquecera de ti. Venho de muito longe, de um lugar de onde até hoje ninguém voltou: não há lua nem sol na região de onde venho, só o espaço e a sombra, não há caminho nem vereda, não há terra para os pés nem ar para as asas... e mesmo assim estou aqui, porque o amor é mais forte do que a morte e terminará por vencê-la. Oh! quantos rosto tristes e coisas terríveis vi em minha viagem! O quanto sofreu minha alma, que volta a este mundo pelo poder da vontade, para reencontrar seu corpo e nele se reinstalar! Quantos esforços tive de fazer para levantar a laje com que me cobriram! Vê! Minhas pobres mãos estão muito machucadas por dentro. Beija-as para que se curem, meu querido!

Uma após a outra, ela aplicou as palmas frias de suas mãos sobre a minha boca. Beijei-as muitas vezes enquanto ela me olhava com um sorriso de inefável complacência.

Confesso, para vergonha minha, que havia esquecido totalmente os conselhos do abade Serapião e o caráter de que eu estava investido. Caí sem resistência ao primeiro assalto. Sequer tentei repelir a tentação... o frescor da pele de Clarimunda penetrava a minha e eu sentia arrepios voluptuosos percorrendo meu corpo. Pobrezinha! Apesar de tudo o que eu já vira, ainda não consigo acreditar que fosse um demônio — pelo menos, não parecia um demônio, ou jamais Satã escondeu melhor suas garras e cornos. Estava pousada sobre os calcanhares e se mantinha à beira de meu leito em uma posição cheia de graça e abandono. De vez em quando, passava a mãozinha por meus cabelos e os enrolava em anéis, como se estivesse experimentando novos penteados para meu rosto. Eu me entregava a esses carinhos com enorme complacência cheia de culpa, e ela acompanhava tudo com a mais encantadora tagarelice. Notável é que não me surpreendia em absoluto aventura tão extraordinária e, com a facilidade com que nas visões admitimos como simplíssimos os mais estranhos fatos, via tudo como perfeitamente natural.

— Eu te amava muito antes de ter te visto, meu caro Romualdo, e te procurei por todos os cantos. Tu eras o meu sonho, eu te notei na igreja no momento fatal e disse, na mesma hora: “É ele!”. Lancei-te um olhar contendo todo o amor que já tive, que tinha e que teria por ti, um olhar que perderia um cardeal na danação dos infernos, que faria um rei se ajoelhar a meus pés diante de toda sua corte. Permaneceste impassível e preferiste o teu Deus a mim.

— Oh! Como invejo esse Deus que amaste e ainda amas mais do que a mim! Desgraçada, desgraçada que sou! Jamais terei o teu coração só para mim, que ressuscitaste com um beijo, a mim, a morta Clarimunda, que por tua causa força as portas do túmulo e vem te consagrar uma vida que ela só retomou para te dar a felicidade!

Todas essas palavras eram entrecortadas por carinhos delirantes que atordoavam meus sentidos e minha razão, a ponto de, para consolá-la, eu não ter receado proferir uma blasfêmia medonha e dizer que a amava tanto quanto a Deus.

Suas pupilas se reavivaram e brilharam como crisoprásios.

— Verdade? Verdade mesmo? Tanto quanto a Deus?! — disse ela, enlaçando-me com seus lindos braços. — Pois será assim mesmo, virás comigo e me seguirás para onde eu quiser. Abandonarás esses teus hábitos negros horríveis. Serás o mais soberbo e o mais invejado dos cavaleiros, serás meu amante. Ser o amante de Clarimunda, que recusou um papa, é maravilhoso, não é? Ah! Levaremos uma vida boa e muito feliz... uma bela existência dourada! Quando partiremos, meu senhor?

— Amanhã! Amanhã! — gritei em meu delírio.

— Amanhã, está bem! — retomou ela. — Terei tempo de mudar de roupa, porque esta é um tanto leve e não serve para a viagem. Também preciso avisar à criadagem que realmente acredita que eu esteja morta e está muito desolada. O dinheiro, as roupas, as carruagens... tudo estará pronto. Virei apanhar-te a esta hora. Adeus, querido coração!

E a ponta de seus lábios tocou de leve a minha testa. A lamparina se extinguiu, as cortinas se fecharam e não vi mais nada. Um sono de chumbo, um sono sem sonhos caiu sobre mim e me deixou entorpecido até a manhã seguinte. Acordei mais tarde que de costume, e a lembrança dessa visão singular me perturbou o dia inteiro. Terminei convencido de que fossem meros vapores de minha imaginação inflamada. Não obstante, com sensações tão vivas, era difícil acreditar que não fossem reais e deitei-me apreensivo sobre o que aconteceria, depois de ter pedido a Deus para afastar de mim os maus pensamentos e proteger a castidade de meu sono.

Logo adormeci profundamente e meu sonho continuou. As cortinas se abriram e vi Clarimunda, não como da primeira vez, pálida em seu sudário, com as violetas da morte no rosto, mas alegre, lépida e fagueira, numa soberba roupa de viagem em veludo verde com debruns de ouro e erguida no lado para deixar entrever uma saia de cetim. Seus cabelos loiros escapavam em grandes anéis por baixo de um grande chapéu de feltro negro carregado de plumas brancas caprichosamente arredondadas; tinha na mão uma pequena chibata terminada por um apito de ouro. Ela me tocou levemente e disse:

— Ora, ora! Belo dorminhoco, é assim que te preparas? Eu contava te encontrar de pé. Levanta bem depressa... não temos tempo a perder!

Saltei da cama.

— Vamos, veste a tua roupa para partirmos! — exclamou, mostrando com o dedo um pacotinho que havia trazido. — Os cavalos estão impacientes e mordem os freios na porta. Já deveríamos estar a dez léguas daqui!

Eu me vesti às pressas e ela me estendia as peças da roupa, explodindo em gargalhadas com a minha falta de jeito, indicando-me o uso correto quando me enganava. Ajeitou meus cabelos e, quando ficou pronto, estendeu um espelhinho de bolso em cristal de Veneza ornamentado com uma filigrana de prata e me perguntou:

— Que tal, como estás? Queres me tomar a teu serviço como camareira?

Eu não era mais o mesmo e não me reconheci. Não parecia mais comigo — digamos, não mais do que uma estátua terminada se parece com um bloco de pedra. Minha velha aparência era um esboço grosseiro da que o espelho refletia. Eu estava belo e a minha vaidade ficou sensivelmente lisonjeada com esta metamorfose. Essas roupas elegantes, essa rica jaqueta bordada, faziam de mim um personagem completamente diferente; admirei o poder de algumas varas de pano bem cortadas. O espírito dessa roupa penetrou minha pele e ao cabo de dez minutos eu me sentia passavelmente vaidoso.

Dei umas voltas pelo quarto para me sentir à vontade. Clarimunda me olhava com ar de complacência maternal e parecia muito satisfeita com sua obra:

— Bom, chega de criancices, a caminho, querido Romualdo! Vamos para longe e assim não chegaremos!

Ela tomou a minha mão e me arrastou. Todas as portas se abriam diante dela assim que as tocava; passamos pelo cão sem acordá-lo.

Na porta, encontramos Margheritone, o escudeiro que já me havia conduzido, segurando as rédeas de três cavalos negros como os primeiros, um para mim, um para ele, um para Clarimunda. Deviam ser ginetes da Espanha, nascidos de éguas fecundadas pelo zéfiro, pois corriam como o vento, e a lua, que levantara na hora de nossa partida para nos iluminar, rolava no céu como uma roda solta de seu carro; nós a víamos à nossa direita saltando de árvore em árvore, esbaforida para nos acompanhar. Logo chegamos em uma planície onde, junto a um punhado de árvores, nos esperava uma carruagem atrelada com quatro vigorosos animais. Subimos nela e os condutores fizeram-nos disparar em insano galope. Eu havia passado um braço por trás da cintura de Clarimunda e tinha uma de suas mãos dobrada na minha, ela apoiou sua cabeça em meu ombro e senti seu colo seminu roçando meu braço. Eu jamais havia sentido uma felicidade tão viva. Esqueci de tudo naquele momento, não lembrava ter sido padre, como não poderia lembrar do que fizera no ventre de minha mãe, tão grande era o fascínio que o espírito maligno exercia sobre mim. A datar dessa noite, a minha natureza se desdobrou de alguma forma, em mim havia dois homens, e um não conhecia o outro. Ora acreditava ser um padre que todas noite sonhava ser um cavalheiro e no instante seguinte, um cavalheiro que sonhava ser padre. Eu já não conseguia mais distinguir o sonho da véspera e não sabia onde começava a realidade e onde terminava a ilusão. O jovem elegante e libertino troçava do padre, o padre detestava a dissolução do jovem. Duas espirais emaranhadas e confundidas uma na outra sem jamais se tocarem representam muito bem esta vida bicéfala que foi a minha. Apesar da estranheza desta situação, creio que em nenhum instante toquei a loucura. Sempre tive muito nítidas as percepções dessas minhas duas existências. Havia apenas um fato absurdo que eu não conseguia explicar: que o sentimento do mesmo eu existisse em dois homens tão diferentes. Esta era uma anomalia da qual eu não me dava conta, ainda que acreditasse ser o pároco da pequena aldeia de *** ou *il signor* Romualdo, amante titular de Clarimunda.

A verdade é que eu estava ou pelo menos acreditava estar em Veneza. Ainda não consegui distinguir muito bem o que havia de ilusão e de realidade nessa estranha aventura. Vivíamos em um grande palácio de mármore sobre o Canaletto, cheio de afrescos e de estátuas, com dois Ticianos do melhor período no quarto de dormir de Clarimunda, um palácio digno de rei. Tínhamos cada um a sua gôndola e os homens de nossas barcarolas vestiam a nossa libré, tínhamos as nossas salas de música e nossos poetas. Clarimunda gostava da vida grandiosa, tinha um pouco de Cleópatra em sua natureza. De minha parte, eu ostentava comportamento de filho de príncipe e me exibia como se fosse da família de um dos doze apóstolos ou dos quatro evangelistas da Sereníssima República; não desviaria do meu caminho para deixar passar o doge e não creio que, desde que Satã caiu do céu, alguém tenha sido mais orgulhoso e mais insolente do que eu. Frequentava o Ridotto, e jogava em alto cacife. Frequentava a melhor sociedade do mundo, convivia com filhos de famílias arruinadas, mulheres de teatro, escroques, parasitas e espadachins. Não obstante, apesar dessa vida dissipada, permaneci fiel a Clarimunda. Eu a amava perdidamente. Ela teria despertado a própria saciedade e fixado a inconstância. Ter Clarimunda era ter vinte amantes, tanto ela era móvel, versátil e diferente de si mesma... era um verdadeiro camaleão! Clarimunda fazia qualquer um cometer com ela a infidelidade que teria cometido com outras, assumindo completamente a personalidade, o comportamento e o gênero de beleza feminina que aparentemente te agradasse. Ela me devolvia o meu amor em cêntuplo, e foi em vão que os jovens patrícios e até mesmo os velhos do Conselho dos Dez lhe fizeram as mais magníficas propostas. Um Foscari chegou até a propor desposá-la. Ela tudo recusava — tinha bastante ouro, não queria mais do que o amor, um amor jovem, puro, e despertado por ela, que deveria ser o primeiro e último. Eu teria sido perfeitamente feliz sem o maldito pesadelo que voltava todas as noites, em que eu acreditava ser um pároco de aldeia se mortificando e fazendo penitências por meus excessos do dia. Tranquilizado pelo hábito de estar com ela, eu quase não pensava mais na estranha maneira com que havia conhecido Clarimunda. No entanto, o que o abade Serapião havia dito me voltava de vez em quando à memória e sempre me deixava inquieto.

Algum tempo depois, a saúde de Clarimunda já não estava tão boa, sua tez empalidecia a cada dia. Os médicos chamados não entendiam nada de sua doença e não sabiam o que fazer. Prescreveram alguns remédios insignificantes e não voltaram mais. Ela continuava empalidecendo a olhos vistos e ficava cada vez mais fria. Estava quase tão branca e tão morta quanto na famosa noite no castelo desconhecido. Eu me sentia aflito ao vê-la perecer tão lentamente. Tocada pela minha dor, ela me sorria doce e tristemente, com aquele sorriso fatal das pessoas que sabem que vão morrer.

Certa manhã, eu estava sentado ao lado de sua cama e tomava o café da manhã em uma mesinha, para não deixá-la sequer por um minuto. Ao cortar uma fruta, sem querer fiz um talho bastante profundo no dedo. O sangue logo caiu em filetes purpúreos e algumas gotas jorraram em Clarimunda. Seus olhos se iluminaram, sua fisionomia tinha uma expressão de alegria feroz e selvagem como eu jamais vira. Saltou da cama com uma agilidade animal, uma agilidade de macaco ou de gato e se precipitou sobre o ferimento, que começou a sugar com indizível volúpia. Engolia o sangue em pequenos goles, lenta e preciosamente, como um *gourmet* um vinho de Xerez ou de Siracusa, os olhos semicerrados; as pupilas verdes se tornavam oblongas, em vez de redondas. De vez em quando, ela interrompia para beijar a minha mão, depois voltava a pressionar contra a ferida os seus lábios, para extrair ainda mais algumas gotas vermelhas de sangue. Quando viu que dali não afluía mais sangue, levantou-se com o olhar úmido e brilhante, mais rosada que uma aurora de outono, saciada, a mão morna e ligeiramente úmida, mais bela do que nunca e em perfeita saúde.

— Eu não morrerei! Não morrerei! — disse ela meio louca de alegria, pendurando-se em meu pescoço. — Poderei te amar ainda por muito tempo. Minha vida está na tua, e tudo o que sou vem de ti. Algumas gotas de teu sangue rico e nobre, mais precioso e eficaz do que todos os elixires do mundo, me proporcionam a existência!

Esta cena me preocupou por muito tempo e naquela mesma noite, quando o sono me levou de volta a meu presbitério, vi o abade Serapião mais sério e mais atento do que nunca. Ele me olhou atentamente e disse:

— Não contente de perderes a tua alma, queres também perder o teu corpo. Ah, meu infeliz jovem, em que armadilha caíste...!

O tom em que ele proferiu essas poucas palavras atingiu-me vivamente, mas, apesar de sua vivacidade, essa impressão logo desapareceu e mil outros cuidados o apagaram de meu espírito. Um dia, vi em meu espelho, cuja posição pérfida ela não havia calculado, Clarimunda despejando um pó na taça de vinho de especiarias que tinha o costume de preparar após a refeição. Peguei a taça, fingi levá-la aos lábios, deixei-a sobre um móvel, como para terminá-la mais tarde quando desejasse e, aproveitando um instante em que a bela virou as costas, despejei o conteúdo sob a mesa. Depois, retirei-me para o quarto e me deitei, decidido a não dormir e observar no que daria tudo aquilo. Não esperei muito tempo, Clarimunda entrou vestida com roupas da noite e, livrando-se dos véus, estendeu-se na cama a meu lado. Ao certificar-se de que eu dormia, descobriu o meu braço, tirou um alfinete de ouro dos cabelos e começou a sussurrar:

— Uma gota, apenas uma gotinha vermelha, um rubi na ponta da minha agulha! Se ainda me amas, não posso morrer… Ah! Pobre amor! Vou beber teu lindo sangue de uma cor púrpura tão brilhante. Dorme, meu único benzinho… dorme, meu deus, minha criança, não te farei mal… tomarei da tua vida apenas o necessário para não extinguir a minha… Se eu não te amasse tanto, poderia decidir ter outros amantes cujas veias eu secaria… mas depois de te conhecer, tenho horror a todos os outros… Ah! Que braço lindo! Como é roliço! Como é branco! Eu jamais ousaria picar esta linda veia azul…

Dizendo isto, ela chorou e eu sentia suas lágrimas choverem no meu braço, que ela tinha nas mãos. Afinal, ela tomou a decisão, deu uma picadinha com a agulha e começou a sugar o sangue que escorreu. Embora tenha bebido só umas gotas, o receio de me deixar esgotado se apoderou dela e, com cuidado, envolveu-me o braço com um pequeno curativo, depois de haver esfregado na ferida um unguento que a cicatrizou de imediato.

Eu já não podia mais ter dúvidas, o abade tinha razão. Contudo, apesar desta atitude, eu não conseguia deixar de amar Clarimunda, e de boa vontade daria a ela todo o sangue de que precisasse para sustentar sua existência artificial. Por outro lado, eu não tinha muito medo, a mulher me compensava da vampira, e o que eu havia escutado e visto me tranquilizava completamente. Eu tinha então veias abundantes que não se esgotariam tão rapidamente e não regateava minha vida gota a gota. Eu mesmo teria aberto meu braço, dizendo:

— Bebe! Que meu amor se infiltre em teu corpo pelo meu sangue!

Evitei fazer a menor alusão ao narcótico que ela havia derramado em meu copo e à cena das agulha. Vivíamos no mais perfeito acordo. Contudo, meus escrúpulos de padre me atormentavam mais do que nunca e eu não sabia que nova flagelação inventar para humilhar e mortificar minha carne. Embora todas essas visões fossem voluntárias e eu em nada participasse delas, não ousava tocar o Cristo com mão tão impuras e um espírito maculado por semelhantes depravações reais ou sonhadas. Para evitar cair nessas cansativas alucinações, procurava me impedir de dormir, mantinha minhas pálpebras abertas com os dedos e permanecia de pé, encostado nas paredes, lutando contra o sono com todas as minhas forças, mas a areia do sono logo rolava em meus olhos e, vendo que qualquer luta era inútil, eu deixava caírem meus braços por desânimo e cansaço, e a corrente me arrastava novamente para as margens pérfidas. Serapião me fazia as exortações mais veementes e censurava duramente a minha frouxidão e meu pouco fervor. Um dia em que eu estivera mais agitado do que o normal, ele me disse:

— Para te livrar desta obsessão, só há um meio e, embora seja extremo, é preciso utilizá-lo: para grandes males, grandes remédios. Eu sei onde Clarimunda foi enterrada, temos de desenterrá-la para veres o lastimável estado do objeto de teu amor. Não te sentirás mais tentado a perder a tua alma por um cadáver imundo devorado por vermes e prestes a se transformar em pó. Isto certamente te fará voltares a ti.

De minha parte, eu estava tão cansado dessa vida dupla, que aceitei: desejando saber de uma vez por todas quem, o padre ou o jovem, era logrado por uma ilusão, resolvi, em benefício de um ou do outro, a matar um dos dois homens que estavam em mim ou matar a ambos, porque uma vida semelhante não podia durar. O abade Serapião muniu-se de uma enxada, uma alavanca e uma lanterna, e à meia-noite nos dirigimos para o cemitério de * * *, onde estava o jazigo, cuja localização conhecia perfeitamente. Depois de ter passado a luz fraca da lanterna sobre as inscrições de muitos túmulos, finalmente chegamos a uma lápide meio escondida por grande ervas e coberta de musgo e parasitas em que deciframos este início de inscrição:

AQUI JAZ CLARIMUNDA,
QUE EM VIDA FOI
A MAIS BELA DO MUNDO

— É aqui! — disse o abade e, pousando na terra sua lanterna, enfiou a alavanca no interstício da pedra e começou a erguê-la.

A pedra cedeu e ele começou a trabalhar com a enxada. Eu o observava, mais negro e mais silencioso do que a própria noite. Ele, curvado em sua obra funérea, suava em bicas, arquejava, sua respiração forçada parecia um estertor de agonizante. Era um espetáculo estranho e quem nos visse de fora, mais nos tomaria por profanadores e ladrões de mortalhas, do que por sacerdotes de Deus. O zelo de Serapião tinha algo de duro e selvagem que o deixava mais parecido com um demônio do que com um apóstolo ou um anjo. Seu vulto de grandes traços austeros e profundamente recortados pelo reflexo da lanterna nada tinha de muito tranquilizador. Eu sentia bagas de suor glacial pingarem sobre os membros e os cabelos se arrepiavam dolorosamente em minha cabeça. No fundo, eu considerava um sacrilégio abominável a ação do severo abade e teria desejado que do flanco das nuvens sombrias que rolavam pesadamente acima de nós saísse um triângulo de fogo que o reduzisse a pó. Os mochos empoeirados nos ciprestes, perturbados pelo brilho da lanterna, vinham bater pesadamente no vidro com suas asas empoeiradas, lançando gemidos queixosos. As raposas se esganiçavam ao longe e mil ruídos sinistros se destacavam no silêncio. Por fim, a enxada de Serapião feriu o caixão, cujas tábuas retiniam com um ruído surdo e sonoro, esse ruído terrível que o nada produz quando é tocado. O abade abriu a tampa e distingui Clarimunda pálida como mármore, com as mãos juntas; sua mortalha branca tinha uma única prega da cabeça aos pés. Uma gotinha vermelha brilhava como uma rosa no canto de sua boca desbotada. A esta visão, Serapião entrou em furor:

— Ah! Estás aí, demônio, cortesã impudica, bebedora de sangue e de ouro! — e aspergiu água benta no corpo e no caixão, sobre o qual traçou uma cruz.

A pobre Clarimunda mal foi tocada pelo santo orvalho da madrugada e seu belo corpo se desfez em pó, já não era mais do que uma mistura horrivelmente informe de cinzas e ossos calcinados.

— Aí está a tua amante, senhor Romualdo — disse o inexorável padre mostrando-me aqueles tristes despojos. — Ainda te sentes tentado a passear no Lido ou na Fusine com a tua beleza?

Baixei a cabeça, dentro de mim acabava de se fazer uma grande ruína. Voltei a meu presbitério e o senhor Romualdo, amante de Clarimunda, separou-se do pobre padre para quem havia sido durante tanto tempo uma companhia tão estranha. Acontece que na noite seguinte vi Clarimunda, que me disse, como na primeira vez, sob o portal da igreja:

— Desgraçado! Desgraçado! O que fizeste? Por que escutaste aquele padre imbecil? Não eras feliz? E o que te fiz, para violares a minha pobre tumba e desnudares as misérias do meu nada? Toda a comunicação entre as nossas almas e os nossos corpos de agora em diante está rompida. Adeus, sentirás a minha falta...!

Dissipou-se no ar como fumaça e nunca mais voltei a vê-la.

Ai, ai! Ela dissera a verdade: senti sua falta mais de uma vez e ainda a sinto. A paz de minha alma foi comprada a preço muito alto, o amor de Deus não foi suficiente para substituir o dela. Eis, irmão, a história da minha juventude. Jamais olhes para uma mulher, anda sempre com os olhos fixados na terra, porque, por mais casto e sereno que sejas, um minuto basta para que percas a eternidade.

Tradução do francês: Beatriz Sidou

Frederick George Loring (1869—1951), escritor e poeta, foi oficial e correspondente da Marinha Real Britânica e engenheiro elétrico, especialista da telegrafia sem-fio. "A tumba de Sarah" é sua obra mais conhecida, publicada originalmente na Pall Mall Gazette, *em dezembro de 1900. O leitor encontrará aqui quase todos os elementos clássicos e clichês associados ao mito. Segundo Jamieson Ridenhour, foi inspirada em* Carmilla, *refletindo os principais elementos da célebre novela de Sheridan Le Fanu: a descendência aristocrática da vampira, o seu caráter de* femme fatale *e o rígido embasamento no folclore do leste europeu.*

A TUMBA DE SARAH

F.G. Loring

Meu pai era dono de uma famosa firma de restauro e ornamentação de igrejas cerca sessenta anos atrás. Ele devotava um ávido interesse pelo seu trabalho, e estudou de modo especial as velhas lendas e histórias das famílias que teve a oportunidade de observar. Era, por necessidade, bastante versado em leituras e muito bem informado sobre todas as questões concernentes ao folclore e às lendas medievais. E como mantinha um cuidadoso registro de todos os casos investigados, os manuscritos que ele deixou após sua morte são especialmente interessantes. Selecionei dentre eles o seguinte, por ser o que descreve uma de suas experiências mais bizarras e extraordinárias. Ao apresentá-lo ao público, creio ser supérfluo escusar-me por seu caráter sobrenatural.

Diário de meu pai

1841—17 de junho. Recebi uma comissão de meu velho amigo Peter Grant para ampliar e restaurar o santuário de sua igreja em Hagarstone, nos confins do Condado Oeste.[1]

5 de julho. Chegada a Hagarstone com o meu assistente Somers. Viagem muito longa e cansativa.

[1] O "West Country", no sudoeste da Inglaterra. [N. da E.]

7 de julho. Assumi o trabalho em boas condições. A velha igreja é de particular interesse para o antiquário, e será um desafio para mim restaurá-la alterando o mínimo possível o projeto original. Entretanto, há uma enorme tumba que precisa ser deslocada ao menos três metros para o sul. Curiosamente, de algum modo, lê-se acima dela uma inscrição proibitiva, em latim, e lamentei profundamente que esta tumba em particular tivesse de ser movida. Ela se encontra em meio aos túmulos dos Kenyons, uma antiga família que já se extinguiu nesta região há séculos. Eis o que diz a inscrição:

SARAH
1631
PELO BEM DOS MORTOS E BENEFÍCIO DOS VIVOS,
CONSERVAI INTOCADA ESTA SEPULTURA E NÃO
PERTURBAI
SEU OCUPANTE ATÉ A VINDA DE CRISTO
EM NOME DO PAI, DO FILHO
E DO ESPÍRITO SANTO

8 de julho. Pedi a Grant que me aconselhasse sobre a "Tumba de Sarah". Estamos ambos bastante relutantes em perturbá-la, mas o piso cedeu de tal modo abaixo dela que a segurança da igreja está em risco; e, portanto, não temos escolha. Não obstante, o trabalho será feito com tanta reverência quanto possível, e sob a nossa própria supervisão.

Grant contou-me a lenda que corre na vizinhança de que essa é a tumba do último Kenyon, a perversa Condessa Sarah, assassinada em 1631. Ela vivia completamente sozinha no velho castelo, cujas ruínas ainda se encontram a três milhas daqui, na estrada para Bristol. Sua reputação era péssima, mesmo naquela época. Ela era uma feiticeira ou mulher-lobo, e sua única companhia na solidão era um espírito maléfico, sob a forma de um enorme lobo asiático. A criatura tinha a fama de se apoderar de crianças e, na ausência destas, de ovelhas e animais de pequeno porte, e levá-los ao castelo, onde a condessa costumava sugar-lhes o sangue. Era comum entre o povo a alegação de que ela jamais poderia ser morta. O que, no entanto, provou-se uma falácia, já que ela foi estrangulada um dia por uma camponesa enlouquecida que havia perdido suas duas crianças e afirmado que ambas foram levadas pelo espírito maléfico da condessa. Esta é um história deveras interessante, pois indica uma superstição local muito semelhante àquela do vampiro, corrente na Europa eslava e húngara.

A tumba foi construída em mármore negro, encimada por uma enorme laje do mesmo material. Sobre a laje se encontra um magnífico conjuntos de figuras. Uma bela e jovem mulher está reclinada sobre um divã, em volta do seu pescoço há um pedaço de corda, cuja extremidade ela segura em uma das mãos. Ao lado dela, vê-se um enorme cão com as presas à mostra e a língua de fora. É cruel a face da figura reclinada: os cantos da boca estão repuxados de modo estranho, exibindo a ponta afiada dos caninos. O conjunto, apesar de magnificamente executado, suscita a sensação mais desagradável.

Para deslocarmos a tumba, teremos de fazê-lo em duas etapas: primeiro a laje que a recobre, depois a tumba propriamente dita. Decidimos remover a laje amanhã.

9 de julho—6 p.m. Um dia muito estranho. Ao meio-dia, tudo já se encontrava pronto para a remoção do bloco de pedra e após a refeição dos ajudantes começamos a preparar as alavancas e as roldanas. A laje foi erguida com facilidade, embora estivesse bem encaixada e protegida por uma espécie de argamassa ou massa de vidraceiro, que deve ter mantido o interior da tumba perfeitamente hermético.

Nenhum de nós estava preparado para a emanação fétida e bolorenta que escapou quando removemos a laje. E o conteúdo que gradualmente se tornou visível era ainda mais alarmante. Jazia ali o corpo completamente vestido de uma mulher, ressequido e murcho, de uma palidez horripilante, como se tivesse morrido de inanição. Em volta de seu pescoço estava uma corda frouxa, e, a julgar pelas cicatrizes ainda visíveis, a história de que ela havia sido estrangulada era mesmo verdade.

A parte mais horrenda, no entanto, era o extraordinário estado de conservação do corpo. À exceção do aspecto de inanição, dir-se-ia que a vida acabara de extinguir-se. A pele estava macia e branca, e os olhos bem abertos pareciam observar-nos com um entendimento temeroso estampado neles. O próprio corpo jazia na moldura da tumba, sem qualquer pretensão de caixão ou abrigo.

Durante vários instantes, olhamos fixamente, com assombro e curiosidade, e então a cena se tornou demasiada grotesca para os meus ajudantes, que nos imploraram para recolocarmos a laje da tumba de volta em seu lugar. Isso, é claro, não podíamos fazer, mas pedi aos carpinteiros que se pusessem de imediato a fazer uma cobertura temporária enquanto movíamos a tumba para a sua nova posição. Este é um trabalho longo, que levará pelo menos mais dois ou três dias.

9 de julho—9 p.m. Assim que o sol se pôs fomos surpreendidos pelos uivos, ao que parecia, de todos os cães do vilarejo. Isso durou dez ou quinze minutos e então cessou de modo tão repentino como havia começado. Tudo isso, somado a um estranho nevoeiro que se formou em torno da igreja, fez com que eu me sentisse bastante preocupado com a "tumba de Sarah". Segundo as tradições mais autorizadas dos países assombrados por vampiros, acredita-se que a inquietação de cães e lobos ao pôr do sol indica a presença de um desses demônios, e a névoa é sempre considerada um claro sinal disso. O vampiro tem o poder de produzi-la a qualquer momento, com o propósito de encobrir seus movimentos próximo ao esconderijo.

Não me atrevo a mencionar ou mesmo insinuar meus temores ao vigário, pois ele é, como seria de se esperar, um rematado incrédulo em muitas coisas que são, e sei disso por experiência própria, não apenas possíveis mas até mesmo prováveis. Devo lidar com isso sozinho a princípio e obter a ajuda dele sem que ele saiba como irá me auxiliar. Agora devo ficar a postos e observar pelo menos até meia-noite.

10 p.m. Como eu temia e, em parte, já esperava: logo antes das dez um uivo medonho irrompeu novamente. Teve início mais distintamente com um gemido particularmente horripilante nos arredores do cemitério da igreja. O coro durou apenas alguns minutos, e no entanto, ao final dele vi um enorme vulto negro, como um cão de grande porte, surgir em meio à névoa e trotar a passos ligeiros em direção ao campo aberto. Assumindo ser isto o que eu temia, devo vê-lo retornar logo após a meia-noite.

12:30 p.m. Eu estava certo. Pouco antes de soar a meia-noite, vi a fera retornar. Ela se deteve no local onde a névoa parecia se formar, e, alçando a cabeça, emitiu àquele gemido particularmente medonho e prolongado que eu havia notado pouco antes dos uivos na noite anterior.

Amanhã devo contar ao vigário o que eu vi; e se, como espero, ouvirmos que o redil de algum vizinho foi atacado, eu o levarei para que ele observe comigo esse saqueador noctívago. Também examinarei a tumba de Sarah em busca de algo que ele possa notar sem qualquer intervenção de minha parte.

10 de julho Esta manhã deparei-me com os assistentes bastante perturbados com o uivo dos cães. “Não gostamos nada disso, senhor”, um deles me disse, “havia algo perverso à solta ontem à noite”. Eles ficaram ainda mais perturbados quando correu a notícia de que um enorme cão atacou um rebanho de ovelhas, dispersando-as e deixando três delas mortas no campo, com a garganta dilacerada.

Quando contei ao vigário o que eu tinha visto e o que se dizia no vilarejo, ele imediatamente decidiu que precisávamos tentar agarrar ou pelo menos identificar a fera que eu vira. “Com certeza”, ele disse, “é algum cão trazido recentemente para as redondezas, pois não tenho ciência de nenhum animal nem de perto tão grande como o que você descreveu, embora o seu tamanho se deva à uma impressão ilusória criada pelo luar”.

Esta tarde pedi ao vigário que me auxiliasse na remoção da cobertura temporária da tumba, alegando como justificativa o meu desejo de obter uma amostra da curiosa argamassa com a qual ela fora selada. Ele consentiu depois de fazer alguma objeções e levantamos a laje. Se em mim a visão com que nos deparamos me abalou, em Grant produziu nada menos que um efeito estarrecedor.

"Meu Deus!", ele exclamou, "a mulher está viva!".

E assim nos pareceu por alguns instantes. O cadáver perdera boa parte de seu aspecto famélico, e tinha uma aparência horrenda de vitalidade e frescor. Ainda estava enrugada e retraída, mas os lábios eram firmes, e traziam aquele vermelho vivo que denotava saúde. Os olhos estavam ainda mais aterradores que nunca, se é que isso fosse possível, apesar de imóveis e perscrutadores. No canto da boca, notei o que parecia ser uma espuma de tom levemente escuro, mas não fiz, naquele momento, nenhuma menção a isso.

"Pegue a sua amostra, Harry", disse Grant, ofegante, "e vamos fechar a tumba novamente. Que Deus me ajude! Mesmo sendo religioso, a face de um defunto como este me amedronta!".

Também eu não faria questão em ocultar novamente essa face horrível, mas obtive um fragmento da argamassa, e avancei um pouco rumo à solução desse mistério.

Esta tarde a tumba foi deslocada alguns metros rumo a sua nova posição, mas ainda levará dois ou três dias até que tudo esteja pronto para colocarmos a laje de volta em seu lugar.

10:15 p.m. De novo, os mesmos uivos quando o sol se pôs, a mesma névoa a envolver a igreja e às dez horas a mesma fera a deslizar silenciosamente rumo ao campo aberto. Tenho de pedir ajuda ao vigário e observar o seu retorno. Mas precisaremos tomar algumas precauções, pois se as coisas forem mesmo como eu imagino que sejam, nossas vidas estarão por um fio quando nos aventurarmos noite adentro para emboscar o... vampiro. Por que não admiti-lo de uma vez? Pois não me resta dúvida de que a fera que tenho visto seja o vampiro daquela coisa malévola na tumba.

Não adquiriu ainda plena força, graças a Deus, após um jejum de quase dois séculos, já que, até o momento, aparentemente só consegue agarrar suas presas sob a forma de um lobo. Mas, dentro de um dia ou dois, de posse de seus plenos poderes, a pavorosa mulher, renovada e bela, estará apta a deixar seu refúgio. E então não será mais uma ovelha apenas que saciará seu repugnante desejo por sangue, mas vítimas, que lhe concederão seu sangue vital sem um murmúrio sequer ao seu toque sedutor — vítimas que, mortas pelo seu abraço obsceno, terão de se transformar, por sua vez, em vampiros e predarão outros.

Por sorte, meu conhecimento é minha salvaguarda; pois este fragmento de argamassa que recuperei hoje da tumba contém um pouco da hóstia consagrada, e aquele que a possui, e nela acredita com firmeza e humildade, pode atravessar com segurança um calvário como esse a que pretendo submeter a mim e ao vigário hoje à noite.

12:30 p.m. Nossa aventura está terminada por enquanto, e retornamos em segurança.

Após escrever a última entrada do meu diário, fui ao encontro de Grant e lhe disse que o saqueador estava à solta novamente, em busca de mais presas. "Mas Grant", eu disse, "antes de começarmos esta noite, eu insisto que me deixe conduzir esse assunto à minha maneira; você tem de prometer seguir minhas ordens sem questioná-las".

Após algumas objeções e ressalvas desculpáveis de sua parte com relação à seriedade com que eu encarava o que ele denominou de uma simples "caçada", ele me deu a sua palavra. Eu lhe disse então que que ficaríamos de tocaia hoje à noite e tentaríamos seguir a fera misteriosa, mas sem interferir de modo algum. Creio, a despeito de seus gracejos, que o impressionei com o fato de que, no final das contas, poderia haver boas razões para as minhas precauções.

Mal haviam soado onze horas quando adentramos a noite tranquila.

Nosso primeiro movimento foi tentar penetrar o denso nevoeiro que envolvia a igreja, mas havia algo tão gélido pairando sobre ele, e um odor tênue tão repulsivo e abominável, que foi uma dura provação tanto para os nossos nervos quanto para os nossos estômagos. Assim, em vez de cruzá-lo, nos posicionamos à sombra de um teixo que oferecia uma boa vista para o portão do cemitério da igreja.

À meia-noite, os uivos recomeçaram, e dentro de poucos minutos vimos um enorme vulto cinzento, com os olhos verdes e brilhantes como lamparinas, tropegar rapidamente pelo caminho a nossa frente.

O vigário deu um passo a frente, mas segurei o seu braço com força e sussurrei-lhe ao ouvido: "Lembre-se!". Então ambos permanecemos imóveis e observamos enquanto a enorme fera se afastava a passos ligeiros. Era bem real, pois podíamos distinguir o som de suas unhas contra o piso de pedra. Passou a alguns metros de nós e não aparentava ser nada mais nada menos do que um enorme lobo cinza, esguio e macilento, com a pelagem eriçada e uma baba a escorrer-lhe pela mandíbula. Deteu-se onde a névoa começava e voltou-se. Era verdadeiramente uma visão horrenda, capaz de gelar o sangue de qualquer um. Os olhos flamejavam como fogo e ele rosnava, seu lábio superior, retesado, deixava à mostra os enormes caninos, e em torno da boca pendia uma espuma de uma coloração escura.

Alçou a cabeça e emitiu seu longo e plangente uivo, logo secundado ao longe pelos cães do vilarejo. Passados alguns instantes, virou-se e desapareceu em meio a parte mais densa do nevoeiro.

Logo depois a atmosfera começou a clarear, e dentro de dez minutos todo o nevoeiro já havia se desfeito, os cães do vilarejo silenciaram e a noite parecia ter retomado o seu aspecto normal. Examinamos o local onde a fera havia se detido e distinguimos claramente sobre o piso manchas escuras de espuma e saliva.

"Muito bem, vigário", eu disse, "você terá de admitir agora, em vista das coisas testemunhadas hoje, levando em consideração a lenda, a mulher na tumba, a névoa, o uivo dos cães, e, por último mas não menos importante, a misteriosa fera que você viu tão de perto, que há algo anormal nisso tudo. Você confiará em mim, sem reservas, e me auxiliará, *não importa o que eu faça*, primeiramente a nos certificarmos da causa, e depois a tomar os passos necessários para pôr um fim a esse pesadelo?". Vi que a estranha influência da noite era forte sobre ele, e quis imprimi-la em seu espírito tanto quanto possível.

"A necessidade", ele retrucou, "faz a lei; e em face do que vi, sou levado a crer que forças profanas estão em ação. Mas como elas podem agir nos recintos sagrados de uma igreja? Não seria melhor invocar ao próprio Céu que nos ajude?".

"Grant", eu disse com solenidade, "precisamos fazê-lo, cada qual a sua maneira. Deus ajuda aquele que ajuda a si próprio, e por meio de Sua ajuda e à luz do meu conhecimento devemos travar esta batalha por Ele e por aquela pobre alma perdida".

Retornamos então aos nossos quartos na reitoria, e sentei-me para escrever essa entrada de meu diário enquanto ela estava fresca em minha memória.

11 de julho Mais uma vez encontramos os ajudantes bastante agitados e perturbados com o estranho cão que foi visto à noite por várias pessoas, que saíram a sua caça. O fazendeiro Stotman, que estava vigiando as suas ovelhas (o mesmo rebanho que fora atacado na noite anterior), surpreendeu-o sobre a carcaça ainda fresca de um de seus animais e tentou espantá-lo, mas o tamanho e ferocidade da besta o alarmaram de tal modo que ele bateu em retirada em busca de uma arma. Quando voltou, o animal já tinha ido embora, mas ele se deparou com mais três ovelhas do seu rebanho mortas e dilaceradas.

A tumba de Sarah foi movida hoje para a sua nova posição; mas foi um trabalho longo e extenuante, e não houve tempo de cobri-la com a laje. Isso me contentou, pois à prosaica luz do dia o vigário quase duvidou dos eventos dessa noite, e está inclinado a pensar que tudo foi exagerado e distorcido pela nossa imaginação.

Entretanto, como não me seria possível prosseguir sem auxílio em minha guerra de extermínio contra essa abominação, e como não há mais ninguém em que eu possa confiar, supliquei a ele que desse mais uma noite para convencê-lo de que não se tratava de ilusão, mas de uma verdade horrenda e espantosa, contra a qual deveríamos travar e ganhar uma batalha, para o nosso próprio bem, assim como para o bem de todos os que viviam nas redondezas.

"Confie em mim, vigário", eu disse, "apenas por esta noite ao menos. Tomemos as precauções que que os meus estudos a respeito da matéria me apontam como os mais acertados. Hoje à noite, eu e você faremos a vigília na igreja; e estou certo de que amanhã você estará tão convencido como eu, e igualmente preparado para tomar esses terríveis passos que creio serem os mais apropriados, mas devo adverti-lo de que poderemos nos deparar com uma alteração no cadáver mais alarmante do que a que testemunhamos ontem".

Minhas palavras se tornaram realidade; pois ao levantarmos novamente a cobertura improvisada de madeira, emanou de lá a fedentina repulsiva de um matadouro, que fez com que nos sentíssemos verdadeiramente nauseados. Jazia ali o vampiro, mas quão mudado estava aquele corpo que até dois dias atrás, quando o vimos pela primeira vez, tinha o aspecto ressequido e encarquilhado! As rugas e vincos haviam quase desaparecido, a pele estava firme e corada, os lábios rubros se arreganhavam de modo horrível ao longo dos dentes pontiagudos, e uma visível mancha de sangue escorria-lhe por um dos cantos da boca. Cerramos nossos dentes e empedernimos nossos corações. Recolocamos a tampa, e guardamos os utensílios que havíamos trazido em um lugar a salvo na sacristia. Ainda assim, Grant não estava convencido de que havia um perigo real e premente oculto naquela tumba apavorante, e levantou sérias objeções a qualquer profanação perceptível do corpo sem provas adicionais. Provas que ele teria hoje à noite. Queira Deus que eu não esteja exigindo demais de mim mesmo! Se houver alguma verdade nas antigas lendas, não será difícil destruir o vampiro agora; mas Grant não o permitiria.

Espero que tudo corra bem nos trabalhos de hoje à noite, mas é grande o perigo dessa espera.

6 p.m. Deixei tudo preparado: facas afiadas, uma estaca, alho fresco e rosa-canina silvestre. Todos esses utensílios foram levados à sacristia, onde os escondemos, para deles dispor quando a nossa solene vigília tiver início.

Se um de nós ou ambos morrermos sem ter cumprido nossa pavorosa tarefa, que aqueles que lerem meu relato se certifiquem do que é preciso ser feito. Eu lhes deixo esta solene incumbência: "Que o coração do vampiro seja atravessado por uma estaca, e que se cumpram as exéquias sobre o pobre barro finalmente libertado de seu destino. E possa assim o vampiro cessar a sua existência e sua alma repousar em paz".

12 de julho Esta tudo terminado. Após a mais terrível noite de vigília e horrores, ao menos um vampiro não mais perturbará o mundo. Mas quão gratos devemos ser à Divina Providência que esta tumba não tenha sido perturbada por alguém sem o conhecimento necessário para lidar com o seu assombroso ocupante! Escrevo isso sem qualquer sentimento de autocomplacência, mas tão somente com enorme gratidão pelos anos de estudos que devotei a esse assunto.

E agora, o meu relato.

Ontem, logo antes do sol se pôr, eu e o vigário nos trancamos na igreja e assumimos nosso posto junto ao púlpito. Era um daqueles púlpitos, ainda encontrados em algumas igrejas, que se comunicam com a sacristia, situado a uma boa altura no arco projetado sobre a parede. Isso nos dava uma sensação de segurança (que sentíamos precisar), uma boa visão do interior, e o acesso direto aos utensílios que havíamos ocultado na sacristia.

O sol se pôs, o crepúsculo se intensificou e a luz começou a sumir aos poucos. Até aquele instante, não havia sinal do nevoeiro nem dos uivos. Às nove horas a lua despontou no céu e sua luz pálida inundou gradualmente as naves laterias da igreja e ainda assim nenhum sinal na tumba de Sarah. O vigário me perguntou várias vezes o que ele deveria esperar, mas eu estava determinado a não permitir que quaisquer palavras ou pensamentos meus o influenciassem: ele deveria se convencer por si próprio.

Às dez e meia já estávamos nos sentindo bastante cansados, e comecei a pensar que no final das contas não veríamos nada esta noite. No entanto, logo depois das onze percebemos uma névoa rarefeita que começou a emanar da tumba de Sarah. Ela parecia cintilar e brilhar à medida que se elevava, tomando a forma de volutas espiraladas.

Eu nada disse, mas o vigário agarrou-me o braço com firmeza e sussurrou-me numa voz entrecortada: "Meu Deus! Ela está tomando forma!".

De fato, em poucos instantes, vimos levantar-se ereta da tumba a pavorosa figura da condessa Sarah!

Parecia magra e desfigurada em sua imobilidade, e sua face estava lívida como a morte; mas os lábios rubros aparentavam uma talho horrível nas bochechas pálidas, e seus olhos brilhavam como brasas em meio à penumbra da igreja.

Era algo assombroso presenciar aquela cena enquanto ela caminhava a passos vacilantes pelas naves da igreja, cambaleando, como se estivesse debilitada e exaurida. Isto era, talvez, natural, já que seu corpo deve ter se ressentido bastante do longo confinamento, a despeito das forças ímpias que a mantinham de pé.

Observamos ela se dirigir a porta e imaginamos o que aconteceria a seguir; mas isso não lhe representou qualquer dificuldade: ela simplesmente a atravessou e desapareceu.

"E agora, Grant", eu disse, "você está convencido?".

"Sim", ele replicou, "não há como negar. Deixo tudo em suas mãos, e seguirei as suas ordens à risca, desde que você me instrua como livrar minha paróquia desse indescritível horror".

"E eu o farei, com a ajuda de Deus", eu disse, "mas você ainda não está plenamente convencido e temos a nossa frente um trabalho terrível, do qual teremos de nos responsabilizar no futuro, antes de deixar essa igreja pela manhã. E agora, mãos à obra, pois neste estado de debilidade em que o vampiro se encontra ele não irá muito longe, ele poderá retornar a qualquer momento, e não pode nos pegar de surpresa e despreparados".

Descemos do púlpito, e pegando a rosa-canina e o alho da sacristia, nos dirigimos à tumba. Cheguei na frente e ao remover a cobertura de madeira, eu bradei: "Veja! Está vazia!". Não havia nada lá! Nada exceto a marca impressa pelo corpo sobre o bolor úmido que recobria o fundo da tumba!

Tomei as flores e as dispus em círculo, em volta da tumba, pois reza a lenda que nenhum vampiro passará sobre essas florescências se puder evitá-las.

Então, a cerca de três metros de distância, desenhei um círculo no chão de pedra, longo o suficiente para eu e o vigário ficarmos dentro dele, e depositamos ali também os utensílios que eu havia trazido da igreja.

"Agora", eu disse, "a partir desse círculo, que nada profano pode cruzar, você verá o vampiro cara a cara, e o verá temeroso de cruzar aquele outro círculo de alho e rosa-canina para retornar ao seu refúgio profano. Mas não saia sob hipótese alguma desse lugar sagrado onde você se encontra pois o vampiro conta com uma força temível, e como a serpente, pode atrair sua vítima, que de boa vontade é arrastada para a sua própria destruição".

Então, como meu trabalho estava concluído, chamei o vigário, e adentramos o círculo sagrado para aguardar o retorno do vampiro.

Não foi longa a nossa espera. Logo um odor pantanoso e úmido percorreu a igreja, causando-nos calafrios. E então, pelas naves da igreja, a passos silenciosos, vi aquilo que estávamos vigiando.

Ouvi o vigário dizer uma prece, e o segurei com firmeza pelo braço, pois ele tremia violentamente.

Muito antes de divisarmos suas formas, vimos os olhos brilhantes e a boca rubra e sensual. Ela se dirigia diretamente para a sua tumba, mas se deteve assim que notou as flores. Deu a volta na tumba, procurando um lugar por onde pudesse entrar, e nesse ínterim nos avistou. Um espasmo de ódio e fúria diabólicos atravessou-lhe o semblante, mas logo se desfez, e um sorriso terno, ainda mais demoníaco, tomou seu lugar. Ela estendeu os braços em nossa direção. Observamos então em torno de sua boca uma espuma sangrenta, e atrás de seus lábios vislumbramos os longos dentes pontiagudos.

Ela falou com voz melíflua e suave, uma voz carregada de encanto, que nos afetou de modo estranho, e, em particular, ao vigário. Eu deseja testar os poderes do vampiro tanto quanto possível, sem colocar nossas vidas em risco.

Sua voz produzia um efeito soporífero, ao qual eu consegui resistir com razoável facilidade, mas que pareceu lançar o vigário numa espécie de transe. Mais do que isso: parecia atraí-lo em sua direção, apesar de seus esforços contrários.

"Venha!", ela disse, "Venha! Eu lhe darei paz e repouso... paz e repouso...".

Ela avançou alguns passos em nossa direção, mas não muito, pois notei que o círculo sagrado a mantinha recuada como um braço de ferro.

Meu companheiro parecia desmoralizado e enfeitiçado. Tentou dar um passo à frente e como eu o detivesse ele sussurrou: "Harry, me largue! Eu preciso ir! Ela está me chamando! Oh, me ajude, Harry, me ajude!". E começou a se debater.

Já era hora de dar um fim àquilo.

"Grant!", eu gritei, com firmeza, "em nome de tudo o que lhe é mais sagrado, pare com isso e se recomponha!". Ele estremeceu violentamente e balbuciou "Onde estou?". Então se lembrou e agarrou-se em mim convulsivamente por um instante.

Um olhar de ódio execrável assumiu o lugar do sorriso em sua face, e com uma espécie de grito agudo ela recuou hesitante.

"Para trás!", eu gritei, "volte para a sua tumba sacrílega! Você não molestará mais o mundo! Seu fim está próximo!".

Era o próprio medo o que percorria a linda face (pois, apesar do horror, era bela), enquanto ela se esquivava para trás, por sobre o círculo de flores, tremendo enquanto o fazia. Por fim, com um clamor surdo e pesaroso, ela pareceu dissolver-se para dentro da tumba.

Tão logo ela desapareceu, os primeiros raios de sol atravessaram o céu, e eu me dei conta de que o perigo havia passado.

Tomando Grant pelo braço, eu o arrastei para fora do círculo e o conduzi à tumba. Lá estava o vampiro mais uma vez, morto-vivo, imóvel, como o tínhamos visto há pouco em sua vida demoníaca. Mas em seus olhos permanecia aquela horrível expressão de ódio e de um medo consternador.

Grant procurava se recompor.

"Agora", eu disse, "você está pronto para o último e terrível ato, livrar o mundo para sempre desse horror?".

"Por Deus!", ele disse, solene, "Estou. Diga o que tenho de fazer".

"Ajude-me a retirá-la da tumba. Ela não pode mais nos fazer nenhum mal."

Com as faces voltadas para trás, nos preparamos para a nossa terrível tarefa e a depositamos sobre o pavimento.

"Agora", eu disse, "leia uma prece sobre este pobre corpo, e que possamos libertá-lo desse inferno que o retém".

Com reverência, o vigário leu as belas palavras e eu as respondi conforme a necessidade. Quando concluímos, tomei a estaca e sem pensar duas vezes perfurei-a em seu coração com todas as minhas forças.

Como se estivesse realmente viva, por um instante seu corpo se contorceu e se debateu convulsivamente e um grotesco guincho atravessou a igreja, e então o silêncio recaiu sobre tudo novamente.

Colocamos o pobre corpo de volta em sua tumba, e graças a Deus, tivemos por fim o consolo que, segundo a tradição, nunca é negado àqueles que tiveram de levar a cabo trabalho tão medonho. Sua face adquiriu uma solene expressão de paz, os lábios perderam o tom rubro, os dentes afiados e proeminentes se retraíram, e por um instante observamos diante de nós a face calma e pálida da mais bela mulher, a sorrir enquanto dormia. Depois de mais alguns minutos, ela se desintegrou como pó bem diante de nossos olhos. Voltamos ao trabalho, apagamos todos os traços de nossa ações e retornamos à reitoria. Ficamos contentes ao deixar a igreja, e as horríveis lembranças que ela produzia em nós, e adentrar o calor auspicioso daquela manhã de verão.

***

Com a nota acima encerrava-se o diário de meu pai, embora com a data de alguns dias depois era possível ler a seguinte entrada:

15 de julho Desde o dia 12 que tudo se encontrava calmo, como era de costume. Recolocamos a laje e selamos a tumba de Sarah esta manhã. Os ajudantes ficaram surpresos ao notar o desaparecimento do corpo, mas acabaram por explicar isso como o resultado natural da exposição prolongada do corpo ao ar.

Mas algo estranho chegou aos meus ouvidos hoje. Parece que a filha de um dos aldeões perdeu-se de casa no dia 11 do presente mês e foi encontrada adormecida num arbusto próximo à igreja, muito pálida e extenuada. Havia duas pequeninas marcas em sua garganta, que desde então desapareceram.

Qual seria o significado disso? Contudo, guardei comigo estes pensamentos, pois o vampiro já não existia mais, e não havia motivos para recear que algum mal aconteceria nem a essa criança nem a qualquer outra pessoa. Apenas aqueles que morrem nas garras de um vampiro tornam-se, por sua vez, eles próprios vampiros após sua morte.

Tradução: Bruno Costa

Montague Rhodes James (1862—1936) foi especialista em história medieval, reitor do King's College e do Eton College. Um dos mais refinados autores de histórias de fantasma do Reino Unido, M.R. James escreveu seu primeiro conto, "Canon Alberic's Scrap-book", para entreter os amigos na época de Natal. Sua primeira coletânea, Ghost Stories of an Antiquary, *surgiu em 1905, e* The Collected Ghost Stories *tem sido impressa desde a primeira publicação em 1931. Admirador de Sheridan Le Fanu, James resgatou vários contos esquecidos de Le Fanu e organizou-os na coletânea* Madame Crowl's Ghost, *em 1923. A principal contribuição de James talvez tenha sido o abandono de certos clichês góticos na elaboração da trama, em proveito de caracterizações mais realistas tanto no tocante às personagens quanto ao cenário em que suas histórias se desenvolvem. Neste conto, James recorre a uma das lendas de vampiro mais antigas, criando uma história em que o suspense da narrativa cresce gradualmente até o curioso desfecho.*

UM EPISÓDIO DA HISTÓRIA DA CATEDRAL

M.R. James

CERTA VEZ, um cavalheiro letrado recebeu a incumbência de examinar os arquivos da Catedral de Southminster e apresentar um relatório. O exame de tais registros exigia tempo considerável: desse modo, aconselharam-no a reservar um quarto na cidade, pois, embora a congregação fosse pródiga em oferecer-lhe hospitalidade, o sr. Lake preferia seguir sua própria rotina, o que foi considerado plausível. Afinal, o decano escreveu aconselhando o sr. Lake, caso ele já não estivesse instalado, a entrar em contato com o sr. Worby, o sacristão-mor que ocupava a casa próxima à igreja, e que estava apto a receber um hóspede tranquilo por três ou quatro semanas. Tal situação era precisamente o que o sr. Lake desejava. Chegou-se facilmente a um acordo e no início de dezembro, a exemplo do sr. Datchery (como ele mesmo observou), o pesquisador achou-se instalado num quarto bastante confortável numa antiga residência que em tudo fazia lembrar o estilo da catedral.

Alguém tão versado nas práticas das catedrais e tratado com evidente respeito pelo decano e pelo capítulo dessa catedral, em particular, não deixaria de fazer jus à consideração do sacristão-mor. O sr. Worby até concordou em lhe prestar informações adicionais em relação àquelas que há anos fornecia aos visitantes. Por sua vez, o sr. Lake considerou o sacristão uma companhia muito agradável e aproveitava qualquer ocasião que se apresentasse, no final de um dia de trabalho, para desfrutar de sua conversa.

Certa noite, por volta das nove horas, o sr. Worby bateu à porta de seu hóspede.

— Preciso ir à catedral, sr. Lake — disse —, e lembro-me de ter prometido avisá-lo quando eu fosse lá, para o senhor ver como é a catedral à noite. Lá fora o tempo está bem agradável e seco, se deseja vir.

— Vou, com certeza; muito agradecido, sr. Worby, por se lembrar. Vou pegar o casaco.

— Aqui está, senhor, e tenho outra lanterna que lhe será útil ao usar os degraus, pois não há lua.

— Alguém pode pensar que somos uma versão de Jasper e Durdles, não é mesmo? — disse Lake quando atravessavam o Largo da Catedral, pois ele tinha se certificado de que o sacristão lera *Edwin Drood*.[1]

— Sim, é provável — disse o sr. Worby, dando uma ligeira risada —, embora eu não saiba se devemos considerar isso um elogio. Que hábitos estranhos, é o que penso frequentemente, tinham eles naquela catedral, concorda, senhor? Matinas com o coral completo, às sete horas da manhã, durante o ano todo. Não seria adequado às vozes dos nossos meninos de hoje em dia, e acho que alguns integrantes do coro solicitariam um aumento se o capítulo adotasse tal prática, especialmente os tenores.

Encontravam-se agora na entrada voltada para o sudoeste. Enquanto o sr. Worby destrancava a porta, Lake disse:

[1] Alusão ao romance inacabado *The Mystery of Edwin Drood*, de Charles Dickens, cuja publicação seriada teve início em 1870, sendo interrompida com a morte do autor. [N. da E.]

— Alguma vez encontrou alguém trancado aqui por acaso?

— Sim, duas vezes. Primeiro foi um marinheiro bêbado; como ele entrou não sei. Suponho que pegou no sono durante o culto, mas quando o encontrei ele rezava fervorosamente. Deus! Que estardalhaço fazia aquele homem! Disse que era a primeira vez que entrava numa igreja depois de dez anos, e jurava que não entraria outra vez. Depois foi um carneiro velho; mais uma desses meninos. Mas foi a última vez que fizeram uma coisa dessas. Pronto, senhor, eis a nossa catedral; nosso último decano costumava trazer grupos de visitantes, mas preferia as noites enluaradas, e recitava um verso para eles, referindo-se a uma catedral escocesa, presumo; mas não sei; chego a pensar que o efeito é melhor quando tudo está às escuras. Parece aumentar o tamanho e a altura. Agora, se não se importa de aguardar em algum lugar da nave enquanto vou ao coro, onde tenho uma tarefa a cumprir, o senhor verá o que quero dizer.

Lake aguardou, recostado a uma coluna, e observou a luz trêmula que avançava ao longo da igreja e acima dos degraus até o coro, onde era interceptada por algum anteparo ou outro móvel que só permitia que o reflexo fosse visto nas pilastras e no teto. Alguns minutos depois Worby reapareceu à porta do coro e, agitando a lanterna, indicou a Lake que o acompanhasse.

— Espero que seja Worby, e não um substituto — pensou Lake enquanto seguia pela nave.

De fato, nada havia de estranho. Worby mostrou-lhe papéis que retirou do banco do decano, e lhe perguntou o que achava do espetáculo. Lake concordou que valia a pena ser visto.

— Presumo — disse ele enquanto caminhavam juntos na direção dos degraus do altar — que o senhor está muito acostumado a vir aqui à noite e não fica nervoso; mas deve se assustar às vezes, não é mesmo, quando um livro cai ou uma porta se move?

— Não, sr. Lake, admito que não me preocupo muito com barulhos; hoje em dia, não. Tenho mais medo de encontrar um escape de gás ou uma fissura nos encanamentos da fornalha do que de qualquer outra coisa. Mas já aconteceu, algumas vezes, anos atrás. Reparou naquele túmulo simples lá sob o altar, século XV, assim o datamos, não sei se o senhor está de acordo. Bem, se não o viu, volte e dê uma espiada, por favor.

Ficava no lado norte do coro, numa posição estranha: a um metro apenas do anteparo de pedra. Bem simples, como dissera o sacristão, excetuando-se o revestimento de pedra. Uma cruz de metal de bom tamanho, no lado setentrional (próximo ao anteparo), era o único detalhe interessante.

Lake concordou que não era anterior ao período gótico perpendicular:

— Mas — disse —, a não ser que seja a sepultura de alguma pessoa importante, perdoe-me dizê-lo, não creio que seja digno de nota.

— Bem, não posso afirmar que seja o túmulo de alguma figura histórica — disse Worby, com um sorriso inexpressivo — porque não temos qualquer registro que indique para quem o túmulo foi erigido. Mesmo assim, se dispuser de meia hora, senhor, quando voltarmos para casa, sr. Lake, eu poderei lhe contar um caso sobre essa sepultura. Não começarei a contar agora; faz frio aqui e não queremos perambular durante a noite toda.

— É claro que me agradaria muitíssimo conhecer esse caso.

— Muito bem, senhor, vai conhecê-lo. Agora, se me permite expor-lhe uma questão — continuou a dizer, ao caminharem pela passagem do coro —, no nosso pequeno folheto, e não apenas lá, mas, no livreto da catedral, consta que esta parte da edificação foi erguida antes do século XII. Assim sendo, é claro, eu gostaria de aceitar essa noção, mas... cuidado com o degrau, senhor... mas, pergunto-lhe: o assentamento da pedra nesta parte da parede — na qual ele deu uma batida leve com a chave — passa-lhe a ideia do que poderia se chamar de alvenaria saxônica? Não, imaginei que não; tampouco a mim: agora, se acredita em mim, eu disse tudo isso àqueles sujeitos... um deles é o funcionário responsável pela nossa biblioteca pública, e o outro veio de Londres só por causa disso... umas cinquenta vezes, mas era como se eu estivesse falando com as paredes. Mas enfim, cada um tem sua opinião.

O debate sobre esse traço peculiar da natureza humana ocupou o sr. Worby praticamente até o momento em que ele e Lake chegaram à casa do primeiro. O fogo baixo na lareira da sala de estar de Lake levou o sr. Worby a sugerir que encerrassem a noite na sua própria sala de visitas. (Eis que, logo em seguida, lá estavam eles, devidamente instalados).

O sr. Worby narrou uma longa história, e não a contarei por inteiro usando suas próprias palavras, nem observarei a mesma ordem. Depois de ouvir a história, Lake imediatamente passou para o papel a essência do relato, acrescentando algumas passagens que haviam se fixado *verbatim* em sua mente; acho melhor resumir, na medida do possível, o documento de Lake.

O sr. Worby nasceu, segundo consta, por volta de 1828. O pai e o avô tiveram vínculo com a catedral. Parece que ambos cantaram no coro; mais tarde trabalharam na construção, como pedreiro e carpinteiro, respectivamente. O próprio Worby, embora possuísse voz mediana, como ele mesmo admitia francamente, foi selecionado para integrar o coro quando tinha aproximadamente dez anos de idade.

Foi em 1840 que a voga do renascimento gótico atingiu a Catedral de Southminster.

— Muito trabalho admirável se perdeu nessa época, senhor — disse Worby, suspirando. — Meu pai mal podia acreditar quando recebeu ordens para esvaziar o coro. Um novo decano acabara de chegar... era o Decano Burscough... meu pai tinha trabalhado como aprendiz numa boa marcenaria, e sabia identificar um trabalho de qualidade. "Maldade", ele costumava dizer: todo aquele bonito lambri de carvalho, tão bom quanto no dia em que foi montado, e reproduções de guirlandas de folhagens e frutas, e o belíssimo trabalho antigo, em ouro, nos brasões e tubos do órgão. Tudo foi para a carpintaria... cada pedaço, exceto algumas pequenas peças trabalhadas que estão na Capela de Nossa Senhora e aqui nesta cornija. Bem... posso estar enganado, mas afirmo que nosso coro nunca mais foi tão bonito. No entanto, muito se descobriu sobre a história da igreja, e sem dúvida muita coisa precisava de conserto. Ao cabo de alguns invernos perdemos um pináculo.

O sr. Lake concordava com o ponto de vista de Worby quanto à restauração, mas não quis expressar sua opinião, com receio de que o sacristão-mor nunca chegasse ao tal caso. E talvez isso fosse perceptível na sua conduta.

Worby logo o tranquilizou.

— Eu bem que poderia falar sobre esse assunto durante horas, e o farei quando tiver a oportunidade. Mas o Decano Burscough era obcecado pelo período gótico e nada o interessava a não ser que estivesse de acordo com tal tendência. Certa manhã, depois do culto, ele marcou um encontro com meu pai, no coro; depois de ter tirado os trajes cerimoniais na sacristia, chegou trazendo um rolo de papel, e o sacristão que trabalhava lá naquela época trouxe uma mesa, e começaram a abrir o tal rolo sobre ela, usando livros de orações para que ficasse esticado, e meu pai ajudou-os e viu que era uma ilustração do interior de um coro numa catedral; e o decano, que era um cavalheiro eloquente, perguntou: "Então, Worby, o que pensa sobre isso?". "Ora", respondeu o meu pai, "acho que não tive o prazer de conhecer esse local. Seria a Catedral de Hereford, senhor decano?". "Não, Worby" disse o decano, "é a Catedral de Southminster, conforme pretendemos vê-la em breve". "Decerto, senhor", disse o meu pai, e foi tudo o que falou... ao menos para o decano... mas costumava me contar que sentia como se fosse desfalecer quando olhava para o nosso coro, ao redor, tal qual me recordo, todo confortável e bem-acabado, e em seguida se deparava com esse desenho insignificante e detestável, como o qualificava, feito por algum arquiteto de Londres. Mas o senhor entenderá o que quero dizer se vir esse desenho antigo.

Worby alcançou uma estampa emoldurada na parede.

— Bem, para resumir, o decano entregou ao meu pai uma cópia do desenho e uma ordem do capítulo, determinando que ele retirasse cada pedaço do coro... fizesse uma boa limpeza... pois o novo trabalho estava sendo elaborado na cidade, e ele deveria executá-lo tão logo montasse os andaimes. Então, senhor, se observar esta ilustração, verá onde costumava ficar o púlpito: é o que quero que o senhor observe, por gentileza.

Realmente, era fácil de se ver: uma estrutura de madeira de lei, de tamanho extraordinário, com uma pequena cúpula de formato côncavo, erguida na extremidade leste dos bancos, do lado norte do coro, diante do trono do bispo. Worby então explicou que durante a reforma as cerimônias eram realizadas na nave, e que os integrantes do coro ficaram decepcionados, pois tiveram férias forçadas, e o organista, em particular, ficou sob suspeita de ter danificado intencionalmente o mecanismo do órgão, instrumento que viera de Londres e fora alugado por uma soma considerável.

A demolição começou nos anteparos do coro e na galeria onde estava o órgão, e procedeu gradualmente na direção leste, revelando, como disse Worby, muitas características interessantes de trabalhos mais antigos. Nesse ínterim, como era de se esperar, os membros do capítulo vinham ao coro diversas vezes, e logo tornou-se evidente para o velho Worby, ao escutar, sem querer, algumas conversas, que especialmente entre os cônegos mais velhos houvera bastante discordância antes que as diretrizes, agora em prática, fossem aprovadas. Alguns eram da opinião que poderiam contrair um resfriado forte nos bancos da capela-mor, sem um anteparo que os protegesse das correntes de ar provenientes da nave. Outros contestavam o fato de se exporem à visão das pessoas situadas nas alas do coro, especialmente, diziam, durante os sermões, quando achavam conveniente ouvir a pregação numa postura suscetível a interpretações errôneas. Entretanto, o protesto mais veemente surgiu do mais velho do grupo, que até o último momento discordou da remoção do púlpito.

— O senhor não deve tocar nele, sr. decano — disse, enfaticamente, um dia, pela manhã, quando os dois estavam diante do púlpito. — Não sabe que tipo de dano poderá causar.

— Dano? Não é um trabalho de mérito especial, cônego.

— Não me chame de cônego — disse o velho, asperamente — pois há trinta anos sou conhecido por dr. Ayloff, por gentileza, senhor decano, se o senhor puder atender ao meu pedido. E quanto ao púlpito, de onde preguei durante trinta anos, embora eu não insista nesse ponto, tudo o que tenho a dizer é que *eu sei* que o senhor faz mal em retirá-lo do lugar.

— Mas qual é o sentido, meu caro doutor, de deixá-lo onde está, se estamos remodelando o resto do coro num *estilo* totalmente diferente? Qual seria a razão… a não ser quanto à aparência do objeto?

— Razão! Razão! — retrucou o velho dr. Ayloff. — Se vocês, jovens… se me permite dizê-lo sem qualquer desrespeito… sr. decano… se vocês dessem ouvidos à razão, ao menos um pouco, e não a exigissem sempre, nós nos entenderíamos melhor. Mas é isso; era o que eu tinha a dizer.

O idoso saiu mancando e, conforme se verificou, nunca mais entrou na catedral. De repente, o clima (era um forte verão) tornou-se propício a doenças. O dr. Ayloff foi um dos primeiros a partir, devido a alguma enfermidade dos músculos ou do tórax que o aniquilou dolorosamente à noite. E durante muitos cultos o número de integrantes do coro — homens e meninos — ficou reduzido.

Enquanto isso, o púlpito foi removido. Aliás, a cúpula (parte da qual ainda existe na forma de mesa num quiosque no jardim da catedral) foi retirada uma ou duas horas depois do protesto do dr. Ayloff. A remoção da base, que não deixou de ser trabalhosa, revelou, para o júbilo da equipe responsável pela restauração, um túmulo sob o altar — precisamente, o túmulo para o qual Worby chamara a atenção de Lake naquela mesma noite. Muita pesquisa infrutífera foi feita para se tentar identificar o ocupante; até hoje nunca houve um nome para ele. A estrutura foi cuidadosamente encaixada embaixo da base do púlpito, de forma que os pequenos ornamentos do túmulo não fossem obliterados; somente no lado voltado para o norte é que se notava o que parecia uma avaria; uma fenda entre as duas lajes que compunham aquela face. Devia medir de cinco a sete centímetros. Palmer, o pedreiro, foi instruído a preenchê-la dentro de uma semana, quando viesse fazer outros pequenos reparos próximos àquela área do coro.

O verão foi árduo, sem dúvida. Fosse pelo fato de a igreja ter sido construída no local onde existira um pântano, como se supunha, ou por outro motivo qualquer, muitos moradores das vizinhanças não puderam aproveitar os dias bonitos e ensolarados e as noites tranquilas de agosto e setembro. Para os mais idosos (o dr. Ayloff, entre outros, como pudemos constatar) o verão foi trágico; mas mesmo em se tratando dos mais jovens, poucos escaparam de uma estada na cama por algumas semanas, ou, no mínimo, de uma sensação de opressão seguida de pesadelos terríveis. Aos poucos, surgiu uma suspeita (que se tornou convicção) de que a reforma na catedral tinha algo a ver com o assunto. A viúva de um velho sacristão, pensionista do capítulo de Southminster, foi atormentada por sonhos, que relatou aos amigos, nos quais um vulto saía da portinhola do transepto assim que escurecia, e esvoaçava (tomando uma nova direção a cada noite) pelo Largo, desaparecendo por algum tempo em cada casa, e finalmente reaparecendo quando o céu noturno empalidecia. Ela não enxergava mais que um vulto em movimento, mas tinha a impressão de que quando essa figura retornava à igreja, o que acontecia no final do sonho, virava a cabeça: e então, ela não saberia dizer por quê, mas percebia que o vulto tinha olhos vermelhos. Worby lembrava-se de ter escutado a velha senhora contar esse sonho durante um chá na casa de um funcionário do capítulo. A repetição do sonho, disse Worby, poderia indicar sintoma de doença; de qualquer modo, antes do final de setembro a velha senhora jazia em sua sepultura.

O interesse despertado pela reforma dessa magnífica igreja não se restringiu ao município. Certo dia, naquele verão, um antiquário, que desfrutava de certa fama, veio visitar o lugar. Sua função era relatar à Sociedade dos Antiquários as descobertas feitas, e sua mulher, que o acompanhava, faria uma série de ilustrações para esse relato. Naquela manhã, ela se dedicou a fazer um esboço geral do coro; à tarde, trabalhou nos detalhes. Para começar, desenhou o túmulo que fora recentemente exposto sob o altar, e quando terminou, chamou a atenção do marido para a bela peça de ornamentos geométricos no painel posterior, que, do mesmo modo que o túmulo, tinha ficado encoberto pelo púlpito. É claro, disse ele, é preciso que se faça uma ilustração desse detalhe; ela então se sentou sobre a sepultura e deu início a um desenho minucioso que a manteve ocupada até o anoitecer.

Nesse ínterim, o marido encerrou o trabalho de medição e descrição e ambos concordaram que era hora de retornar ao hotel.

— É melhor passar uma escova na minha saia, Frank — disse a dama. — Decerto está coberta de poeira. Ele obedeceu; mas, em seguida, comentou:

— Não sei se esse vestido é um dos seus preferidos, querida, mas sou levado a pensar que seu estado já foi melhor. Está faltando um pedaço grande.

— Faltando? Onde? — perguntou ela.

— Não sei, mas falta a beirada, aqui na parte debaixo.

Ela puxou depressa o vestido, e ficou horrorizada ao ver um rasgão que se estendia de lado a lado; como se um cão tivesse rasgado o tecido, disse ela. Por certo, o vestido estava estragado, o que causou à mulher um grande aborrecimento, e embora procurassem por todo o lugar, o pedaço que faltava não foi encontrado. O dano poderia se justificar de várias maneiras, concluíram, pois o coro estava cheio de pedaços de madeira com pregos à mostra. Finalmente, restava-lhes a suposição de que um desses pregos tinha causado o estrago, e que os operários, que estiveram por ali durante todo o dia, tinham levado o tal pedaço de madeira com o pano preso a ele.

Foi nessa ocasião, pensava Worby, que seu cãozinho começou a ficar ansioso quando chegava a hora de ser levado para a casinhola no quintal. (A mãe de Worby determinara que o animal não dormisse na casa.) Numa noite, disse ele, quando ia pegá-lo e levá-lo para fora, o cãozinho olhou para ele "como se fosse uma boa pessoa".

— E fez sinal com a pata dianteira — continuou Worby — e, como eu ia dizendo... bem, o senhor sabe como eles às vezes se comportam como crianças, e a conclusão foi que o coloquei por baixo do meu casaco, embolei tudo e levei lá para cima — e acho que consegui enganar a minha mãe. Depois disso ele agiu com bastante astúcia, escondendo-se debaixo da cama durante meia hora ou mais, antes da hora de dormir, e fizemos o possível para que minha mãe nunca descobrisse.

É claro que, de todo modo, Worby ficou feliz com a

companhia do animal, especialmente quando começou o incômodo que ainda é lembrado em Southminster como "o grito".

— Noite após noite — disse Worby — aquele cão parecia saber o que estava para acontecer; ele se arrastava, se arrastava mesmo, e se metia na cama, aconchegando-se a mim, tremendo, e quando começavam os gritos, ele se descontrolava, empurrando a cabeça por baixo do meu braço, e eu me sentia tão mal quanto ele. Escutávamos os gritos seis ou sete vezes e quando ele levantava a cabeça outra vez, eu sabia que naquela noite não haveria mais gritos. Como era, senhor? Bem, eu nunca ouvi um som que se igualasse àquilo. Eu estava brincando ali por perto do Largo, quando dois cônegos se encontraram e disseram "bom dia" um para o outro. "Dormiu bem à noite?", perguntou um deles; esse era o sr. Henslow e o outro era o sr. Lyall. "Não, creio que não", respondeu o sr. Lyall, "foi Isaías 34:14, demasiado para mim". "34:14", repetiu o sr. Henslow, "de que se trata"?. "E você se considera um leitor da Bíblia!", exclamou o sr. Lyall. (O sr. Henslow era um daqueles que costumam ser chamados de a herança de Simeão… o que chamaríamos de grupo evangélico). "Vá consultar". Eu queria saber o que ele queria dizer e então fui correndo para casa, peguei a minha Bíblia e lá estava: "os sátiros chamarão seus companheiros". Ora, pensei, é isso que temos escutado nessas últimas noites? E vou lhe contar uma coisa: aqueles gritos me fizeram olhar para trás uma ou duas vezes. É claro que perguntei ao meu pai e à minha mãe o que poderia ser, mas os dois disseram que eram gatos, provavelmente. Mas falaram pouco e percebi que estavam preocupados. Palavra! Era um barulho e tanto… aflito, como se fosse um chamado por alguém que não vem. Era nesses momentos que antecediam os gritos que mais se desejaria uma companhia. Penso que foi decidido que durante duas ou três noites alguns homens ficariam vigiando em locais diferentes do Largo; mas eles se agrupavam numa esquina, o mais próximo possível da rua principal, e nada foi descoberto.

— Bem, o que aconteceu em seguida foi o seguinte: eu e outro garoto, que agora trabalha na cidade como merceeiro, tal e qual o pai, fomos até o coro depois que terminou o culto matinal e ouvimos o velho Palmer, o pedreiro, ralhando com um dos empregados. Então nos aproximamos, porque sabíamos que ele era brigão e algo divertido devia estar acontecendo. Parecia que o Palmer tinha mandado o tal empregado preencher a fenda naquele velho túmulo. Bem, o homem insistia que tinha feito o melhor trabalho possível, e lá estava o Palmer, todo irritado por causa do problema. "É isso que você chama de trabalho?", disse ele. "Você bem que merecia ser demitido. Acha que eu pago seu salário para quê? O que acha que eu vou dizer ao decano e ao capítulo quando eles vierem aqui, o que pode acontecer a qualquer momento, e perceberem que você andou matando o trabalho e cobriu tudo com argamassa e Deus sabe o que mais?". "Bem, chefe, eu fiz o melhor que pude", retrucou o homem; "igual ao senhor, não sei explicar como despencou desse jeito. Eu tapei bem o buraco", disse ele, "e agora caiu, nunca vi isso".

— "Caiu!", disse o velho Palmer, "Ora! Não está em lugar nenhum. Desapareceu, quer dizer"; e ele pegou um pouco de argamassa, e foi o que fiz também, que estava na superfície do anteparo, a cerca de um metro dali, e ainda úmida; e o velho Palmer olhou para a massa com um ar curioso e em seguida virou-se para mim e disse, "Escutem, meninos, vocês andaram fazendo alguma brincadeira por aqui?". "Não", respondi, "não estive aqui, sr. Palmer; até este exato momento nenhum de nós esteve aqui". E enquanto eu falava, o outro garoto, Evans, olhou pela fenda e ouvi quando ele arfou e disse com toda a franqueza "Acho que tem alguma coisa lá dentro. Vi alguma coisa brilhante". "Quê! Essa não!", disse o velho Palmer. "Bem, não tenho tempo a perder com isso. Você, William, vá buscar mais material e faça um trabalho bem feito desta vez; se não, vai haver confusão", disse ele.

— E o homem foi embora e Palmer também, e nós, os meninos, ficamos para trás, e perguntei ao Evans, "Você viu mesmo alguma coisa lá dentro?". "Vi", respondeu ele, "vi mesmo". E então eu disse, "Vamos cutucar com alguma coisa". E experimentamos vários pedaços de madeira que estavam por ali, mas eram muito grandes. Em seguida, Evans, que tinha uma partitura, um hino ou uma melodia, agora não me lembro, enrolou-a até afinar e a introduziu na fenda; fez isso duas ou três vezes e nada aconteceu. "Passe isso para cá", eu disse, e fiz uma tentativa. Não, nada aconteceu. Então, não sei por que tive a ideia, não sei mesmo, mas me agachei diante da fissura, levei os dois dedos à boca e assobiei... sabe como é... e em seguida pensei ter escutado algo se mexendo, e eu disse ao Evans, "Vamos embora, não estou gostando disso". "Ah, bobagem!", disse ele. "Passa esse canudo". E ele o pegou e o introduziu na fenda. Acho que nunca vi alguém empalidecer tanto quanto ele. "Olha só, Worby", disse ele, "ficou preso, ou alguém o pegou". "Puxe ou então largue aí", disse eu. "Vamos embora". Então ele deu um puxão e o canudo se soltou. Ao menos a maior parte dele, pois a ponta tinha se perdido. Estava rasgado, e Evans olhou para o papel enrolado durante um segundo, e então deu um gemido e o deixou cair, e nós dois saímos de lá o mais depressa possível. Lá fora, Evans me perguntou, "Você viu a ponta do papel?". "Não", respondi, "vi apenas que estava rasgada". "Sim", disse ele, "mas molhada também, e preta!". Bem, devido ao susto que tomamos, e também porque aquela partitura seria necessária em um ou dois dias, e sabíamos que haveria um bate-boca com o organista, não dissemos nada a ninguém, e suponho que os operários varreram o pedaço de papel com o resto do entulho. Mas, até hoje, se alguém perguntar ao Evans o que aconteceu, ele vai dizer que viu o papel molhado e preto, bem na ponta, onde estava rasgado.

Depois desse incidente, os meninos ficaram distantes do coro, tanto que Worby não tinha certeza se o pedreiro tinha refeito o trabalho na rachadura do túmulo. Pôde apenas apurar, através de trechos de conversas entre os operários que passavam pelo coro, que houve alguma dificuldade e que o administrador (o sr. Palmer era testemunha) tentou por conta própria realizar a tarefa. Um pouco mais tarde, Worby viu o próprio sr. Palmer batendo à porta da moradia do decano e sendo recebido pelo mordomo. Um dia ou dois após o ocorrido, de acordo com um comentário que o pai fizera na hora do café da manhã, Worby deduziu que, na manhã seguinte, algo ligeiramente fora do comum seria feito na catedral após o ofício. "E eu gostaria que fosse hoje", acrescentou o pai dele; "não vejo a necessidade de correr riscos".

" Pai", perguntei, "o que o senhor vai fazer amanhã na catedral?". E ele se virou para mim de um modo tão violento que nem o reconheci... de modo geral, era um homem extraordinário e bem-humorado, assim era meu pai. "Meu rapaz", disse ele, "peço a você que não ouça a conversa dos mais velhos ou dos superiores: não é educado e não é correto. O que vou fazer ou deixar de fazer amanhã na catedral não é da sua conta; e se eu o vir por lá amanhã, depois que terminar suas tarefas, vou lhe dar uma bronca e mandar você para casa. Lembre-se disso". Claro que eu disse que sentia muito e tal, mas em seguida saí e fiz planos com Evans. Sabíamos que havia uma escadaria no canto do transepto pela qual podia se chegar ao trifório, e naquela época a porta de acesso quase sempre estava aberta, e mesmo que não estivesse, sabíamos que a chave costumava ficar debaixo de um capacho. Portanto, combinamos de guardar as partituras e, na manhã seguinte, enquanto os outros garotos estivessem saindo, subiríamos a escada, e lá do trifório ficaríamos atentos aos acontecimentos.

— Bem, naquela mesma noite, como todo garoto, caí num sono profundo, e de repente o cachorro me acordou, vindo para a minha cama, e pensei cá comigo, "hoje será aquela gritaria", pois ele parecia mais apavorado do que nunca. Cinco minutos depois, mais ou menos, veio o grito. Não posso lhe dar uma ideia de como era; e estava tão perto... mais perto do que nunca... e, uma coisa estranha, sr. Lake, o senhor sabe que nesse Largo o eco se propaga, especialmente deste lado. Bom, esse grito não ecoava. Mas, como ia dizendo, naquela noite o grito estava muito perto, o que era assustador; e para aumentar o pavor que eu sentia ao ouvir aquilo, levei outro susto, pois ouvi alguma coisa sussurrando do lado de fora. Eu achei mesmo que fosse o meu fim; mas notei que o cachorro se animou um pouco, e em seguida alguém sussurrou do outro lado da porta, e eu quase dei uma risada, porque sabia que eram meu pai e minha mãe que tinham se levantado por causa do barulho. "O que será isso?", perguntou minha mãe. "Silêncio! Não sei", disse meu pai, parecendo nervoso, "não perturbe o menino. Espero que ele não tenha ouvido nada".

— Então, sabendo que eles estavam ali, do lado de fora, enchi-me de coragem, e escorreguei pela cama até chegar à pequena janela... voltada para o Largo... mas o cachorro foi direto para debaixo da cama... e eu fiquei observando. De início não vi coisa alguma. E então, bem na sombra de um parapeito, distingui o que a meu ver eram duas manchas vermelhas, esmaecidas, que não se pareciam nem com uma lamparina nem com o fogo, mas se destacavam da sombra negra. Mal as avistei, percebi que não éramos as únicas pessoas que tinham sido perturbadas, porque vi uma janela iluminar-se numa casa à esquerda, e a luz se movia. Apenas virei a cabeça para me certificar e quando olhei outra vez para a sombra, procurando aquelas duas coisas vermelhas, elas já tinham desaparecido, e por mais que eu olhasse, não havia sinal delas. E então levei o último susto naquela noite — alguma coisa roçou na minha perna... mas, ainda bem: era meu cãozinho que tinha saído da cama, e pulava por todo o lado, fazendo um alvoroço, sem latir, e eu, vendo que ele estava contente outra vez, levei-o de volta para a cama e dormimos a noite toda.

— Na manhã seguinte decidi contar à minha mãe que eu tinha levado o cachorro para o meu quarto, e fiquei surpreso ao ver como ela reagiu bem, apesar de tudo que ela dissera sobre o assunto. "Levou?", disse ela. "Bem, o certo seria você ficar sem o café da manhã por me desobedecer; mas acho que nada de muito sério aconteceu; quero apenas que você me peça permissão da próxima vez, ouviu bem?". Pouco depois, contei ao meu pai que eu escutara os gatos outra vez. "Gatos", disse ele; e piscou e olhou para a minha mãe. Ela tossiu e disse, "Ah! Ah, sim, os gatos. Eu também escutei".

— Foi uma manhã estranha: nada parecia dar certo. O organista perdeu a hora e ficou na cama e o cônego esqueceu que era o 19º dia e esperou pelo *Venite*; logo depois o substituto começou a tocar um salmo para as vésperas, que era em tom menor; e então os meninos decanos riram tanto que não conseguiram cantar, e na hora da antífona o solista não controlou o riso, e percebeu que seu nariz estava sangrando, e empurrou o livro para mim, e eu não tinha praticado o verso, e mesmo que tivesse, não era lá um cantor e tanto. Bem, a coisa era difícil, sabe, cinquenta anos atrás e, que eu me lembre, levei um beliscão do contratenor que estava atrás de mim.

— De qualquer jeito, chegamos ao final, e nem os homens nem os meninos queriam que o cônego residente... que era o sr. Henslow... chegasse à sacristia e os repreendesse, mas não creio que o fizesse: na verdade, acho que ele leu o trecho errado pela primeira vez na vida, e sabia disso. De qualquer modo, eu e Evans não tivemos dificuldade de subir a tal escadaria, como lhe disse, e quando chegamos lá em cima, deitamo-nos de bruços onde seria possível esticar o pescoço para enxergar o velho túmulo, e assim que nos ajeitamos ouvimos o sacristão que trabalhava naquela época, primeiro fechar os portões de ferro e trancar a porta voltada para o sudoeste, e em seguida a porta do transepto; então sabíamos que algo estava para acontecer, pois queriam se isolar do público por algum tempo.

— Em seguida, o decano e o cônego entraram pela porta do lado norte, logo depois vi meu pai, o velho Palmer, seguido de dois dos seus melhores operários, e o Palmer, que teve uma rápida conversa com o decano na parte central do coro. Ele tinha nas mãos um rolo de corda e os homens seguravam pés-de-cabra. Todos pareciam um pouco nervosos. Então, lá estavam eles conversando quando afinal ouvi o decano dizer: "Bem, não tenho tempo a perder, Palmer. Se você acha que isso vai contentar o povo de Southminster, tem a minha permissão; mas devo dizer que jamais, em toda a minha vida, ouvi tamanha insensatez de um homem sério como você. Não concorda comigo, Henslow?". Segundo o que pude escutar, o sr. Henslow disse algo assim: "Ora, muito bem! Dizem-nos que não devemos julgar os outros, não é, senhor decano?". E o decano parece ter fungado, e caminhou direto ao túmulo, posicionando-se na parte de trás, de costas para o anteparo, e os demais avançaram devagar e com cuidado. Henslow se deteve no lado sul e coçou o queixo. Nesse instante o decano falou: "Palmer, o que é mais fácil para você? Retirar a laje de cima ou deslocar um dos lados?".

— O velho Palmer e os operários conversaram um pouco, olhando para a quina da laje superior e tocando os lados sul, leste e oeste, e tudo o mais, menos o lado norte. Henslow disse que seria melhor fazer uma tentativa do lado sul, onde havia mais iluminação e mais espaço para se mover. Então meu pai, que os observava, contornou o lado norte, ajoelhou-se e tocou a laje no local da fenda; em seguida levantou-se, bateu a poeira dos joelhos e disse ao decano: "Desculpe-me, senhor decano, mas acho que se o sr. Palmer tentar erguer a laje neste ponto vai descobrir que é bem fácil. O que me parece é que um dos homens pode erguer a laje com o pé-de-cabra apoiado nesta fenda". "Ah! Obrigado, Worby", disse o decano; "É uma boa sugestão. Palmer, pode então mandar um dos seus operários fazer isso?".

— Então o homem se aproximou e introduziu a alavanca e fez pressão, e naquele instante, quando todos se inclinavam para frente, e nós dois espiávamos por cima da beirada do trifório, houve o mais pavoroso estrondo no lado oeste do coro, como se uma pilha inteira de madeira tivesse caído de uma escadaria. Bem, não dá para lhe contar tudo que aconteceu durante um minuto. É claro que a comoção foi terrível. Eu ouvi a laje cair, e também o pé de cabra, e ouvi o decano dizer: "Divino Pai eterno!".

— Quando olhei para baixo novamente, vi o decano estendido no chão, os homens correndo pela ala do coro, Henslow preparando-se para ajudar o decano a se levantar, Palmer mandando os homens interromperem o trabalho (como ele disse mais tarde) e meu pai sentado no degrau do altar com as mãos no rosto. O decano estava muito irritado. "Bom seria se você olhasse por onde anda, Henslow", disse ele. "Não posso imaginar porque vocês todos haveriam de sair correndo quando cai um pedaço de madeira"; por mais que Henslow tentasse explicar porque ele permanecera do outro lado do túmulo, o decano não se conformava.

— Então, Palmer voltou e informou que não havia explicação para o barulho e que, aparentemente, nada tinha caído, e quando o decano se recompôs, eles se reuniram... exceto meu pai que ficou sentado onde estava; e alguém acendeu uma vela e todos olharam para dentro do túmulo. "Nada ali", disse o decano. "O que foi que eu disse a vocês? Espere! Tem alguma coisa. O que é isso? Um pedaço de partitura, e algo rasgado... o retalho de um vestido, parece. Ambos bem modernos... de nenhuma importância. Numa outra ocasião talvez vocês sigam os conselhos de um homem instruído"... ou algo assim, e foi embora, mancando um pouco, passando pela porta do lado norte, mas, ao sair, zangou-se e gritou com o Palmer por ele ter deixado a porta aberta. Palmer respondeu, elevando a voz, "Sinto muito, senhor", mas deu de ombros, e Henslow disse, "Creio que o senhor decano está enganado. Eu fechei a porta depois que passei; mas ele está um pouco transtornado". Então Palmer perguntou, "Ora, onde está Worby?" Viram que ele estava sentado no degrau e foram até lá. Estava se recuperando, parecia, e enxugando a testa. Palmer ajudou-o a se levantar, e fiquei satisfeito ao vê-lo de pé.

— Estavam muito longe e não dava para ouvir o que diziam, mas meu pai apontou para a porta do lado norte, na nave lateral, e Palmer e Henslow olharam naquela direção, muito surpresos e assustados. Logo depois, meu pai e Henslow saíram da igreja e os demais correram para assentar a laje usando argamassa. E quando o relógio soou doze vezes a catedral foi aberta outra vez e nós dois voltamos para casa.

— Eu estava ansioso por saber o que tinha abalado meu pai daquele jeito, e quando cheguei e o encontrei sentado na sua cadeira tomando um trago de bebida alcoólica, e a minha mãe, de pé, olhando ansiosamente para ele, não consegui me controlar e confessei onde estivera. Mas ele não reagiu, não a ponto de se descontrolar. "Você estava lá, estava? Então, você viu?" "Eu vi tudo, pai", disse eu, "menos o que aconteceu quando houve o barulho". "Você viu o que derrubou o decano?", disse ele, "aquilo que saiu da sepultura? Não viu? Bom, isso foi uma bênção". "Por quê? O que era, pai?", perguntei. "Ora, você deve ter visto", disse ele. "*Não viu*? Uma coisa parecida com um homem, coberto de pelos, e com dois olhos grandes?".

— Bem, naquela ocasião foi tudo que eu consegui saber dele, e mais tarde parecia que ele se envergonhava de ter se assustado tanto, e costumava desconversar quando eu lhe perguntava sobre o que se passara. Mas, anos depois, quando me tornei adulto, às vezes conversávamos sobre o assunto, e ele sempre dizia a mesma coisa: "Era preto", dizia, "e tinha um monte de pelos, e duas pernas, e os olhos brilhavam".

— Bem, esse é o caso daquele túmulo, sr. Lake; um caso que não contamos aos visitantes, e eu agradeceria se o senhor não fizesse uso desse relato enquanto eu estiver por aqui. Receio que o sr. Evans pense do mesmo modo que eu, se perguntar a ele.

E foi isso mesmo o que aconteceu. No entanto, mais de vinte anos se passaram e a grama está crescendo por cima de Worby e Evans; logo, o sr. Lake não teve dificuldade de me transmitir essas notas, feitas em 1890. A elas ele anexou um croqui do túmulo e uma cópia da breve inscrição na cruz de metal afixada à custa do dr. Lyall no centro do lado setentrional. Era da Vulgata, de Isaías 34, e consistia meramente de três palavras:

IBI CUBAVIT LAMIA.[2]

[2] "Ali descansará Lilith" (Isaías 34, 14). [N. da T.]

APÊNDICE

Apolônio de Tiana foi um neopitagórico que viveu durante o século I da era cristã. A biografia de Apolônio, a quem se atribuíam vários milagres, foi comissionada ao escritor Flávio Filóstrato o Ateniense (170 d.C.—c. 245) pela imperatriz Julia Domna, segundo alguns historiadores, com o propósito de emular a crescente influência do cristianismo no Império Romano. De todos os relatos da Antiguidade concernentes à lenda de criaturas vampíricas, o que o leitor lerá a seguir talvez seja o mais célebre, figurando em importância ao lado do fragmento de Flégon de Trales. Durante o Romantismo inglês, esta história serviu de base para o poema "The Lamia" (1819), de John Keats. Tradução do inglês de Marta O'Shea e cotejo com o original grego de Beatriz di Paoli

VIDA DE APOLÔNIO DE TIANA

Filóstrato

LIVRO IV, §25

NAQUELE TEMPO, em Corinto, havia um homem chamado Demétrio, que estudava filosofia e que adotara em seu sistema todo o vigor masculino dos cínicos. Posteriormente, Favorino, em várias de suas obras, fez-lhe uma generosa referência, e sua atitude em relação a Apolônio foi exatamente aquela que, segundo se diz, Antístenes assumiu em relação ao sistema de Sócrates: pois era seu seguidor, ansiava por tornar-se seu discípulo, e era dedicado às suas doutrinas, levando para o lado de Apolônio os discípulos mais estimados.

Entre esses últimos incluía-se Menipo, natural da Lícia, de vinte e cinco anos, dotado de bom senso e de um físico tão belo e proporcionado que se assemelhava a um atleta excelente e másculo. Ora, segundo muita gente dizia, Menipo era amado por uma estrangeira, que além de bonita e extremamente elegante, afirmava ser rica; embora, conforme se constatou, ela não fosse nem uma coisa nem outra, a não ser na aparência.

Por certo, quando caminhava sozinho pela estrada que leva a Cencréia, Menipo deparou-se com um espectro, uma mulher que lhe deu a mão, declarou que fazia tempo que o amava, que era fenícia e vivia num subúrbio de Corinto; e mencionou o nome desse subúrbio, dizendo:

— Hoje à noite, quando você chegar a esse lugar, ouvirá a minha voz quando eu cantar para você, e terá vinho para beber como nunca teve, e não haverá rival que o perturbe, e nós dois, lindos seres, viveremos juntos.

O jovem consentiu, pois, embora fosse um filósofo rigoroso, era suscetível à paixão; e visitou-a à noite, e depois procurou constantemente a sua companhia, considerando-a sua amada, pois ainda não percebia que ela era uma simples aparição.

Então Apolônio, à maneira de um escultor, olhou para Menipo, fazendo um esboço do jovem e, tendo percebido seus pontos fracos, disse-lhe:

— Você é um jovem admirável e procurado por mulheres igualmente admiráveis, mas nesse caso está se afeiçoando a uma serpente, e uma serpente se afeiçoa a você.

E quando Menipo demonstrou surpresa, ele acrescentou:

— Essa dama é do tipo que você não pode desposar. Por que você se casaria? Pensa que ela o ama?

— É claro! Por Zeus! — disse o jovem — pois ela me trata como se me amasse.

— E você, então, se casaria com ela? — perguntou Apolônio.

— Ora, sim, porque seria uma alegria casar-me com uma mulher que me ama.

Em seguida Apolônio perguntou-lhe quando seria o casamento.

— Em breve — disse o outro — talvez amanhã.

Por conseguinte, Apolônio aguardou a cerimônia de casamento, e na ocasião, colocando-se diante dos convidados que tinham acabado de chegar, disse:

— Onde está a elegante dama por quem vocês vieram?

— Está aqui — respondeu Menipo, e ao mesmo tempo ergueu-se ligeiramente do assento, ruborizando.

— E a qual de vocês pertence a prata e o ouro e todos os ornamentos do salão do banquete?

— À dama, pois isto é tudo que possuo — respondeu o jovem, apontando para o manto de filósofo que usava.

E Apolônio perguntou-lhes:

— Ouviram falar dos jardim de Tântalo, de como existem e mesmo assim não existem?

— Sim — responderam — nos poemas de Homero, pois decerto nunca descemos ao Hades.

— Assim devem ver esta ornamentação — retrucou Apolônio —, pois não é a realidade, mas a imagem da realidade. E para que constatem a veracidade do que digo, esta noiva admirável é uma das vampiras,[1] quer dizer, um desses seres que muitos conhecem por lâmias e seres maléficos.[2] Esses seres se apaixonam, desejando os prazeres de Afrodite e sobretudo a carne dos humanos; e seduzem aqueles que pretendem devorar em seus banquetes.

E a dama retrucou:

— Pare com esta conversa agourenta e vá embora!

[1] O termo grego é Ἔμπουσα (Émpousa), nome próprio, usado aqui como substantivo comum, e designa uma entidade, ser ou espírito maléfico capaz de assumir várias formas, enviado de Hécate (deusa associada à magia, ao mundo subterrâneo, aos terrores noturnos e às assombrações) e, às vezes, identificado à própria deusa. "Vampira", portanto, seria uma interpretação, já que esse "ser" come a carne humana e, junto com ela, seu sangue. [N. da E.]

[2] O termo grego é μορμολύκη (mormolúke). Segundo Montague Summers: "Outros dos subordinados de Hécate era mormolúke, originalmente um espírito maléfico, hediondo e pernicioso, que se degenerou num boneco feito para assustar as crianças". Ver Montague Summers, *The Vampire in Lore and Legend* (republication of *The Vampire in Europe* (Mineola, N.Y.: Dover, 2001), 2. [N. da E.]

E fingia estar ofendida com o que ouvira, e de fato estava disposta a insultar os filósofos e dizer que sempre falavam bobagens. Quando, no entanto, os cálices de ouro e a prataria provaram ser tão leves quanto o ar e tudo se dissipou, e aqueles que serviam vinho, os cozinheiros e a criadagem desapareceram devido à reprovação de Apolônio, o espectro fingiu que chorava e lhe implorou que não a torturasse e não a obrigasse a confessar o que era, realmente.

Mas Apolônio insistiu e não a deixou impune; e então ela admitiu que era uma vampira, e estava engordando Menipo com prazeres, antes de devorá-lo, pois tinha o hábito de se alimentar de corpos jovens e belos, porque deles o sangue era puro e forte.

Relatei com detalhes, porque era necessário, a história mais célebre de Apolônio; pois muitos a conhecem e sabem que esse incidente ocorreu no centro da Grécia; entretanto, apenas de modo geral e superficial, souberam que ele uma vez surpreendeu e dominou uma vampira em Corinto, mas nunca descobriram o que ela estava prestes a fazer, nem que Apolônio agiu desse modo para salvar Menipo, e devo o meu relato a Damis e à obra que escreveu.

A leitura e a discussão de tratados acadêmicos sobre o vampiro eram relativamente comuns nas universidades alemãs nas primeiras décadas do século XVIII *e logo atraíram a atenção de escritores e outros artistas. Talvez o primeiro e um dos mais notáveis exemplos dessa "transfusão" cultural foi* Der Vampir, *reputado como o primeiro poema com a temática vampiresca da literatura alemã. Em 1748, Christlob Mylius, editor do jornal* Der Naturforscher *(O cientista) encomendou a Heinrich August Ossenfelder (1725—1801) um poema que deveria acompanhar um artigo sobre relatos de ataques vampíricos. Baseado nas lendas húngaras, Ossenfelder compôs um poema no qual prenunciava os elementos de desejo e morte mais tarde indissociáveis no desenvolvimento da* persona *vampírica.*
Tradução de Maria Aparecida Barbosa

O VAMPIRO

Heinrich August Ossenfelder

Minha amada jovem crê
Com constância firme e forte
Nos conselhos dados
Pela sempre piedosa mãe
Que como os povos do Tisza
Fielmente acredita
Em vampiros mortais.
Mas espere só, Cristina,
Tu não queres me amar;
Pois hei de me vingar,
E hoje brindo um tocai
À saúde de um vampiro.

E enquanto suave adormeces
De tuas faces formosas
Sugo o púrpuro frescor.
Então tu vibrarás
Assim que eu te beijar,
e qual vampiro beijarei:
Tão logo sucumbas
E lânguida em meus braços,
Como morta cedas
Nesse instante indagarei,
não superam minhas lições
as de tua bondosa mãe?

Publicado pela primeira vez no Göttinger Musenalmanach *(Almanaque das Musas), em 1774, "Lenore" causou enorme sensação na Alemanha e na Inglaterra, onde teve várias traduções a partir de 1790. O jovem Shelley era de tal modo fascinado pelo poema que possuía, de acordo com Thomas Medwin, primo e primeiro biógrafo de poeta, "um manuscrito completo do poema, que ele copiou de seu próprio punho". Gottfried August Bürger (1747—1794) foi um dos integrantes do movimento "Sturm und Drang" (Tempestade e ímpeto), e assim como Goethe, influente na estilização da temática folclórica e popular em forma de balada. Compôs sonetos petrarquianos e verteu para o alemão* Reliques of Ancient English Poetry, *de Thomas Percy, vasta coleção de baladas tradicionais inglesas e escocesas. Tradução de Maria Aparecida Barbosa.*

LENORE

Gottfried August Bürger

Lenore desperta à alvorada
Por tristes sonhos agitada:
"És infiel, Guilherme, ou estás morto?
Tardas ainda a voltar?"
No exército do Grande Frederico
Partira à batalha de Praga:
E ele nunca notícia deu
Se são sobreviveu.

Da infindável contenda
Fartos, o rei e a imperatriz
Os ânimos ferozes abrandam
E a paz finalmente selam;
Heróis em alarido e alvoroço
Ao som de fanfarra, repique e rojão,
Regressam aos próprios lares,
Ornados com ramos verdes.

Por toda a parte, ruidosos,
Apinhavam-se moços e velhos
Ao encontro dos recém-chegados
Em praças, caminhos e trilhas.
"Graças a Deus!", gritava filho e esposa,
"Bem-vindo!", saudava a noiva rindo.
Mas coube à pobre Lenore
Em vez de beijo, só dor.

As fileiras percorria, ligeiro,
Indagava do noivo guerreiro,
Mas ninguém que vinha
Sequer notícia tinha.
E tão logo saía a tropa,
Ela à poeira se joga
E arranca tufos do negro cabelo,
Delirante e desconsolado apelo.

A mãe aflita acode:
"Oh, Deus, misericórdia!
Que tem minha pobre criança?"
E ternamente a abraça.
"Mamãe, mamãe! Eu o perdi, está morto!
De mim Deus não tem compaixão
Deus é vã promessa, não consolo!
Ai que dor, ai que dor, meu desvelo!

"Senhor, valha-me Senhor!
Tende piedade de nós!
Filha, ore o padre nosso,
Deus sabe bem o que faz."
"Mamãe, mamãe! Que delírio!
Solidão, sim, é o divino desígnio!
De que me serve, pois, reza
Se Deus não concede fortaleza?"

"Valha-me, Senhor, valha-me!
Quem crê, confia qu'auxilia.
O supremo sacramento
Há de lenir teu sofrimento!"
"Mamãe, mamãe! Mia ferida
Não há sacramento que atenue!
Pois nenhum sacramento restitui
Aos mortos novamente a vida."

"E se o traidor, minha filha,
Na fria e remota Hungria
Ante os sagrados votos, omisso,
Assumiu novo compromisso?
Esqueça, criança, te acalma,
O noivo não te merece mais.
Tão logo se apartem corpo e alma
Sua consciência não terá paz."

"Mamãe, mamãe! Morte é fim!
Perdida pra' sempre, ai de mim!
Minha única esperança é a morte!
Quisera ter tido outra sorte!
Esmaeça, chama vital!
Que eu pereça em morte obscura!
Deus é vã promessa, não consolo!
Ai que dor, ai que dor, meu desvelo!"

"Valha-me, Senhor, valha-me! Por ora
Não julgue Sua pobre criatura!
Das palavras não tem consciência,
Não lhe guarde os pecados que inflige.
Ah! Esqueça a dor terrena, criança,
Pense em Deus, na dádiva infinita!
Talvez te seja dada na altura
A graça do noivo celeste."

"Oh mãe! O que é ventura?
Oh mãe! O que é inferno?
A vida com ele é ventura!
Sem Guilherme, ao contrário, é inferno!
Esmaeça, chama vital!
Que eu pereça em noite obscura!
Na terra, no céu tampouco,
Sem ele eu vivo em paz."

Ela assim contra Deus investiu,
Em veia e artéria a ira pulsou,
Desafiando nisso a Providência
Com insana e furiosa insolência;
Martirizou-se, lanhou-se
O corpo, os braços até cair a noite,
Até surgirem estrelas douradas
Lá longe, no firmamento.

Um ruído ecoa, poc, poc, poc,
Cascos de cavalo em marcha.
Retine a armadura, quando alguém apeia
E sobe acima os degraus;
Ouça, ouça! Soca a aldraba,
Suave seca, à socapa!
Pela porta, nítidas
Adentram as seguintes palavras:

"Olá, olá, meu bem! adivinha quem vem...
Velas no leito ou estás a dormir?
Que sentes por mim agora?
Choras saudosa ou sorris prazerosa?"
"Ah, Guilherme, és tu? No meio da noite!
Eu chorava e ansiava
Sofri com tua ausência
Donde vens das trevas cavalgando?"

"Nós não selamos, senão à meia-noite.
Dos confins da Boêmia a galope,
Bem tarde pus-me a caminho
E quero levá-la comigo!"
"Ah Guilherme, entra um instante!
Sinto o vento na floresta silvando,
Me abrace apaixonado não conteste,
Amado, eu quero aquecer-te!"

“Que silve na floresta o vento!
Que silve, criança, o relento!
O cavalo impacienta, a espora afoita,
Não é dado que eu cá pernoite.
Venha, te avie, te alce e te lance
À garupa do meu cavalo
Cruzarei inda hoje cem milhas
Contigo ao leito de núpcias.”

“Ah, queres cem milhas cruzar
Inda hoje ao leito me levar?
Ouça! Da meia-noite perdura o som,
Sinos ao longe percutem.”
“Olhe lá, olhe só! A lua resplandece.
Nós os mortos cavalgamos velozes.
Que hoje te levarei com gosto
Até nosso leito nupcial.”

“Diga, onde é tua morada?
Onde? Como é a cama do casal?”
“Longe, longe daqui! Silente, rente, fininha!
Seis tábuas, duas tabuinhas!
“Tem lugar para mim?”, “Pra’ ti e pra’ mim!
Venha, te avie, te alce e te lance!
A porta está aberta,
Os convivas esperam.”

A jovem aviou-se, alçou-se e lançou-se
À garupa do encantado corcel
Com as cândidas mãozinhas cingiu,
Se agarrou ao amado cavaleiro.
Eia, eia, eia, poc, poc, poc!
Desabalava zunindo em galope,
Que garanhão e ginete bufavam,
Cascalho e faísca espalhavam.

Como à esquerda, à direita
De passagem a seus olhares
Voavam poços, pastos, plantas,
Retumbavam pontes!
"Tens medo, querida? A lua resplandece!
Hurra! Mortos cavalgam veloz!
Tens medo, querida, dos mortos?"
"Ah não! Os mortos, deixemos em paz!"

Que canto ou réquiem plange além?
Que bandos de corvos revoam?
Ouça o som dos sinos! Ouça o canto fúnebre:

"É hora de enterrar o corpo!"
Um cortejo se arrasta moroso,
Mortalha e ataúde carrega.
O réquiem se assemelha
A presságios soturnos, sombrios.

"Passada a meia-noite, o defunto enterre
Com canto, cantata e coro.
À morada levo mia jovem esposa
Junto comigo à cama dos noivos!
Vem, sacristão! Por aqui com o coro!
Nos entoe um hino de celebração,
Antes de nos deitarmos, avance o coro,
Cante um réquiem de consagração."

Queixas, cantos se calam. Some o caixão.
Acatando resignado ao convite
Vem, hurra, hurra! Em corrida veloz
Apertando-se às espáduas do cavalo,
E sempre avante, poc, poc, poc!
Desabalava zunindo em galope
Que garanhão e ginete bufavam,
Cascalho e faísca espalhavam.

Como voavam à esquerda, voavam à direita
Montanhas, árvores, matas!
Como voavam à esquerda,
À esquerda e à direita
Vilas, burgos, cidades.
"Tens medo, querida? A lua resplandece!
Tens medo, amor, dos mortos também?"
"Ah, deixemos os mortos em paz!"

Olhe lá! Olhe lá! No patíbulo
Dançam, rodeiam a engrenagem
Círculo de espíritos funestos,
Visível à luz do luar. "Sassa!
Fantasmas, venham cá!
Fantasmas, me sigam!
Dancem danças de rodas,
Que é noite de nossas bodas."

E o bando agourento vupt, vupt, vupt!
Vem atrás estrepitante,
Qual redemoinho através de aveleiras
Pelas folhagens secas, crepitante.
Eia, eia, poc, poc, poc!
Desabalava zunindo em galope
Que garanhão e ginete bufavam,
Cascalho e faísca espalhavam.

Como voa o que a lua alumia!
Como voa tudo à distância!
Como voam as estrelas céleres
Sobre suas cabeças lá no céu!
"Tens medo, amor, também? A lua
[resplandece!
Hurra! Mortos cavalgam veloz!
Tens medo, amor, dos mortos também?
Que nada, deixe os mortos em paz!"

Eia, eia, cavalo! É hora de o galo cantar
Breve toda a areia terá transcorrido.
Eia, eia, cavalo! Sinto o orvalho matinal.
Eia! Siga adiante!
Cumprimos, cumprimos o percurso!
Vislumbro ao longe nosso pouso!
Mortos cavalgam velozes!
Cá estamos, cá estamos nós!"

Em carreira se batem ao portal
À brida, grades férreas rompem.
Cortando os ares, oscila a vergasta,
Que o empecilho lesto afasta:
Ferrolhos rangentes, batentes se abrem
No afã da abalada sobre túmulos seguem
Que aos poucos se distinguem
Em torno ao matinal clarão.

Olhe só, olhe lá! Que visão,
Uu, uu! Assombroso prodígio:
A armadura do brioso
Qual isca podre se rompe.
A cabeça tornada em caveira,
Descarnada sem miolo, sem pelo,
E o corpo todo esqueleto
Munido de foice e ampulheta.

Empina bufando o negro corcel
Faíscas de fogo lança o tropel.
Ai! Retorce e contorce para baixo
Afunda na terra profunda.
Horror! Horror se espalha aos ares
Gemidos se elevam das tumbas.
E o coração de Lenore
Palpita entre a vida e a morte.

Espíritos em círculo voluteiam,
Ladainha e arenga lamentam
Em grêmio ao brilho do luar
Uma macabra dança a urdir:
"Paciência! Paciência! Contra Deus não
[blasfeme jamais!
Nem com o coração em agonia!
Pois aí tens escoltado o corpo à terra fria,
À alma que Deus conceda paz!

Escrito em 1797, Die Braut von Korinth *gozou de enorme popularidade e influenciou muitos escritores, não apenas por franquear à temática vampírica um lugar de destaque na literatura alemã, mas também por ajudar a delinear e cristalizar o elemento sexual subjacente ao vampiro. A inspiração de Goethe para a elaboração desse poema foi a história da jovem Filinion, que retorna da morte para desfrutar dos prazeres que lhe foram negados em vida. A história original, elaborada a partir do folclore grego, é de Flégon de Trales, escritor grego que viveu no século II da era cristã, e encontra-se em seu tratado* De Mirabilibus *(Livro das maravilhas). Tradução de Maria Aparecida Barbosa.*

A NOIVA DE CORINTO

Johann Wolfgang von Goethe

De Atenas provindo, a Corinto
Chega um jovem que desconheciam,
Como hóspede em domo distinto.
Os dois pais sempre se recebiam,
Ambos desde cedo
O moço e a moça
Noivo e noiva já se prometiam.

Mas será ele também lá bem-vindo,
Se boas graças nunca conquistou?
Com seus gentios é pagão ainda,
E o da casa em Cristo batizou.
Nova fé que fulge
Contra amor insurge
Qual erva daninha logo se arrancou.

A casa inteira repousa, é tarde,
Pai, filha, só a dona domina;
Que recebe o moço com boa-vontade,
Logo o melhor quarto ela lhe destina.
Uma ceia ostenta,
Bem alojá-lo tenta:
Depois diz boa noite, sai em surdina.

Entretanto o apetite é perdido
Farta refeição posta, a despeito;
Extenuado, dos comes abstido,
Mesmo vestido se faz ao leito;
Quase ele cochila,
Mas a porta estila
Esgueira-se ao quarto um afeito.

Ao clarão da luz, vê se insinuar
Pelo quarto, moça virginal
Brancos véus a acobertar,
Cingindo a fonte preto-ouro xal.
Tão logo o vislumbra
No canto à penumbra,
Espanta, mão alva eleva ao alto.

"Sou por acaso estranha", diz ela,
"Que do hóspede nem tenho notícia?
Ah, assim mantêm-me eles na cela!
Por isso cometo a inconveniência.
Prossiga dormindo
Me esquivo, vou indo,
Saio como vim, peço licença."

"Fique, jovem!" — grita o rapaz
Veloz num só pulo de seu tálamo:
"De Céres e Baco, as oferendas
Tens. E agora o amor traz teu âmago.
O susto te descora
Vem, não vá embora,
Deleitemos dos deuses o júbilo!

"Fique longe, mancebo! Parado!
Não me é permitida a ventura.
Fatal passo, ah! já foi dado.
Boa mãe doente em insânia pura
Caso convalesça
A promessa faz:
Que consagra filha aos céus em jura.

De deuses antigos o cortejo
Proscrito, a casa silencia logo.
Invisível um uno em adejo,
O salvador na cruz está morto.
E o imoleiro,
Não rês ou cordeiro,
Mas, seres humanos tem sacrificado.

Ele indaga as palavras pesando,
Que jamais com o espírito desavêm:
É possível ter num ermo aposento
Minha noiva em pessoa ante mim?
"Seja minha, criança!
Os pais com a fiança
As bênçãos celestes nos concedem."

"Coração, não é a ti que destino!
É a mana que te hão de atribuir.
Enquanto na cela nefasta amofino,
Lembre de mim um dia no porvir,
Que só penso em ti
Pelo amor sofri
E a terra em breve há de cobrir!"

"Não! Eu juro, com a mão sobre o fogo
Vontade paterna compartilhar;
Nem perdida ou desdita, te rogo,
Vem para a casa comigo viajar.
Fique! Eu te peço!
Um sonho confesso
Nossas núpcias em festim celebrar!

E trocam eles prendas de amor:
Ela dá-lhe um dourado adereço,
Por sua vez, faixa de prata cor,
Presenteia-lhe em terno apreço.
"Não é meu o xale!
Mas muito me vale!
Dê-me uma mecha de teu cabelo."

Dos fantasmas soa a fúnebre hora,
Só agora ela torna-se langue.
Ávida sorve a pálida boca
Sôfrega o vinho tinto qual sangue:
Mas de trigo o pão,
Que o gentil em vão,
Lhe oferece, ela sequer o tange.

Estende ela o cálice ao moço,
Que ardente o esvazia num gole.
E suplica a cear licencioso;
Amor, que seu coração console.
Mas ela resiste,
Ao que insiste,
Até que na cama em pranto implore.

Aproxima-se ela, ajoelha:
"Desatino é ver teu sofrer!
Satisfaça-te e toque-me e olhe
Esses membros que estou a esconder.
Clara como a neve,
Mas fria como deve
A amada que vens de eleger."

Ardente a cerra, abraço viril,
Intenso a estreita, a inunda:
"Eu desejo aquecê-la do frio,
Mesmo que tu me venhas da tumba!
Um beijo fervente!
Anseio eloquente!
Não te queima uma paixão profunda?"

E selando em êxtase o amor,
Lágrimas ao desejo se mesclam;
Suga-lhe ela à boca o calor,
Presos um ao outro se infundem.
Seu ardor feroz
Anima-a voraz;
Não lhe pulsa o coração, porém!

Nisso a mãe pela casa vagueia
Sempre alerta, tão tarde em ofício,
Detém-se escutando à soleira,
Um singular gemido e bulício.
Em pleno alvoroço
A moça e o moço
Indícios de amor em balbucio.

Ela imóvel detém-se ao umbral,
Suspeita mas reluta uma vez,
Cisma e apura paixão cabal,
Que evoca a sanha cupidez —
"O galo canta, amada! —
Mas noutra madrugada..."
Beijos, beijos. "Tu vens, talvez?"

Não contém a raiva em delonga,
A porta ela abre de chofre:
"Há cá nesta casa songa-monga,
Que ao forasteiro se oferece?"
Entra e ojeriza,
Ao clarão divisa —
Santo Deus! A filha reconhece.

O jovem no primeiro espanto
Tenta com o véu a impudente,
Com o tapete, cobrir-lhe o desmanto;
Mas ela se ergue logo saliente.
Como um fantasma
Que do alto plasma
Longa e lenta, plana ao leito.

"Mãe, mãe!" Diz com voz de sepulcro,
"Você quer ser desmancha-prazer?
Tira-me ao tépido e pulcro!
Me acorda para arrefecer?
Como se não basta,
Quando inda casta,
Você cedo ao túmulo me poer?

Mas uma lei bem própria me expulsa
Me liberta da baldia prisão.
A cantilena sacra é insulsa,
A mim sequer comove oração;
Salmodiou sem efeito
Se os jovens a eito;
Ah! Terra não esmorece paixão.

Esse moço me foi prometido,
Nos bons tempos do templo de Vênus.
Mãe, contudo foi o voto rompido,
Pois o alheio e falso os seduz!
Mas nenhum deus ouve,
Quando a madre ousa
Recusar à filha as bodas de jus.

Da sepultura lançada à vida,
À procura do anelado bem,
Por perdido ser inda querida
Aspirar todo o sangue que tem.
Quando ele morrer,
Mais hei de querer,
Sedenta, a debelar gente jovem.

Tanto não viverás!
Definhas-te, aqui neste lugar, meu belo;
Ofertei-te minha correntinha
Comigo guardo a mecha com zelo.
Veja-lhe ademãs,
Depois, meras cãs!
Lá insosso e sem cor será o pelo.

“Ouça, mãe, a prece derradeira:
Minha última morada abre!
Então arme uma grande fogueira,
Os amantes nas chamas, descanse!
Chispa resplandece,
Brasa incandesce,
Devoltamos à crença fagueira.”

Escrito em duas partes a partir de 1795, mas publicado apenas em 1816, esse poema inacabado foi a principal inspiração de Sheridan Le Fanu para a sua novela Carmilla. *Embora a palavra "vampiro" não seja mencionada uma só vez, não resta dúvida de que Coleridge a tinha em mente enquanto compunha "Christabel"; e a crítica alemã posterior sublinhou a influência da "Lenore" de Bürger sobre a célebre composição de Coleridge. A densa atmosfera de sonho desse poema e o sutil erotismo associado à personagem vampírica de Geraldine marcaram época na poesia de língua inglesa. Tradução de Bruno Gambarotto.*

CHRISTABEL

Samuel Taylor Coleridge

PARTE 1

Chegava ao meio a noite no relógio do castelo,
As corujas já despertavam o galo que cantava,
Tu-ui—Tu-uu! Tu-ui—Tu-uu!
Escutemos, pois o galo enceta a clarinada rouca,
A clarinada preguiçosa que cantava.

Sir Leoline, senhor barão no pariato,
Entre os seus contava com um mastim sem dentes,
Cadela que atrás dos muros abrigava em um canil
E que latia sempre que o relógio badalava —
Quatro vezes para quinze, doze davam a hora;
E quando dezesseis uivares emitia, nunca agudos,
Era a dama que corria com seu manto, assim
[diziam.

Era noite fria? Era noite escura?
Que seja fria, sem dizer escura.
Uma leve nuvem gris se estende pelo alto,
Mantilha que vela sem dissimular o céu.
A lua cheia brilha, é reluzente e clara;
Ainda que se mostre à míngua, em formas vagas.
A noite fria, a nuvem gris e fina:
O calendário marca o mês de abril,
Enquanto a primavera segue calma o seu caminho.

Uma adorável dama, de nome Christabel,
Que do pai barão recebe tanto amor —
O que faz a dama pelo bosque à alta noite,
A duzentos passos da muralha do castelo?
Foi na noite anterior que se lhe deu o sonho,
Sonho em que surgia o cavaleiro que amava;
E ela à meia-noite sai por entre os bosques,
Para rezar a ele que em seu peito cultivava.

Era ela que vagava pela noite sem alardes,
A respiração baixa, de suspiros inauditos,
E não havia verdura que ao carvalho restasse,
Nada, exceto o musgo e um raro visgo:
De joelhos abaixo do carvalho portentoso,
Em silêncio Christabel iniciava sua prece.

E então a donzela subitamente se levanta,
A adorável senhora de nome Christabel!
Perto dela se ouvia um lamento, bem perto,
Mas não era dado à donzela saber o que era —
Lamentos que pareciam surgir do outro lado,
Do outro lado do velho carvalho mencionado.

Era a noite fria na floresta, de verde cerrada;
É o vento que uiva? É o vento que trinca?
Ao ar não resta brisa, ou vento que mova
As madeixas de anelados cachos
Do semblante de nossa adorável donzela —
Não há vento ou brisa que baste e torça
A nobre folha rubra, folha derradeira
Que sobra e dança o quanto pode a leve

Dança, e que no galho mais alto farfalha
E balança com somente o céu de testemunha.
Cala o medo do teu peito, bela Christabel,
Jesus, Maria e José! deem-lhe guarida,
A ela que cruza os braços sobre o manto,
A ela que desliza ao outro lado do carvalho.
O que ela encontra ali?

Ali encontra uma formosa senhorita,
Vestida em brancas sedas ao luar,
Sedas cujos fios, embora à sombra, brilham:
Seu pescoço faz vergonha à bela fábrica,
Pescoço reto e desnudo como os braços,
Como os pés, ornados de veias azuladas;
E aqui e ali luziam belas pedrarias,
As gemas que a seus cabelos se prendiam.
Penso comigo, que visão mais terrível,
Dar ali com uma donzela tão formosa —
De uma beleza sem igual!

Nossa Senhora, intercedei por nós!
(Assim dizia Christabel), Quem és tu?
A misteriosa senhorita respondeu então,
E mal se ouvia sua voz, de tão doces tons —
Tem piedade dos males que me assolam,
Males tantos que mal posso descrevê-los:
Estende a tua mão, não tenha medo!
Como aqui chegaste?, perguntava Christabel,
E a donzela, sussurrando sua voz tão doce,
Assim produziu a resposta:

Nasceu meu senhor da mais nobre linhagem,
E Geraldine foi o nome que me deram:
Cinco soldados ontem me levaram,
Eu, que sou apenas uma virgem infeliz:
E os cinco me arrancaram lágrimas de medo,
E os cinco me ataram a um cavalo branco,
Cavalo que corria como um vento,
Com cinco furiosos a cavalgar em seu encalço.

Com toda a força eles esporavam seus cavalos:
E assim cruzamos pelas sombras noite adentro.
Tão certo quanto o Céu que pode me salvar,
Não tenho ideia de quem eram aqueles homens;
Nem sei ao certo quanto tempo cavalgaram
(Pois julgo ter caído em transe);
E num instante, um dos cinco, deles o mais forte,
Colocou-me sobre as costas do cavalo,
Uma mulher assustada, por pouco não morria!
E assim trocavam entre si palavras sussurradas:
E então me colocaram sob os galhos do carvalho;
Prometeram não tardar em seu retorno;
Mas aonde foram, ninguém pode precisar.
Penso que escutei, há alguns minutos,
Sons que ecoavam como o sino de um castelo.
Estende a tua mão, (assim ela encerrava),
E ajuda a fuga de uma dama em desespero.

E assim Christabel estendeu a sua mão,
Acalmando os temores da virgem Geraldine:
Ó boa e bela senhorita! É possível que possas
Te valer dos bons préstimos de Sir Leoline;

E de bom grado nossa vigorosa cavalaria
Ele enviará, com seus valorosos companheiros,
Para conduzi-la e confiá-la em liberdade
Aos portões do lar de seu senhor tão nobre.

Ela se ergueu: e seguiram passo a passo
Sua marcha leste, mas nem por isso fácil.
À boa sorte a formosa Geraldine agradeceu,
E disse então a adorável Christabel:
A nossa criadagem toda dorme,
Tão quieto, o átrio mais parece um monastério;
Sir Leoline está com a saúde fraca,
Não devemos perturbá-lo em seu descanso,
Mas nós seguiremos a passos leves,
E a ti peço a compreensão de, nesta noite,
Dividir comigo a cama.

Elas cruzaram o fosso, e Christabel
Então tomou a chave que melhor cabia;
Foi assim que abriu uma portinhola,
Que se abria bem no meio do portão;
Portão de ferro trespassado dentro e fora,
Por onde as hostes de um exército passaram.
A dama desfalecia, provavelmente de dor,
E Christabel, usando de toda a força que restava,
A ergueu, como ela muito lhe pesasse,
Atravessando com ela a linha do portão:
Então a dama mais uma vez se levantou,
E seguiu, como se a dor já não sentisse.

Assim, livres do perigo e dos temores,
Cruzaram tranquilas o pátio do castelo.
E Christabel disse tais palavras reverentes
À bela senhorita que a acompanhava,
Louvemos a Virgem diva Mãe de Deus
Que te salvou de tantos padeceres!
Santo Deus, Santo Deus!, disse Geraldine,
Tais tormentos não consigo expressar!
Assim, livres do perigo e dos temores,
Cruzaram tranquilas o pátio do castelo.

Fora de seu canil, lá estava o velho mastim,
Deitado em seu profundo sono, sob a lua fria.
A velha cadela não parecia acordar,
Porém que terríveis uivares produzia!
O que poderia atormentar o velho mastim?
Jamais haviam escutado os uivos da cadela
Perante os olhos da formosa Christabel.
Talvez fossem os chilreados da coruja:
O que poderia atormentar o velho mastim?

Elas atravessaram o átrio, sem eco ou ruído,
Ambas com leveza que se pode imaginar!
As tochas estavam fracas, perto de apagar,
Jazendo em meio a suas cinzas brancas;
Mas quando a dama passava por elas, saltou
Uma língua de fogo, a chama crepitava;
E Christabel então fitou o os olhos da donzela,
E nada mais se viu dali em diante,
Exceto o escudo ornado do barão ao alto,
Pendurado em um velho nicho da parede.
Ó mantenha o passo leve, dizia Christabel,
Que a tranquilidade o sono de meu pai não vela.

A doce Christabel, de pés descobertos,
E preocupada com os menores ruídos,
Elas fizeram seu caminho degrau a degrau,
Ora à penumbra, ora à luz que crepitava,
E assim passaram pelo quarto do barão
De peito opresso, tão quieto quanto a morte;
E assim alcançaram as portas de seu quarto
E Geraldine colocou os pés no junco
Que cobria o chão do aposento.

A lua reluzia tíbia entre as nuvens do céu,
Sem que seus raios atravessassem as janelas.
Mas ainda assim elas conseguiam ver
Os adornos ricamente talhados nas paredes,
Repletas de estranhas e doces figuras,
Todas concebidas pela mente do artista
Para ornar o quarto da formosa donzela:
O lustre, de duas carreiras de prata produzido,
Estava unido aos pés de um querubim.

Era fraca a luz que ao lustre queimava;
Mas Christabel logo iria reacendê-la.
Ela reacendia o lustre, e ele então luzia,
Com as luzes tremulando de um lado a outro,
Enquanto Geraldine, em terrível apuro,
Desfalecia, caindo ao chão logo abaixo.

Ó Geraldine, tão exausta senhorita,
Por favor, bebe deste licor revigorante!
É um licor de poderes muito eficazes,
Minha mãe o fez de flores selvagens.

E sua mãe terá misericórdia de mim,
De mim, que sou uma virgem miserável?
Christabel respondeu — Oh desgraça!
Ela morreu no instante em que nasci.
Soube da boca de um monge grisalho
O que ela disse em seu leito de morte,
Que ela escutaria o sino do castelo
Badalar doze vezes em meu dia de casar.
Ó mãe querida! Oxalá estivesse aqui!
Como gostaria que estivesse, Geraldine disse.

Mas logo com voz alterada ela disse —
"Fora, mãe morta, mãe desgarrada!
Com meus poderes posso afugentá-la!"
Oh, o que atormenta a pobre Geraldine?
Por que olha com este rosto inquieto?
Pode ela ver os espíritos desencarnados?
E por que com voz rouca ela dizia,
"Fora, mulher, fora! Este é meu momento —
Ainda que dela seja a alma guardiã,
Fora, mulher, fora! A mim ela me foi dada"?

Então Christabel ajoelhou-se a seu lado,
E aos céus levou seus olhos tão azuis —
Oh!, disse ela, malfadada caminhada —
Querida senhora, ela te destemperou!
A donzela então limpou a fronte fria,
E desfalecendo disse, "Tudo se acabou!"

Mais uma vez ela bebeu do licor de flores:
Seus belos olhos ganharam novo brilho,
E do chão a que outrora se entregara,
A altiva senhora então se levantou:
Ela oferecia a mais incrível das visões,
Como se viesse de uma terra distante.

E assim a donzela altiva disse —
"Todos eles que vivem no alto céu,
Todos te amam e admiram, Christabel!
E você os ama e admira, e em seu nome
E pelo bem de que estou investida,
Eu mesma, apesar de minha situação,
Tentarei retribuir-lhe, Ó virgem pura.
Mas agora, por favor, despe-te; pois eu
Devo rezar, antes de à cama me entregar."

Disse Christabel, que seja assim então!
E como lhe foi pedido, ela o fez.
Seu belo corpo ela logo despiu,
E então se deitou em sua perfeição.

Mas por sua mente, de boa e má sorte
Muitos pensamentos se agitaram,
Que inútil seria seus olhos se fecharem;
E assim a meio caminho de se deitar
Ela se ergueu, apoiada em seu cotovelo,
Para observar a donzela Geraldine.

Abaixo do lustre a dama se curvou,
E lentamente seus olhos se viravam;
E então fazendo cessar a respiração,
Como alguém que treme, ela desfez
A fita que trazia logo abaixo do colo:
Seu vestido de seda, e a anágua,
Caíram a seus pés, e inteira à mostra,
Oh! Seu peito e suas costelas —
Visão de sonho, não há palavras para ela!
Ó cubra-a, por favor, querida Christabel!

No entanto Geraldine não falava,
Tampouco se mexia — Oh! Que olhar frio!
Geraldine parecia tão aflita
Como carregasse dentro de si algo terrível,
E fitou a virgem e assim se deteve;
Porém subitamente, como fosse desafiada
E se contivesse em seu orgulho e desdém,
Ela se deitou ao lado da Virgem! —
E tomando a jovem em seus braços,
Ah, Meu Deus!
E com a voz baixa e os olhos cheios
De tristeza, estas palavras ela disse:
"Dentro deste peito existe uma maldição
Que é senhora de tuas palavras, Christabel!
Tu agora sabes, e saberás no dia de amanhã,
A marca de minha vergonha, o selo desta dor;
Mas tua luta é vã,
A tuas palavras
Ninguém dará ouvidos,
Que na floresta escura,

Tu escutaste um triste lamento,
E encontraste uma donzela de beleza sem par;
E a trouxeste contigo por amor e caridade,
Para dar-lhe guarida e protegê-la nesta fria noite."

CONCLUSÃO DA PRIMEIRA PARTE

Era belo de se admirar
A dama Christabel, enquanto
Rezava sob o velho carvalho.
Em meio a sombras crispadas
E galhos em que só musgo havia,
Ajoelhada à luz da lua
Fazendo seus votos gentis;
Suas mãos lisas, as palmas unidas,
Por vezes ao peito levadas;
Seu rosto, de êxtase e pesar assinalado —
Seu rosto, Oh! tão belo, nunca descorado,
E seus olhos como estrelas, de tão claros,
Ambos mergulhados em lágrimas.

De olhos abertos (Oh desgraça!)
Dormindo, perdida em pesadelos,
Horrores sonhando, e ainda, juro,
Sonhando apenas aquilo que —
Ó dor e vergonha! Não pode ser ela,
A dama ajoelhada sob os galhos do carvalho!
Oh! A responsável por esse mal,
Que segura a virgem em seus braços,
Parece dormir calma e tranquila,
Como a mãe que acolhe a filha.

Uma estrela se pôs, outra nasceu,
Ó Geraldine! Em teus braços
A adorável donzela encontrou prisão.
Ó Geraldine! Era teu o momento,
Era tua a vontade! Em lagos e riachos,
Os pássaros da noite todos se calaram.
Mas agora todos surgem revigorados,
Pelas colinas e torres, tu-uu!
Tu-uu! Tu-uu! Nas florestas e clareiras!

Mas vejam! A dama Christabel
Emerge lassa de seu transe;
Seus membros, seu semblante
A um só tempo triste e calmo,
De delicadas pálpebras, úmidas de lágrimas —
Nas lágrimas pesadas vê-se o brilho de seus cílios!
E não obstante um sorriso parece surgir,
Como as crianças acordadas por uma súbita luz!

Sim, ela sorria e ela chorava,
Como uma jovem ermitã, bela
E ao deserto abandonada,
Que, rezando sempre, dormindo rezava.
E se ela se movia inquieta, por acaso,
Era apenas o sangue que, tão livre,
Refluía para lhe agitar os pés.
Sem dúvida, era bela sua imagem.
E se lá estivesse sua alma guardiã,
Se ela soubesse de sua mãe por perto —
Mas disso, em alegrias e tristezas, ela sabia,
Pois os santos nunca tardam a socorrer-nos:
E o céu azul cobre a todos nós.

Ao toque dos sinos da manhã, dizia o barão,
Nos curvamos ao mundo que a morte anuncia:
Estas palavras foram as primeiras de Sir Leoline,
Quando se levantou e deu com a esposa morta:
Estas palavras Sir Leoline dirá ainda
Muitas manhãs até que chegue a sua hora.

E assim fizeram valer a lei e os costumes
Que pela manhã faziam a paz do sacristão,
Ele que fazia soar os carrilhões —
As quarenta e cinco contas que o digam
Entre cada toque — os dobres de aviso,
Que não deixavam escolha aos ouvidos
De Bratha Head a Wyndermere.

Dizia Bracy, o Bardo — Que os sinos dobrem!
E que o preguiçoso sacristão ainda os conte
Tão lento quanto possa sua afamada lentidão!
Penso não haver o que falte a preencher
O silêncio que tanto pesa e demora.
Em Langdale Pike e Witch's Lair,
E Dungeon-ghyll, tão tristemente rendida,
Com cordas de pedra e sinos de ar
As almas de três coveiros, de pecado perdidas,
Respondem, um após o outro, as notas soturnas
De seu irmão em vida — e não raro, pelos dobres
Ofendido, assim que seus três repiques findam
O diabo faz graça do conto dolorido
Com seus felizes carrilhões de Borodale.

O ar imóvel! Pela névoa e pelas nuvens
Aquele feliz repique vem soando alto;
E Geraldine se desfaz de seu pavor
E desperta tranquila, da cama levanta;
Veste a seda branca do vestido,
E os cabelos prende em lindo arranjo —
Mas nada que ponha em dúvida seu feitiço
Faz com que a formosa Christabel acorde.
"Dormes, linda e adorável Christabel?
Estou certa de que descansaste."

E Christabel acordou; e lá estava
Aquela que ao seu lado se deitou —
Ou antes, aquela que havia levado
De baixo do velho carvalho portentoso!
E ainda mais bela! De beleza sem par!
Como estivesse inteira embebida
De todas as bênçãos do descanso!
E enquanto falava, seus olhos, seus ares
Estavam tão imbuídos de gratidão
Que os laços que cingiam suas vestes
Pareciam não conter seus seios fartos.
"É certo que pequei!", disse Christabel,
"E que o Céu seja louvado caso não tenha!"
E hesitante, muito embora docemente,
Ela saudava a dama altiva, tão confusa
Com os pensamentos que lhe assaltavam
Quanto os sonhos vivos que para trás ficavam.

Tão rápido ela levantou e recompôs
Seus membros nus, tendo rezado
A Ele, que padeceu pregado à cruz,

Para que a lavasse de seus pecados,
Ela conduziu a bela Geraldine,
Para conhecer seu senhor o barão.

A bela virgem e a altiva donzela
Atravessaram juntas o átrio,
E passando por um cavaleiro e seu ajudante,
Adentraram o salão de Sir Leoline.

O barão se levantou, e enquanto apertava
A bela filha entre seus braços,
Com alegre espanto em seus olhos
A senhora Geraldine tudo observa
E saúda do mesmo modo o senhor,
Tal como se esperava de tão bela dama!

Mas quando escutou a história da donzela,
E quando ela lhe disse o nome de seu pai —
O que levou Sir Leoline a empalidecer,
Murmurando este nome sem parar,
Lord Roland de Vaux, de Tryermaine?
Oh! Eles haviam sido amigos de juventude;

Porém, más línguas podem envenenar a verdade;
E a constância vive em reinos superiores;
A vida é dolorosa, a juventude, vã;
E a ira contra alguém que amamos
Pode fazer as vezes da loucura.
Assim aconteceu, como posso imaginar,
Com os amigos Roland e Leoline.
Um disse ao outro palavras da maior ofensa,
Insultando o coração do amado irmão:

E eles partiram — e nunca mais se encontraram!
Nenhum dos dois jamais teria outrem
Que lhes aliviasse as dores do coração —
Distantes, couberam-lhe as feridas abertas
Como montanhas que tivessem se partido;
Um rio de horrores corre entre eles; —
Mas nem calor, tempestade ou frio,
Hão de desfazer, pois assim o suponho,
As marcas do que outrora aconteceu.

Por um instante, Sir Leoline permaneceu
Admirando o rosto da donzela:
E o Lord of Tryermaine, ainda jovem,
Veio mais uma vez a sua lembrança.

E então o barão esqueceu a idade,
Seu nobre coração se inflou de ira;
Ele jurou pelas chagas de Cristo
Que proclamaria em alto e bom som,
Com trompetes e intrépidos cavaleiros
Que eles, que então fizeram mal à dama,
Seriam manchados da maior infâmia!
"E se ousarem negá-lo por acaso,
Meu mensageiro há de ser equipado,
E que os covardes traidores descubram
Meus cavaleiros — e assim que o façam
Irei expulsar suas almas serpentinas
Dos corpos e formas humanas!"
Assim o disse e seus olhos trovejavam!
Pois a dama havia sido capturada sem pena;
E ele havia visto o amigo em sua beleza!

Lágrimas correram pelo rosto do barão,
E com amor em seus braços ele acolheu
A bela Geraldine, que se deu aos abraços,
Prolongando-os com alegria nos olhos.
Diante da cena, a alma de Christabel
Viu-se logo arrebatada de terríveis imagens,
Uma visão de medo, dor e ameaça!
Ela gelou, ela tremeu, e mais uma vez viu —
(Ah, desafortunada! Ó virgem gentil,
Tua graça não merecia tais visões!)
Mais uma vez ela viu o peito antigo,
Mais uma vez ela sentiu o peito frio,
E de seus lábios saíram um som sibilante:
Donde o Cavaleiro voltou-se a ela, ligeiro,
E nada viu, senão sua querida virgem
Com os olhos aos céus, como rezasse.

O furor, a visão, o horror se foram,
E em seu lugar uma imagem de bênção,
Que confortava seu descanso posterior
Enquanto aos braços da dama se entregava,
Arrebatou-lhe o peito — e em seus lábios
E em seus olhos uma luz de alegria surgiu!
"O que incomoda minha amada filha?"
O barão dizia surpreso — e logo Christabel
Respondeu, "Tudo há de acabar bem!" —
E, posso afirmar, não lhe restavam forças
Para dizer o que fosse: era poderoso o encanto.

E quem agora visse a bela Geraldine
Teria a ela atribuído uma força divina:
Dor e graça nela se misturavam,
Como se ela temesse ter ofendido
A doce Christabel, tão formosa virgem!
E com murmúrios ela rogava ao barão
Para ser levada ligeira e sem demora
Para o lar tão querido de seu pai.
"Sim, por minha alma!", disse Leoline.
"Ó Bardo Bracy, que seja tua a incumbência!
Vai, com tua música alta e delicada,
E toma dois corcéis, de soberbos ornamentos,
E leva a jovem a quem você mais ama
Para levar-te a harpa, aprender-te a canção;
E vesti-vos das vestes mais solenes,
E pelas montanhas vos apressais,
Evitando os vagamundos de terras alheias,
Detendo-vos à estrada que o vale cruza,
E quando tiveres atravessado o Irthing,
Meu querido bardo! Apressa teus corcéis
Rumo a Knorren Moor, por Halegarth Wood,
E alcança sem tardar aquele bom castelo
Que segura e ameaça as hostes da Escócia."

Ó Bardo Bracy! Teus cavalos estão prontos,
Sai pelo átrio, com tua música tão doce,
Mais alta que os cascos de teus cavalos!
E alta e mais alta aos ouvidos de Lord Roland,
Tua filha está a salvo no castelo de Langdale!
Tua bela filha está segura, descansa livre —
E Sir Leoline envia as saudações que te trago!
Ele roga que venhas sem tardar
Com tua comitiva numerosa

Para levar sua adorada filha:
E ele então seguirá seu rumo
Com sua numerosa comitiva,
Branca da poeira que levantam seus cavalos:
E, por minha honra!, eu direi
Que me arrependo do dia
Em que disse tais impropérios
A Roland de Vaux, de Tryermaine! —
Pois desde então muitas tristezas
Se passaram, muitos verões se puseram;
E nunca mais encontrei um amigo
Como Roland de Vaux, de Tryermaine."

A dama foi ao chão, apoiou-se aos joelhos
O rosto ao alto, os olhos cheios de lágrimas;
E Bracy respondeu, com voz embargada,
Sua graciosa saudação aos presentes! —
"Tuas palavras, senhor pai de Christabel,
São mais belas que minha harpa pode cantá-las;
E embora tenha de ti recebido a incumbência,
Hoje essa viagem não terei começado,
Tão estranho sonho esta noite me ocorreu,
E que vazei em música da mais sonora
Para livrar a floresta de seu mau augúrio —
De que fui avisado pela visão em descanso!
Pois em meu sonho eu vi uma pomba,
Pássaro gentil, que sei que tanto amas,
E chamas pelo nome de tua própria filha —
Sir Leoline! Eu a vi aos ares voando
E entoando um terrível lamento,
Sozinha em meio ao verde denso da floresta,

Tão terrível que quando eu o escutei,
Pensei no que poderia afligir o pássaro;
Pois nada eu conseguia ver, senão
A grama e o mato sob aquela velha árvore."

"E em meu sonho eu prossegui
Para descobrir o que poderia ser aquilo;
E o que o temor do belo pássaro ocultava,
Ele que do chão em seu voo se aproximava.
Segui e vi, e não consegui atentar
Ao que lhe causava pânico tamanho;
Mas ainda em nome da bela senhora,
Me curvei para tomar a pomba em minhas mãos,
Quando Oh! Vi uma cobra verde e luzente.
Verde como a grama em que descansava,
Perto da cabeça da pomba ela se curvava;
Enrolando-se à pomba com seu peso,
Dilatando seu pescoço junto ao dela!
Acordei; a meia-noite ecoava na torre,
Mas embora perdesse meu sono,
Desse sonho não me esquecia,
Tão vivo permanecia em meus olhos!
E assim, nesse mesmo dia,
Com a música de uma canção sagrada
A floresta percorri para desfazer qualquer mácula."

Assim disse Bracy: e o barão, enquanto isso,
Escutava-o com um leve sorriso no rosto;
E então se voltou à bela Geraldine,
Seus olhos cheios de beleza e amor;

E disse em belas e elegantes palavras,
"Bela virgem, pomba de Lord Roland,
Com braços mais fortes que a harpa ou a canção,
Teu senhor e eu destruiremos a cobra!"
Ele beijava sua testa enquanto falava,
E Geraldine, em seus modos de virgem
Abaixando seus grandes olhos brilhantes,
Com rubores e maneiras elegantes
De Sir Leoline ela se afastou docemente;
E cruzou seus braços ao peito,
Deitou sua cabeça em direção ao colo,
E se assustou com Christabel —
Jesus, Maria e José! Olhai por ela!

Os olhos de uma cobra piscam frios, furtivos;
Assim os olhos da moça das órbitas ausentes,
Ambos transformados nos olhos de uma serpente,
E com algo de malícia e ainda mais de horror,
Com Christabel Geraldine se assustou! —
Um instante — e o olhar desapareceu!
Mas Christabel, em louco transe,
Caiu ao chão, tremendo em meio a gritos;
E Geraldine mais uma vez se virou,
E como algo nela buscasse alívio,
Cheia de espanto e de dor,
Voltou seus grandes olhos brilhantes ao barão.

A virgem, Oh! — já não trazia pensamentos,
Nada via — olhar algum, exceto um!
A virgem, entregue ao pecado e à vileza,
Não sei como, em maneiras terríveis,
Tão envolvida estava naquele olhar,
Mergulhada naqueles olhos de serpente,
Que todos os seus modos se reduziram
Àquela única imagem em sua mente:
E passivamente imitava,
Aquele olhar de frieza, ódio e traição!
E assim permaneceu, em louco transe,
Ainda mostrando aquele olhar terrível
Imbuída do inconsciente feitiço
Diante dos olhos de seu pai —
Como tal olhar podia acometer
Olhos tão azuis e inocentes!

E quando o transe se foi, a virgem
Se deteve um instante, e pediu em seu íntimo,
Caindo então aos pés do barão,
"Pela alma de minha mãe imploro
Que mandes essa mulher embora!"
Ela dizia: e nada mais poderia falar:
Pois o que sabia ela não podia contar,
Subjugada por aquele poderoso feitiço.

Por que teu rosto está tão atordoado,
Sir Leoline? Tua única criança
Jaz a teus pés, tua alegria, teu orgulho,
Tão belo, tão inocente, tão tranquilo;
Ela, por quem tua esposa morreu!

Ó! Pelas dores de sua querida mãe
Não penses mal de tua criança!
Por ela, e por ti, e por mais ninguém,
Ela pediu no momento que precede a morte:
Pediu para que o bebê por quem morria
Fosse a alegria e o orgulho de seu pai!
Pedido que suas dores mortais calaram, Sir Leoline!

E poderias tu descrer de tua única cria,
Tua criança e dela;

No coração e na mente do barão,
Se pensamentos como estes tiveram lugar,
Eles apenas causaram mais confusão.
Fazendo crescer sua fúria e sua dor.
Seu coração estava cindido em dor e fúria,
Seu rosto tremia, seus olhos abertos e injetados,
Tão desonrado se sentia em sua velhice;
Desonrado por sua única cria,
E toda a sua hospitalidade
Dirigida à filha injustiçada de seu amigo
Por mais do que o ciúme da mulher
Assim chegou a um desgraçado fim —
Ele voltou seus olhos com o semblante duro
Sobre o gentil bardo e menestrel,
E disse em tom abrupto e austero —
"Por que, Bracy! Tu te demoras?
Eu te ordeno!" O bardo obedeceu;
E se afastando de sua linda virgem,
O velho cavaleiro, Sir Leoline,
Conduziu a senhora Geraldine!

Uma criancinha, um elfo tranquilo,
Cantando, dançando sozinho,
Uma linda coisinha de rosto rosado,
A quem tudo acorre de bom grado,
Produziu tal visão aos presentes
Que encheu de luz os olhos do pai;
E prazeres correram tão rápido
Por seu coração, que ele enfim
Expressou sem querer os excessos
De seu amor com palavras de amargura.
Talvez seja belo trazer à tona unidos
Pensamentos tão díspares;
Calar e tratar com desdém um feitiço quebrado,
Tratar com pouco desvelo o que mal faria.
Talvez seja adorável e belo
A cada palavra dura sentir
Um doce quinhão de amor e pena.
E então, se em um mundo de pecado
(Como dói a verdade dessas palavras!)
Tal vertigem da mente e do coração
Poucas vezes vem a salvo da ira e da dor,
Que assim se fale da maneira mais usual.

COLEÇÃO DE BOLSO HEDRA

1. *Iracema*, Alencar
2. *Don Juan*, Molière
3. *Contos indianos*, Mallarmé
4. *Auto da barca do Inferno*, Gil Vicente
5. *Poemas completos de Alberto Caeiro*, Pessoa
6. *Triunfos*, Petrarca
7. *A cidade e as serras*, Eça
8. *O retrato de Dorian Gray*, Wilde
9. *A história trágica do Doutor Fausto*, Marlowe
10. *Os sofrimentos do jovem Werther*, Goethe
11. *Dos novos sistemas na arte*, Maliévitch
12. *Mensagem*, Pessoa
13. *Metamorfoses*, Ovídio
14. *Micromegas e outros contos*, Voltaire
15. *O sobrinho de Rameau*, Diderot
16. *Carta sobre a tolerância*, Locke
17. *Discursos ímpios*, Sade
18. *O príncipe*, Maquiavel
19. *Dao De Jing*, Laozi
20. *O fim do ciúme e outros contos*, Proust
21. *Pequenos poemas em prosa*, Baudelaire
22. *Fé e saber*, Hegel
23. *Joana d'Arc*, Michelet
24. *Livro dos mandamentos: 248 preceitos positivos*, Maimônides
25. *O indivíduo, a sociedade e o Estado, e outros ensaios*, Emma Goldman
26. *Eu acuso!*, Zola — *O processo do capitão Dreyfus*, Rui Barbosa
27. *Apologia de Galileu*, Campanella
28. *Sobre verdade e mentira*, Nietzsche
29. *O princípio anarquista e outros ensaios*, Kropotkin
30. *Os sovietes traídos pelos bolcheviques*, Rocker
31. *Poemas*, Byron
32. *Sonetos*, Shakespeare
33. *A vida é sonho*, Calderón
34. *Escritos revolucionários*, Malatesta
35. *Sagas*, Strindberg
36. *O mundo ou tratado da luz*, Descartes
37. *O Ateneu*, Raul Pompeia
38. *Fábula de Polifemo e Galateia e outros poemas*, Góngora
39. *A vênus das peles*, Sacher-Masoch
40. *Escritos sobre arte*, Baudelaire
41. *Cântico dos cânticos*, [Salomão]
42. *Americanismo e fordismo*, Gramsci
43. *O princípio do Estado e outros ensaios*, Bakunin
44. *O gato preto e outros contos*, Poe
45. *História da província Santa Cruz*, Gandavo
46. *Balada dos enforcados e outros poemas*, Villon
47. *Sátiras, fábulas, aforismos e profecias*, Da Vinci
48. *O cego e outros contos*, D.H. Lawrence

49. *Rashômon e outros contos*, Akutagawa
50. *História da anarquia (vol. 1)*, Max Nettlau
51. *Imitação de Cristo*, Tomás de Kempis
52. *O casamento do Céu e do Inferno*, Blake
53. *Cartas a favor da escravidão*, Alencar
54. *Utopia Brasil*, Darcy Ribeiro
55. *Flossie, a Vênus de quinze anos*, [Swinburne]
56. *Teleny, ou o reverso da medalha*, [Wilde et al.]
57. *A filosofia na era trágica dos gregos*, Nietzsche
58. *No coração das trevas*, Conrad
59. *Viagem sentimental*, Sterne
60. *Arcana Cœlestia* e *Apocalipsis revelata*, Swedenborg
61. *Saga dos Volsungos*, Anônimo do séc. XIII
62. *Um anarquista e outros contos*, Conrad
63. *A monadologia e outros textos*, Leibniz
64. *Cultura estética e liberdade*, Schiller
65. *A pele do lobo e outras peças*, Artur Azevedo
66. *Poesia basca: das origens à Guerra Civil*
67. *Poesia catalã: das origens à Guerra Civil*
68. *Poesia espanhola: das origens à Guerra Civil*
69. *Poesia galega: das origens à Guerra Civil*
70. *O chamado de Cthulhu e outros contos*, H.P. Lovecraft
71. *O pequeno Zacarias, chamado Cinábrio*, E.T.A. Hoffmann
72. *Tratados da terra e gente do Brasil*, Fernão Cardim
73. *Entre camponeses*, Malatesta
74. *O Rabi de Bacherach*, Heine
75. *Bom Crioulo*, Adolfo Caminha
76. *Um gato indiscreto e outros contos*, Saki
77. *Viagem em volta do meu quarto*, Xavier de Maistre
78. *Hawthorne e seus musgos*, Melville
79. *A metamorfose*, Kafka
80. *Ode ao Vento Oeste e outros poemas*, Shelley
81. *Oração aos moços*, Rui Barbosa
82. *Feitiço de amor e outros contos*, Ludwig Tieck
83. *O corno de si próprio e outros contos*, Sade
84. *Investigação sobre o entendimento humano*, Hume
85. *Sobre os sonhos e outros diálogos*, Borges — Osvaldo Ferrari
86. *Sobre a filosofia e outros diálogos*, Borges — Osvaldo Ferrari
87. *Sobre a amizade e outros diálogos*, Borges — Osvaldo Ferrari
88. *A voz dos botequins e outros poemas*, Verlaine
89. *Gente de Hemsö*, Strindberg
90. *Senhorita Júlia e outras peças*, Strindberg
91. *Correspondência*, Goethe — Schiller
92. *Índice das coisas mais notáveis*, Vieira
93. *Tratado descritivo do Brasil em 1587*, Gabriel Soares de Sousa
94. *Poemas da cabana montanhesa*, Saigyō
95. *Autobiografia de uma pulga*, [Stanislas de Rhodes]
96. *A volta do parafuso*, Henry James
97. *Ode sobre a melancolia e outros poemas*, Keats
98. *Teatro de êxtase*, Pessoa
99. *Carmilla — A vampira de Karnstein*, Sheridan Le Fanu

100. *Pensamento político de Maquiavel*, Fichte
101. *Inferno*, Strindberg
102. *Contos clássicos de vampiro*, Byron, Stoker e outros
103. *O primeiro Hamlet*, Shakespeare
104. *Noites egípcias e outros contos*, Púchkin
105. *A carteira de meu tio*, Macedo
106. *O desertor*, Silva Alvarenga
107. *Jerusalém*, Blake
108. *As bacantes*, Eurípides
109. *Emília Galotti*, Lessing
110. *Contos húngaros*, Kosztolányi, Karinthy, Csáth e Krúdy
111. *A sombra de Innsmouth*, H.P. Lovecraft
112. *Viagem aos Estados Unidos*, Tocqueville
113. *Émile e Sophie ou os solitários*, Rousseau
114. *Manifesto comunista*, Marx e Engels
115. *A fábrica de robôs*, Karel Tchápek
116. *Sobre a filosofia e seu método — Parerga e paralipomena (v. II, t. I)*, Schopenhauer
117. *O novo Epicuro: as delícias do sexo*, Edward Sellon
118. *Revolução e liberdade: cartas de 1845 a 1875*, Bakunin
119. *Sobre a liberdade*, Mill
120. *A velha Izerguil e outros contos*, Górki
121. *Pequeno-burgueses*, Górki
122. *Um sussurro nas trevas*, H.P. Lovecraft
123. *Primeiro livro dos Amores*, Ovídio
124. *Educação e sociologia*, Durkheim
125. *Elixir do pajé — poemas de humor, sátira e escatologia*, Bernardo Guimarães
126. *A nostálgica e outros contos*, Papadiamántis
127. *Lisístrata*, Aristófanes
128. *A cruzada das crianças/ Vidas imaginárias*, Marcel Schwob
129. *O livro de Monelle*, Marcel Schwob
130. *A última folha e outros contos*, O. Henry
131. *Romanceiro cigano*, Lorca
132. *Sobre o riso e a loucura*, [Hipócrates]
133. *Hino a Afrodite e outros poemas*, Safo de Lesbos
134. *Anarquia pela educação*, Élisée Reclus
135. *Ernestine ou o nascimento do amor*, Stendhal
136. *A cor que caiu do espaço*, H.P. Lovecraft
137. *Odisseia*, Homero
138. *O estranho caso do Dr. Jekyll e Mr. Hyde*, Stevenson
139. *História da anarquia (vol. 2)*, Max Nettlau
140. *Eu*, Augusto dos Anjos
141. *Farsa de Inês Pereira*, Gil Vicente
142. *Sobre a ética — Parerga e paralipomena (v. II, t. II)*, Schopenhauer

Edição _ Bruno Costa
Coedição _ Jorge Sallum e Iuri Pereira
Capa e projeto gráfico _ Júlio Dui e Renan Costa Lima
Imagem de capa _ Autorretrato de Robert Cornelius. Filadélfia, nov. 1839
Programação em LaTeX _ Marcelo Freitas
Revisão _ Bruno Costa
Assistência editorial _ Bruno Oliveira
Colofão _ Adverte-se aos curiosos que se imprimiu esta obra em nossas oficinas em 13 de junho de 2012, em papel off-set 90 g/m², composta em tipologia Minion Pro, em GNU/Linux (Gentoo, Sabayon e Ubuntu), com os softwares livres LaTeX, DeTeX, VIM, Evince, Pdftk, Aspell, SVN e TRAC.